艾之光 / 著

光明影院的故事

人民文学出版社

图书在版编目（CIP）数据

光明影院的故事／艾之光著．—北京：人民文学出版社，2023（2024.2重印）
ISBN 978-7-02-017941-1

Ⅰ．①光… Ⅱ．①艾… Ⅲ．①报告文学—中国—当代 Ⅳ．①I25

中国国家版本馆CIP数据核字（2023）第058044号

责任编辑	陈彦瑾
装帧设计	李思安
责任校对	杨益民
责任印制	张　娜

出版发行	人民文学出版社
社　　址	北京市朝内大街166号
邮政编码	100705

印　　刷	三河市延风印装有限公司
经　　销	全国新华书店等

字　　数	198千字
开　　本	890毫米×1290毫米　1/32
印　　张	10.625　插页5
印　　数	10001—30000
版　　次	2023年5月北京第1版
印　　次	2024年2月第2次印刷

书　　号	978-7-02-017941-1
定　　价	59.00元

如有印装质量问题，请与本社图书销售中心调换。电话：010-65233595

· 2019年4月14日,第9届北京国际电影节"光明影院"公益放映活动现场,团队志愿者陪伴盲童观影

· 2019年5月,"光明影院"团队成员参与中央广播电视总台公益广告《爱是一道光》拍摄

· 2019年5月19日,第29次全国助残日"光明影院"公益放映活动现场

· 2019年5月19日,200余名视障人士在北京朝阳剧场观看"光明影院"制作的无障碍版《流浪地球》

· 2019年9月,"光明影院"项目团队在四川省凉山彝族自治州西昌市走进视障人士家中

· "光明影院"志愿者同学正在录制无障碍电影

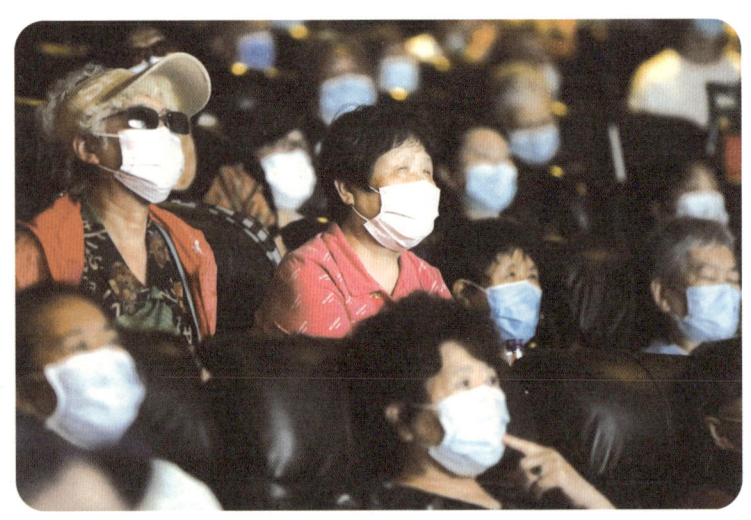

· 2021年6月28日，百名视障朋友走进影院观看由"光明影院"制作的无障碍电影《1921》

· 2021年10月，北京市盲人学校"一月一影"放映活动

目　录

写在前面的话：光明行，无障爱　吕世明　001

第一章　缘起："光明影院"燃起希望之光　001
一、铺一条"文化盲道"　001
二、建一座"光明影院"　002
三、立一个"百部约定"　007
四、树一座"历史丰碑"　008

第二章　摸索：无障碍电影是怎样炼成的　012
一、摸着石头过河　012
二、上千次的暂停与回放　020
三、第一批非科班配音讲解员　027
四、年轻的小白杨　034

五、为了"精准扶贫"的小收音机　040

第三章　五进：一条不同寻常的公益之路　046

一、进社区：第一场无障碍电影公益放映　046

二、进特校：送给全国2244所特教学校的礼物　053

三、进图书馆：那张写满名字的"签收回执"　062

四、进电影院：特别的电影，特别的观众　069

五、进国际电影节：国际舞台上的中国公益故事　075

第四章　信仰：以青春力量助力脱贫攻坚　086

一、巍峨大青山，少年赤子心——走进内蒙古大青山　086

二、边陲都市的相遇——走进青海西宁　094

三、今天按摩店不营业！——走进四川大凉山　101

四、知己知彼，步履不停——走进新疆维吾尔自治区　109

五、"努力奔跑"的藏族女孩——走进西藏自治区　118

第五章　初见：与"光明影院"邂逅的第一次　126

一、第一次独自观影："这是我第一次拿到电影票"　127

二、第一次与母亲观影："她第一次走进了我的电影世界"　134

三、第一次出门观影：71岁老人看到了五彩生活　142

四、第一次同步放映：与明眼人一起看电影　　146

第六章　反响：从迷惘人生到浩瀚宇宙　　152
　　一、少年与热爱永不老去　　152
　　二、看不见泳道的"飞鱼"　　159
　　三、盲人老大爷王有富和他的浩瀚宇宙　　164
　　四、成为自己的超级英雄　　169

第七章　照耀：爱心托举未来，光明照耀人生　　174
　　一、启程：与盲校初接触　　174
　　二、改变：影像赋予力量　　190
　　三、期许：世界充满光明　　196

第八章　中坚："光明影院"中的大学生志愿者　　204
　　一、将足迹留在身后：志愿者们的微光　　204
　　二、与盲人成为朋友：我的世界有你　　231
　　三、志愿者服务手册：公益是怎样炼成的　　248
　　四、线上10省联动放映的挑战　　254

第九章　领航："光明影院"中的指导教师　　261
　　一、老师们提议，为盲人朋友做点事　　261

二、师生共创，打造无障碍电影　263

三、团队稳扎稳打，公益之举硕果累累　267

四、"每个人都是某个人的光明，

你们就是我们的光明"　273

第十章　相遇：彼此的光明　278

一、起点：觅光的女孩　279

二、盲校：另一条道路　283

三、初见：声音的颜色　286

四、相遇：黑暗中的另一束光　288

五、乐谱：奏响人生的乐章　293

第十一章　聚力：凝公益之心，明未来之光　302

一、从西雅图到北京的一场特别主持　302

二、"光明影院"迎来了一批同龄人　306

三、盲协代表：我们都爱看电影　309

四、"我是公益大使，为'光明影院'发声"　312

附录："光明影院"大事记　318

写在前面的话：光明行，无障爱

翻开流光溢彩的"光明影院"影像集，处处洋溢着青春魅力、放飞梦想的坚实足迹；赏读如诗如歌的"光明影院"报告文学集，篇篇都记载着心手相牵、守望相助的温暖爱意。青春路上大爱沃土滋养起的成长，让一株株小苗长成参天白杨。看到他们的故事，我的心中情不自禁地泛起层层涟漪，光影波动，晶莹璀璨，光彩绚丽……这样的青春谁不羡慕，这样的校园谁不推崇，这样的奋斗谁不喝彩，这样的奉献谁不激动！我想采撷所有赞美的诗句献给你——可亲可爱可敬的中国传媒大学"光明影院"项目的师生们！"光明影院"的行动创造着人间大爱的奇迹，也创造着生命飞扬的奇迹，服务他人，幸福自己。短短4年的大学生活，能与"光明影院"同行，这段经历必将成为所有人此生中最温暖最难忘最动情的回忆。借此，我要向所有参与"光明影院"项目的师生们致以最崇高的敬意！

我们欣喜地看到，中国传媒大学"光明影院"项目团队成立近5年来，制作完成了500多部无障碍电影，走进全国31个省（区、市）和澳门特别行政区，将无障碍电影送到全国2244所特殊教育学校，对国务院划定的14个集中连片特困地区提供点对点覆盖，惠及300多万视障人士。师生志愿者始终坚持用行动推动完善电影院无障碍设施建设，推动建立无障碍电影技术标准。"光明影院"项目团队以实际行动迎来《马拉喀什条约》在中国的落地生效，让更多的人关注视障听障群体的精神文化需求，为推动文化共享、减小文化落差贡献着力量。

"光明影院"项目团队是全国无障碍环境建设智库中最年轻、最具活力，且最有成就的一支团队。团队年年都有新面孔，年年都有新行动，年年都有新成果。每一年的全国无障碍环境建设成果展示应用推广，"光明影院"都成果丰盈，独领风骚；每一年的全国无障碍智库100件大事，"光明影院"都光彩留痕，成绩卓著。如今，"光明影院"已成为我国公益事业的一块闪光品牌，成为无障碍文化扶贫助残的一面大旗，影响深远，感召无限。她唤起越来越多的大学生和公益团队加入无障碍电影的行列，展现出中国助残志愿服务队伍最靓丽的风采。

2022年5月5日，世界上迄今为止第一部也是唯一一部在版权领域的人权条约《马拉喀什条约》，终于来到了我们身边。《马拉喀什条约》的落地，这是中国版权事业的一个里程碑，是无障碍体验文化的一个善举。无障碍格式版壁垒的突破，必将带来更多更好更新的图书及丰富的音像作品，满足视障听障群体的无障碍化需求。"光明影院"项目也必将迎来百花齐放、姹紫嫣红的春天。

"光明影院"项目，彰显我国人权保障行动。文化生活就如同阳光、如同空气一样，是每一个人生活和发展当中不可或缺的基本要素。对视障人士而言，无障碍电影可以丰富其人生体验，帮助其获取知识，滋养心灵，丰富精神生活，提高教育程度和质量，提升文化水平和素养，对平等融合参与社会，具有重大深远的意义。"光明影院"项目的推广，不仅可以提高我国践行联合国《残疾人权利公约》的履约水平，也彰显负责任大国在人权保障中的实际行动和美好形象，展现中国特色社会主义制度的温度与情怀，让每个生命都能感受到无障碍未来发展的愿景和期盼，感受到消除歧视、尊重生命、维护尊严的时代回响。

"光明影院"项目，促进社会文明与进步。"无障碍格式版电影"可以给视障群体带来更多便利便捷，带来更加丰富的精神文化生活和广阔的发展空间，让他们能够与明眼人一样切实可行、便捷自如舒适地享受观影过程，满足他们的精神文化需求，减小文化落差，倡导文化平等，促进社会和谐。"光明影院"项目引领效应持续释放，在无障碍信息文化传播方面为国家做出了特殊的贡献，促进无障碍环境惠及社会全体成员，消除"数字鸿沟"，体现出社会公共文化服务均等化。项目推动了无障碍环境建设，为社会全体成员带来美好的、安全的、便捷的、舒适的、自如的高质量高品质生活，为营造无障碍和谐友好、美丽品质的社会环境，促进社会文明的不断提升做出了贡献。光明行，让无障碍的文化理念耳熟能详，家喻户晓；无障爱，让无障碍绽放出为人民大众服务的特有价值和特殊魅力。

"光明影院"项目，相伴共同富裕的新征程。未来"光明影院"项目一定会为共同富裕的新愿景、新家园、新生活增光添彩，为社会主义现代化国家新征程倡树文化自信品牌。"光明影院"项目以创新性的无障爱文化研究，凸显传媒特色，打造了传媒品牌，以实际行动推进了"平等、融合、共享"人文理念的落地，体现对特殊群体的关注、关心和关爱，让视障听障等特殊群体得到温暖。光明行，为我国无障碍环境多样化平等参与提供示范；无障爱，在国际相关领域展现中国行动、中国价值和中国情怀。

大爱无疆必深远，事业无阻路无限。相信"光明影院"项目，定会以中传人的责任与担当，走向深远，引领无障碍文化传播的新未来！

吕世明

2022年8月

第一章　缘起:"光明影院"燃起希望之光

一、铺一条"文化盲道"

坐落于北京东五环外的中国传媒大学,南门前是那条连接着天安门广场和城市副中心的京通快速路。这条路车水马龙、人来人往,人行道上铺设有完备的盲道,让视障人士也能走出家门,与我们一起漫步在这条贯通北京东西的大道上。

生活中便于视障人士行走的盲道,让"光明影院"项目的发起人、中国传媒大学电视学院肖泓院长为一件一直心心念念的事情找到了解决方案:"文化盲道,对,我们要打造一条直抵心灵的文化盲道!"

肖泓院长在高等教育一线工作了40多年,1982年从北京广播学院(现中国传媒大学)毕业后,一直致力于新闻传播教育工作。"教育报国"是她的初心,引导青年人学以致用、知行合一,用专业知识服务国家和社会，是她的愿景。

2017年年底，肖泓院长的心里萌生了一个念头：我们要发挥传媒专业优势，为视障朋友做点事！

中国有1700余万视障人士，相当于每80个人中就有一位，超过了荷兰一个国家的人口总数。在四通八达的城市道路中，随处可见黄色条纹的凸起地砖，对视障朋友们来说，这一条条盲道就是他们走入社会的通道。

中国的盲道建设始于1991年的北京。第一条盲道建成后，海淀区橡胶五金厂的视障职工穿着白色衬衫、深色裤子，排着纵队，低着头用手中的盲杖不断敲击着地面，缓慢向前走去，这一幕，成为我国开启盲道建设的时代记忆。

从此，人行道有多长，盲道就有多长，这是中国许下的诺言，也是中国人一直在努力谱写的公益交响。

在中国传媒大学的校园中，肖泓院长和她的同事们、学生们尝试发挥视听传播专业所长，为视障人士修筑一条直抵心灵的"文化盲道"。

在"文化盲道"上，一颗公益的星星开始闪闪发亮。

二、建一座"光明影院"

铺设"文化盲道"该用什么材料？

2017年12月17日，肖泓院长召集学院的老师们一起参与到这个富有创意和意义的新项目中。赵淑萍老师第一个响应。赵老师1977年毕业于北京广播学院（现中国传媒大学）新闻系编采专业，之后留在学校任教，除了给同学们上专业课，还担任学院的学术委员会主任，致力于推动科研实践创新工作。赵老师找来了新闻传播学部副学部长胡芳、电视学院副院长秦瑜明、校团委副书记付海钲，以及电视学院教师陈欣钢、赵希婧，组建了第一批教师志愿者团队。

老师们刚开始的想法是制作纪录片。"一个国家没有纪录片，就像是一个家庭没有相册，我们可以通过纪录片帮助视障朋友了解时代的变迁与发展。"陈欣钢老师说。陈老师是摄影专业出身，对纪录片"情有独钟"，说到让盲人朋友感受视听的魅力，他一下子就想到了自己喜欢并擅长的纪录片。

纪录片以记录时代发展和社会变迁为使命，具有与时代共进的精神追求。20世纪80年代末、90年代初，随着电子采集制作、声画同步摄录等技术的发展，涌现出了像《丝绸之路》《话说长江》《复兴之路》等一批蕴含时代气质、反映时代精神的经典作品。纪录片成为中国改革发展风雷激荡的历史见证。

同样是摄影专业出身的校团委副书记付海钲老师对此十分赞同："咱们做熟不做生嘛。"电视学院在纪录片专业教育和人才培养方面有着强大优势，在电视节目、纪录片的制作方面有着历史悠久、内容齐备的教学体系："如果我们在大马路上去扶人过马路，这叫'生'活儿，因为我不能天天扶，但是视听语言是我们每天都要接触的，纪录片也特别适合我们来做，我们利用专业所学游刃有余。"

团队中的秦瑜明老师是电视学院副院长、媒体融合与传播国家重点实验室副主任，还是北京高校教学名师。面对大家讨论的新问题，他习惯性地打开电脑，上网搜索文献，用科学、权威的数据说话，从中找寻实践突破的方向："截止到目前，我们国家的视障群体文盲率是43%，而在普通中国百姓中，文盲率仅有4.08%（2021年已下降为2.67%）。这10倍的差距背后代表的是文化水平的落差。"

听到这个数据，在场的老师们开始反思，纪录片这种强调艺术审美、人文内涵与文化品质的艺术形式，对残障群体而言，观看和理解是否存在困难。

"电影怎么样？"肖泓院长提议，她说，"纪录片还有缺点就是情节性、故事性不强。电影是大家喜闻乐见的艺术形式，具有丰富的故事和情节。"

"做电影挺有意思的，电影摄制的过程就是一个故事不断讲述和打磨的过程。"付海钲老师补充道，"这个过程，故事至少经过了5次打磨和演绎：首先，大部分电影作品取自文学小说，小说本身就是故事；从故事的文本改编成剧本，这是第2次讲故事，改编为适合视觉表演和听觉表演的内容，需要精心打磨；现场导演，不同的画面、灯光想要讲述怎样的故事，画面和人物关系如何调度，现场导演会进行解读、设计和编排，这是第3次讲故事；接下来是演员的表演，演员理解文本信息后以视听的形式呈现给观众，有加入自己对故事的解读和思考；最后是剪辑，画面节奏、蒙太奇剪辑等手法，都能表达出不同的故事内容。"

电影本身就充满了故事性，通俗易懂。

但，一个最关键的问题在于，电影从哪里来？

这么多制作、宣发的单位怎么去联系？

当天，适逢数位校友返校交流工作，肖泓院长邀请他们一同讨论。北京歌华有线电视网络股份有限公司副总经理姜宏志是87级校友，听到这个"为盲人讲述电影"的提议后由衷敬佩，当即提出合作意愿。姜宏志介绍说，近年来，歌华注重公益实践与教育，在教育版块提供知识性内容、手语教育节目和电影资源，投资发行和版权购买的不少影视作品，歌华可以提供给学校，进行有益的试验与探索。

老师们十分赞同，项目的载体——电影，得以确立。

接下来，需要给这个"新生儿"取个名字了。

说到这里，赵希婧老师第一个发言。她是学院科研办主任，硕士毕业留校后，也曾负责研究生教学管理工作，和同学们一起头脑风暴、想点子、搞创意，她很在行，于是率先给公益项目起

2017年12月17日,"光明影院"创意萌发,初步确定产品形式

了个名字:"我们是为盲人朋友讲电影,叫'盲人影院'怎么样?一看就知道我们的项目是做什么的,服务的是怎样的群体。"

思考片刻,肖泓院长说道:"咱们国家资助贫困地区失学儿童重返校园,改善农村办学条件开展了'希望工程',没有叫'贫困小学'或者'穷人小学',所以我们不仅要做文化盲道,还需要传递一些爱与希望。"

这个想法给了在座老师以启发:

"希望电影院?"

"光明工程?"

"光明电影院?"

"光明影院?"

"光明影院!"

"我们就建一座充满光明的电影院!"

这颗用爱与希望浇灌的种子,开始破土,第一部无障碍电影《建军大业》诞生了。

三、立一个"百部约定"

第一部无障碍电影诞生后,主创团队着手往前推进,探索制作更多题材和数量的影片。

要做到什么体量? 项目指导教师团队再一次进行研讨。

"我们要形成稳定的大体量,要做百部工程。"陈欣钢老师最先提议。

肖泓院长十分赞成。她想起中央广播电视总台有一档节目,叫作《幸运52》。

1998年11月22日,《幸运52》首播,节目的主要形式是邀请普通百姓担当选手,以智力竞猜和趣味竞赛的方式进行智力比拼,同时获胜选手还会获得丰厚的实物奖品。在场内选手激烈角逐的同时,场外观众也可以通过热线电话及时地参与到节目中,并获得相应的奖励。其中,"52"取自全年的52个星期,希望每周的节目都可以为观众带去欢乐。

"我们一年做104部。"肖泓院长接着说,"这意味着全年的52

个星期,视障朋友每周可以欣赏2部无障碍电影,达到甚至超过一般观众的观影频次。"

这个量化指标,为"光明影院"的持续、稳定发展,打下了最重要的基础。

数字52是专业思维,也是电视人的一种浪漫。

对于"光明影院"来说,104部这个数字,是目标,是期许,是一场与视障朋友的约定。

迈入第5年,"光明影院"已经制作完成了近500部无障碍电影。

这,也是我国至今无出其右的无障碍作品数量。

四、树一座"历史丰碑"

"光明影院"的初心不仅是一年完成百部无障碍电影,更是在全社会范围内倡导保障残障人士的文化权益。在媒介技术重塑信息获取方式的当下,"光明影院"帮助视障群体以平等的地位和均等的机会充分参与社会文化生活,走出家门,走进社会,共享当代物质文明和精神文明成果。

这个目标对于一棵刚刚发芽的"幼苗"来说可谓宏大,想要实现,最需要的就是"坚持"二字。

能坚持吗? 如何坚持?

项目指导老师们又一次汇聚在东配楼二楼的会议室,不断研

"光明影院"项目指导教师在开会

判与分析自身的优势劣势,展开热烈讨论。

肖泓院长强调:"我们培养的,首先是有情怀、有理想的新闻人,学生们要有博大的胸襟和服务社会的奉献精神。"中国传媒大学的专业教育紧密围绕"立德树人"这一根本任务,在教育中引导学生树立正确的国家观、人民观、传播观,具备家国情怀和责任担当意识,做党和人民放心的新闻事业接班人。因此,不让学生陷入精致的利己主义者的思维,唤醒青年人的爱心、善心、责任心,是公益行动的基础,这种培养对新闻传播学专业的价值坚守尤为重要。

赵淑萍老师将"光明影院"公益行动的特点定义为"公益+教学+科研+实验"。她深信,这也是延续项目生命力最大的优势。

"光明影院"公益项目的初心和新闻教育的根本任务是一致的，这是项目行稳致远的不竭动力。

"会拉片，懂视听。""光明影院"不仅是一个公益行动，更是一项专业行为。对视听语言的理解，视听修辞的转换，以及配音、剪辑和对整部影片的把握，这些对师生的专业能力都是很大的考验。

画面信息是什么？这样的画面想要传递的是怎样的情感、情绪，构成怎样的情节？这是无障碍电影要回答和诠释的问题。

"这就是拉片啊！"秦瑜明老师十分激动，"广院人有拉片的情结，这是不变的。""拉片"指的是把一个视频作品从头到尾逐个镜头进行分析，一个镜头里，有什么样的内容、景别、光线，有怎样的含义等等，是极其重要的专业能力训练方式，也是传媒大学在培养视听专业学生过程中特别强调的一个基础训练。2000年，传媒大学南操场地下室，一个拥有丰富影视作品的大型拉片室落成，同学们在这里可以学习和研究优秀作品的视听呈现，在阅读经典作品的同时，不断强基固本，专业能力得到浸润与提升。

"笔不荒疏，也不能荒疏"，笔杆如剑多磨砺，稿纸作山勤登攀。中国传媒大学电视学院始终坚持广播电视新闻人才培养的"五条线"教学体系——写作线、外语线、观摩线、理论线、创作线，从五个维度立体锻造新闻传播人才。技术革命、产品迭代、范式更新、流量抓取，新闻传播事业无论如何发展变化，内容为王的准则不变,"写作线"为"五条线"之首。在多年的人才培养过程中,电视学院的全体本科生每周二或周四晚上,都会在48号教学楼进行专门的写作训练。所谓"曲不离口,拳不离手。一日不书,便觉思涩"。讲好电影是听懂电影的前提与保障。学生们握紧笔杆,锤炼笔力,能够简洁、凝练地描述画面信息以及画面背后所蕴含的内涵,为制作无障碍电影打下了坚实的专业基础。

会议讨论了近两个小时,老师们讨论的方面越来越具体,越讨论越有信心,肖泓院长欣喜地说:"无私奉献的同理心,舍我其谁的责任心,深耕光影的专业培育,不断锤炼的写作能力,我们具备这些,可以坚持下去!"

一锤定音。

这就是"光明影院"传递光明、铺设"文化盲道"的历程起点,也是我国信息无障碍事业发展的新时代注脚。

第二章 摸索：无障碍电影是怎样炼成的

一、摸着石头过河

2018年1月3日，元旦假期结束。冬日的晨光里，北京的街道上车水马龙，熙来攘往，主干道上的车流慢腾腾地往前挪动着。

博士研究生王海龙刚从郑州的家赶回北京，打了一辆出租车准备回学校。这位河南小伙子可谓不折不扣的"斜杠青年"：理工科出身，出于对传媒的热爱，考取了中国传媒大学广播电视学专业的博士研究生，参与了很多重大科研项目。与此同时，他还对"声音"颇有研究，凭借良好的嗓音条件，为中央广播电视总台的多部作品配音。"配音找海龙"，已经成为学院师生的共识。于是，提到"为盲人讲电影"，老师们又自然而然地想到了这位热心、专业的同学。

坐上车没多久，王海龙突然收到电视学院陈欣钢老师发来的信息:"海龙,在学院吗? 我们在谈一个录音配音的项目,如果在的话可以过来一块儿聊聊。在学院206,给盲人讲电影,感兴趣不?"

出租车在拥堵的朝阳路上开开停停。王海龙还没吃午饭,饥饿的感觉一阵阵袭来。在低血糖的眩晕感中,他急急忙忙地打字回复道:"非常愿意。不过我还有20分钟到校。能不能等等我?"

很快,他收到了回复:"可以,我们在206等你。"

和后来所有报名加入的志愿者一样,王海龙忐忑又期待地踏入学院。从进门的那一刻起,王海龙的光明之旅正式启程。

会议室里,北京歌华有线电视网络股份有限公司的老师们、学院项目的负责老师们围坐在一起,等待着他。这些老师未来将会和他有无数次的会面,其中的一些还会和他一起挤在小房间录音,一起敲定第一部无障碍电影成片,一起为大赛熬夜准备,不过这都是后话了。

这些来自歌华的工作人员,一半以上都是电视学院的系友,他们有了一定的社会资源,想和学校一起做一件能够回馈社会的事情。当时距离全面脱贫攻坚只剩两年时间,大家想从文化传播的角度助力脱贫攻坚,满足人们更广、更公平的知识文化需求。

一群做电视的人一拍即合,想到了"电影"这个切入点。

听完老师们的介绍,王海龙有了一个模模糊糊的概念:学院打算做一个为盲人讲解电影的公益项目,暂定名称为"光明影院"。而那场会议中提到的许多细节，早已模糊、消散，让王海龙至今记忆深刻的，是最后定下的第一个任务。

会议明确了第一部片子要做《建军大业》。从零开始，要先建军，也就是要有一个团队，王海龙成了团队的第一人（学生志愿者），也是当时唯一的一人。

歌华的张涛老师描述着自己心里项目未来的样子，他信心满满，侃侃而谈，坚信这个项目一定能做成、做好。他那期待的目光落在了王海龙的身上："海龙，你把这个项目做好了，你就是带领大家的人。"

电光石火之间，王海龙想了很多，最后都变成了惶恐。项目甚至还没有一个轮廓分明的影子，这么大的任务，能做成吗？

但无论如何，他领着"建军"的任务，走出了206。

万事开头难。在最初的那段日子里，王海龙和参与项目的每一个人都在摸着石头过河，探索着前行的方式。

电视和电影，都是视觉和听觉结合的艺术，是同一根茎开出的并蒂花。但给盲人讲电影，相当于要把占据其中一半甚至一半以上的重要元素——视觉元素去掉。

这要怎么做？大家都是两眼一抹黑，抱了一颗公益的心，且去尝试。

肖泓院长和赵淑萍老师都是老媒体人，她们见过的节目种类多，样态丰富。老师们想起了曾经在广播电台中听到过的电影，那种电影叫电影录音剪辑,是把一两个小时的片子做成30分钟的版本。这种艺术形式在上个世纪曾风靡一时,如今虽不吃香了,却是传媒发展历程中现有的形态,是项目酝酿时期唯一的抓手。于是,在老师们的建议下,王海龙着手去做电影录音剪辑版本的《建军大业》。

把电影音响剥离出来,变视觉形象为听觉形象,必须进行一番广播化的加工过程。奔着这条思路,王海龙的第一步就是写稿。为了尽可能还原,他买来同名小说作为参考,对着原片,一帧一帧地扒出剧本,细到每一幕的时间、地点、情节、台词。

解说:回到斯烈的师部,周恩来从座位上站起来。

周恩来:我周恩来对朋友是从来不设防。

解说:说着,周恩来掏出了自己的枪套。斯烈的一众手下见此状,纷纷抬起枪来,扣上扳机。

音响:举枪和扣扳机的声音。

解说:周恩来镇定地取下枪套,打开盖子,向斯烈展示,里面并没有枪。他愤怒地将枪套拍在桌子上。

音响:砰的一声。

周恩来说:斯烈,悬崖勒马还来得及!

解说:斯烈仍是端坐于前,不苟言笑。

....

2018年1月,志愿者王海龙正在录制无障碍电影《建军大业》

一部时长132分钟的电影,凝聚成52页、26630个字的文档,他们用了不到两周的时间。

初稿完整写完后,王海龙请来歌华的张老师,两小时的电影情节很快被删减为45分钟。接下来,就该把删减后的剧本转化成音频节目的脚本。

"各位听众朋友你们好,今天要给大家讲述的这部电影名叫《建军大业》。"这是电影录音剪辑版《建军大业》的第一句话。王海龙就是从这一句话开始,在删减后的剧本上穿插解说,使其和电影音响融为一体。

1月份的北京特别冷,王海龙每天一个人捧着个电脑转悠,找到合适的地方，就关起门来写脚本。脚本完成了，他又忙不迭地开始录音、剪辑，全都用的是自己的设备。整个过程对王海龙来说，是孤独的，也是迷茫的。

也有人来问他："海龙，你一天到晚在忙些什么？"

他回答："在弄一个给盲人听电影的东西。"

要是对方细问起来，他也不知道该怎么解释，甚至不知道能不能弄成。好在凭借从前做音频节目的经验，总算是做出了一份像模像样的音频产品，交给学院的老师们听的时候，反响都还不错。

寒假前，事情发生了转折。

王海龙和学院的老师们带着做好的《建军大业》样片去歌华，歌华的工作人员提出，解说应当与机顶盒中的电影原片时长同等，而且歌华未来会上线一个无障碍版专区，供盲人订阅，也能避免侵犯版权的问题。

歌华的提议与学院老师们的调研结果不谋而合。

在王海龙尝试制作第一版《建军大业》的时候，老师们前往北京市盲校、盲文图书馆等地，了解受众群体的想法。

在北京市盲校，老师们惊讶地发现，盲校里也有操场、跑道、篮球架、乒乓球台，孩子们不仅上课、运动，还会使用手机，同样也对文化知识有很强的诉求。当然，并不是所有盲人都可以获得这么好的学习条件，许多偏远地区的盲人依然面临着教育资源短缺、就业渠道狭窄等问题。通过问卷调查，老师们获得了一个数据，在中国1700多万盲人群体中，高达70%—80%的盲人从事低端服务行业，最普遍的，便是盲人按摩。也就是说，即使各地都有特殊教育学校，但盲人接受到的教育很有限，从校园走出去之后，能够在社会中承担的角色，跟他们自己的预期相比，有非常大的出入。

各种形式的调研信息抛出了一个一致的问题：盲人群体有着非常强烈的愿望，想要平等地接触各种形式的文化产品，在看电影这个社会娱乐方式上，盲人能不能和普通人一样看电影，而不是去看一个打了折扣的、被缩短了的电影？

以上的种种思考和碰撞，使项目掉转方向：从音频产品变成了等时长的无障碍语音服务。

寒假里，王海龙带着这个新任务，重新出发。

肖泓院长提出，要在电影的旁白和音响的间隙见缝插针地解说。但要实现这一点，面临着"时间少、画面多"这两个困难。《建军大业》是一部战争片，有大量枪战和游行的场景，一帧画面里，可能既有游行的宏观场面，也有人倒在地上流着血的局部细节。王海龙发现，一闪而过的信息量根本不是文字能够追逐得上的。

王海龙想，如果有一种语言能够跨越黑暗的障碍，瞬间把爆炸性的信息带给受众，那就好了。但现在还没有这种方法，也许创造它就是自己的使命。

王海龙决定先拿出片头10分钟的小段落，进行尝试。他反复拉片，看了不下100遍，到了这时，才觉得画面给他的震撼，真正入了脑、入了心。王海龙想，应当把电影的总体情节讲清楚，再把总体情节和局部情节串联起来，把每一场戏的戏剧冲突讲清楚。在这些前提下，如果有讲述的时间，再去创造意境，描述环境、色彩、光影、服饰等。

他在创作手记中写下了实践中的几点发现：片头描述出品方信息时，若按照画面逐帧读字，会使声音不平稳，应整合利用片头时间段，使其更协调；视频编辑中，声音成段、画面成组是规律，讲述也应成段、成情节地展开；文字应力求言简意赅、生动形象，可借助盲人能够理解的事物，用恰当比方进行描述；声音空场不应超过5秒，以免引起疑惑、不适等。这些方法后来写入"光明影院"无障碍电影制作的撰稿规范，为后来一批批电影提供了创作模板参考标准。

王海龙拿着手记和10分钟的实验品去和学院的老师们讨论，得到一致好评。老师们也结合理论知识，提出不少制作方法，整个团队对未来的发展方向都感到清晰了许多。最后，他用一整个寒假的时间完成了《建军大业》完整版无障碍电影的制作。

当时的他以为，做一批电影，应当是一群老师带着一群学生去做的课题研究，是一个点状的项目。他没想到的是，从第1部到前5部，从前30部到一年104部，现在的"光明影院"已经由点及线再到面，星星之火可以燎原了。这比当初老师们在206提出的设想，更大、更广，也承载着更多盲人朋友的期待。

二、上千次的暂停与回放

《建军大业》制作过程中，"光明影院"团队的老师们意识到，这事儿真能做成。

但只有王海龙一名志愿者是远远不够的。为了扩大队伍，寒假之前，"光明影院"招募了一批学生志愿者，蔡雨同学就是其中的一员。蔡雨本科就读于电视学院，因为成绩优秀，被保送到本学院攻读硕士学位、博士学位。听到师哥王海龙的召唤，这位既有爱心又有能力的北京姑娘毫不犹豫地加入了志愿者队伍，她希望和海龙师哥一样，用自己的专业知识为社会做点事情。

在"光明影院"还是两手空空、什么成绩都没有做出来的时候，最早加入"光明影院"的这批志愿者成为实践的先锋队，他们的探索为后来的燎原之火奠定了非常重要的基础。

招募完成后，所有人聚在一起开了个会，决定让两位老师（赵希婧老师和陈欣钢老师）、14名学生，分3组制作5部电影：《建军大业》《我的战争》《钱学森》《大唐玄奘》和《战狼2》。

随着《建军大业》在寒假期间磕磕绊绊地做出来，"光明影院"无障碍电影的基本版式也就确定了。

当时，2017级硕士研究生蔡雨和两名同学一起写《我的战争》，每个人分到40分钟。

3月19日，大家开了一次集体会议，每组都要拿出自己的片子一起讨论。《我的战争》和《建军大业》一样，有非常多的战争场面，很难描写。蔡雨记得，会议上大家讨论出一些方法，她归纳为总分总的写作形式：先写宏观的情况，比如几方在对峙，再写一些具象的，就像拍片子的时候切近景和特写，然后再拉远景，说说总的情况。

精益求精的写作需要时间，在肖泓院长的反复催促下，前5部的文稿花了一个多月的时间，总算是陆续完成了。

这时，王海龙接到一个通知：5月20日全国助残日当天，"光明影院"制作的无障碍版《战狼2》要在北京市广外南里社区进行放映，同时宣布"光明影院"项目正式启动，其他4部也要尽可能在放映前完成。

虽然这个通知令所有人倍感兴奋，但是距离5月20日已经没有多少天了，而且影片基本都还停留在脚本审阅阶段，大家也还没有进棚录音。为了完成任务，同学们接下来的几天都是没日没夜地"泡"在录音室，加班加点进行录制。"光明影院"那时还没有自己的专属录音棚，录制工作在学院二楼一个非常窄小的录音间进行。为了确保录制时没有杂音，空调不能开，门还得紧闭着，尽管5月份尚在初夏，挤了好几个人的小黑屋里还是热得像蒸笼一般。

《建军大业》是王海龙用自己的设备录的，《战狼2》则是他在学院录音棚录的第一部无障碍影片。尽管在家里练过无数遍，真到了现场，身边还有那么多人盯着，王海龙不免有些紧张。加上《战狼2》的情节又很复杂，主角和海盗搏斗那段，先是一拧再一摔，然后一踢，绳子一套，最后一拽，那一套动作很快。王海龙一边念，一边比画，出了一身的汗。当时肖泓院长来探班，和他坐在一块，听他念，提出一些指导意见，同样也是大汗淋漓。

"光明影院"学生志愿者在录音棚制作无障碍电影

王海龙记得当时陈欣钢老师也在场，提出了不少有用的建议。《战狼2》的打戏特别多，有些战斗镜头时长足足有10分钟，情节紧凑，音效杂糅。看完一些打斗片段后，陈欣钢老师却皱起了眉，他一边拿着笔在讲述稿上描画着，一边问道："海龙你看，除了你一拳我一脚，谁打到谁的肋骨上，谁把谁打趴到了地上之外，还能说些什么？"

录音室里的大家沉默着。陈欣钢老师想了想，觉得还是应该添加一些感情色彩。他当场在纸上写道："一拳比一拳狠，一脚比一脚狠，新仇旧恨交织在一起。"寥寥几句，把主人公之间的情感很好地提炼出来，体现在稿子里。而大家再去听那一段的时候，都觉得能更好地带动听众的情绪，也弥补了难以描述更多画面细节的问题。

每一部无障碍电影的讲述稿，要经过审稿同学的初步校对、撰稿同学的交叉校对和老师最终校对，但其实没有所谓的定稿，因为修改永远不会结束。一直到成片之前，讲述人都会对文稿的细微之处进行修改。因此，想要成为"光明影院"的志愿者，必须具备出色的文字写作能力和讲述实力。

2018级硕士研究生杨明是第二批志愿者。她曾做过这样的统计：每部电影大约由300—500个镜头组成，每个画面需要看10遍以上才能转化为讲述稿，也就是说每写一部电影，需要按3000次以上暂停键，反复观看，不断揣摩，至少需要一周的时间才能完成初稿，修改文稿的时间甚至多于一周。

在撰写《流浪地球》的讲述稿时，仅仅5分钟的电影片段，志愿者需要不停重复"暂停 — 回放"的动作，反复琢磨将近一个小时，才能交代清楚时空变化、人物关系、细节伏笔，而在讲述时更要控制时间，把握节奏，插空讲述，在提供足够信息的同时完整地留出电影原来的音效。对于这部科幻电影的无障碍版本来说，恢宏磅礴的场面讲述背后，是上千次的暂停与回放，是不厌其烦的琢磨与修改，是不惧付出的推倒与重来。

这样"较真"的暂停并不仅仅发生在撰稿的过程中。"光明影院"的制作组要完成撰稿、录音与后期三大任务，才能保证一部无障碍电影的诞生，在录音棚里、后期软件里，暂停键同样被不断按下。

电影《小兵张嘎》中有大量战斗场景，主角的动作与背景的隆隆炮声交织在一起。"原片真实的炮声比我的讲述效果好多了，我还是不要画蛇添足了！"抱着这样的想法，在《小兵张嘎》后半部分约8分钟的战斗中，2017级本科生李钰同学只用了数十字去释读激烈的战斗场面。

正式录音预留的时间是下午2点到6点，李钰买了晚上8点回家的高铁车票。但是磕磕绊绊录到战斗场景的时候已经临近8点了，李钰和师姐在棚里也已经待了将近6个小时。

"完了，高铁就要发车了！"李钰内心充满了焦虑，时不时地看手表，只想赶紧完成录音。

然而蔡雨的眉头却越皱越紧，一次又一次按下暂停键，李钰的耳机里也一遍遍传来"缺东西"这3个字。

蔡雨放下耳机，严肃地问她："你到底有没有认真看片子？"

"我没有偷懒，我觉得这里应该保留炮火的原声……"李钰想到之前每晚熬夜看片，甚至有几天通宵写稿，心里十分委屈，也不能接受"没有认真"的说法。

录音棚的气氛有些凝滞，时间一分一秒过去，李钰错过了这张不能再改签的车票，话里也不禁带了些怨气。

"把眼睛闭上。"耳机里突然传出一句话。

李钰愣住了，师姐又重复一遍："把眼睛闭上，我把你刚录的那段放一遍，你听一下——"

隆鸣的枪炮声中，"罗金保把钟连长救了出来"，"嘎子把炮楼点着了"，这寥寥几字让战斗场面失去了很多表现主人公英勇无畏的情节。到了这一片段的后半部分，只剩下震耳欲聋的炮声。

听着听着，李钰突然鼻子酸了一下，眼睛里逐渐蓄起泪水。那是一种很复杂的情绪，好像本来自以为很完整的讲述突然变成了"注水肉"，而且水分大到让她自己都错愕。如果是影院的观众听到这样的讲述会有多么迷茫和失望，那一刻，她的心里满是懊悔。

录音过程中，很多时候会因为讲述稿的问题而按下暂停键，会因为录音员的音色与电影不匹配而终止录音，也会因为录音员的情绪不够饱满而重新调整。只有经过一遍一遍暂停、一遍一遍调整之后，送到视障朋友手中的，才能真正成为他们能够看懂的无障碍电影。

后期制作需要经过初步剪辑和混音两个阶段。在初剪阶段，志愿者们打开 AU 音频剪辑软件，导入录好的音频和电影原声，呈现眼前的是复杂的波形轨道，声波密密麻麻地排布着，录制时一些明显的呼吸声、喝水声、稿件翻页声、咳嗽声等杂音也会藏在其中。这时候，志愿者们除了需要将录制的讲述音轨放在合适的位置之外，还需要给音轨做点小手术——去除这些杂音。

2019 年，志愿者李怡滢录好了无障碍电影《西虹市首富》，她穿过狭长的走廊，第五次停在混录棚门前，又一次提出修改录音重新剪辑《西虹市首富》时，负责混音的师弟打趣道："姐，'西红柿'都'剪'成番茄酱了……"

李怡滢是王海龙的老乡，是一位颇有些"较真"的 95 后，"要做出自己的代表作"是她的口头禅。她告诉自己，投身"光明影院"，就要拿出一部优秀的无障碍电影，让盲人朋友看得明白、看得开心。在制作《西虹市首富》时，她不放过每一个细节，一遍遍暂停，暂停，再暂停，那些细小的瑕疵在一遍遍的"暂停—回放"中被发现，直到听起来毫无问题为止。

2019 年年初，"光明影院"后期组刚刚成立，只有 5 位同学在混录棚参与后期混音，其中3位同学还是全然不懂的录音小白。志愿者们只能借助万能的"度娘"引擎和"鹅厂"视频，通过比上课做展示还要用心的勤奋学习和自主钻研，逐渐创立出一套完备、严谨、速成的后期组工作模式。在熟悉技术和工作站之后，他们不断优化剪辑到最终成片的流程，将后期制作时间从最初的近3个小时缩短到了30分钟至40分钟。后期混音是制作无障碍电影的重要一环，既要保证配音员的讲述能够清晰无误地被视障朋友们听到，也要保证影片原本的声音渲染后的整体质量。按下无数次暂停，保证背景音效与讲述音效的和谐，才能够让这场听觉盛宴呈现得更加完美。

在上千次的暂停与回放中，"光明影院"里的每个人都患上了强迫症。而这样的较真，正是炼成一部无障碍电影的终极秘诀。

三、第一批非科班配音讲解员

作为无障碍电影制作的重要环节，配音和讲解是带领视障朋友们走入电影世界的一道桥梁。大多数"光明影院"的志愿者并没有接触过系统、专业的训练，仍然在录音棚里配出了一部又一部精彩的无障碍影片。这些优秀的非科班配音讲解员们，又和"光明影院"有着哪些难忘的故事呢？

"用声音传递色彩，用聆听感知艺术，欢迎来到光明影院。"

志愿者蔡雨又坐在熟悉的录音棚里，念出这句早已烂熟于心的讲述词，开始了新一部影片的配音。桌上的讲述稿上写满了修改和批注，蔡雨神色从容，不紧不慢地讲述着电影里的故事。

今天为您讲述的电影是历史剧情片《古田会议》。

房间内，贺子珍将桌面上散落的手稿摆放整齐。而后她走向床铺，坐在床边整理衣服，不时看向一旁写作的毛泽东。

…………

蔡雨是"光明影院"的第一批成员，也是第一批配音讲解员。2018年1月，她收到了入选通知，正式加入了"光明影院"。在放寒假之前，志愿者们集中开了第一次大会。会后，蔡雨从学院走出来，心里既激动又紧张，因为在加入"光明影院"之前，蔡雨以为自己只是参与撰稿部分的工作，并不知道还需要自己完成配音和讲解。

那时候的志愿者团队，一共只有14名同学，他们在两位指导老师的带领下，要完成5部电影的制作。"光明影院"刚刚成立，无障碍电影制作在当时还没有完整的流程和模式。大家分组作业：每3个同学组成一组，负责一部影片。就这样，蔡雨加入《我的战争》小组，开始了在"光明影院"的工作。这部影片的时长接近两个小时，蔡雨和其他组员决定，3人各负责40分钟的片段来撰写讲述稿，写完稿子后，每人再试配一段，最后选出一人来负责这部影片的配音和讲解。试配之前，蔡雨并没有接触过相关工作。她从网上买来防喷罩，将耳机上自带的麦克风绕到防喷罩后面，在家里完成了第一次配音和讲解。

蔚蓝的天空下，五星红旗迎着风猎猎作响，火车站被红布和鲜花装饰一新。

身穿绿色军装的战士们拥挤在火车站，正在紧急搬运补给。

一个小战士站在医生旁边点名，被叫到的人上前在领口处盖上印有其血型印章。盖上印有每个人血型的印章。

虽然没有专业的录音设备，蔡雨还是凭借出色的声音条件得到了《我的战争》的配音和讲解机会。

2018年5月11日，蔡雨早早地就带着电脑，来到了学院的录音棚。王海龙师哥也到了，一步一步地耐心指导蔡雨如何操作设备。第一次接触到比较专业的录音设备，蔡雨仔细将海龙师哥说的记在心里。大概中午11点半左右，歌华的张老师也来到学院，指导大家的配音和讲解工作。

狭小的配音间里，蔡雨坐在电脑前，一遍一遍地录制、修改。

不知不觉中，天已经黑了。晚上9点，蔡雨终于完成了她配音和讲解的第一部影片。走出学院，漆黑的夜幕下，她的手机散发着微弱的光。陈欣钢老师在群里发来消息：辛苦了，等着上线，给大家带来光明吧。蔡雨笑了，心里涌动着温暖和由衷的高兴，迎接自己的虽然是黑夜，可为别人带来的是光明。

第一批影片的配音和讲解工作结束后，蔡雨的声音得到了老师们的认可，她也对自己越来越有信心。

提起担任配音讲解员，蔡雨认为，自己其实是情感有余、技术不足的那一类。小的时候，家里人为了训练蔡雨的语言表达能力，就给她报了一个讲故事的兴趣班。除了这个，蔡雨就没再参加过其他的声音训练了。因为家里人平时都说普通话，受到影响的蔡雨从小在发音和咬字方面都没什么太大的问题。蔡雨说，自己对文字比较敏感，感知力较强。从小到大，蔡雨的语文成绩都很不错。尤其是在阅读理解、诗歌赏析这一类题型中，她一直都能拿到一个不错的分数。这个天赋对她配音讲解时的情感把握有着很大帮助。

蔡雨还喜欢给别人讲故事。高三的时候，大家的学习压力都很大，就会有同学专门请蔡雨给自己讲故事。除了讲故事，蔡雨高中时也给别人讲过电影。也许冥冥之中，她和"光明影院"的缘分早已注定。看电影时，蔡雨总是非常投入，并且能敏感地捕捉到片中人物情感的变化。每次看完电影之后，蔡雨会记得电影里所有的细节，然后到班里从头到尾地给别人讲一遍，包括影片中的伏笔也会细细地说给同学们听。她说其实当时就是觉得好玩。她愿意给别人讲，而别人也觉得喜欢，愿意听。有了这些忠实的听众，蔡雨觉得很满足。

加入"光明影院"后，她对配音讲解工作也有了新的认识。2021年底，蔡雨和"光明影院"的其他志愿者一起，戴着眼罩听完了无障碍电影《我的父亲焦裕禄》。在听的过程中，蔡雨发现，电影刚开始时她努力地想听清楚每一个字，而十几分钟之后，自己在听的其实都是情感和情绪，咬字发音反而不重要了。蔡雨认为，视障朋友们在听无障碍电影时也是这样，所以我们要做的就是在提供基本信息量的基础上，带着情感去配音、去讲解，这样才能有一个好的效果。

2019年，蔡雨获得了国家留学基金委公派赴我国主流媒体驻泰国记者站的实习机会。实习期间，她放弃了工作结束后的休息时间，不顾时差，"远程"负责审稿工作。新加入的志愿者对写稿不如老成员那么熟悉，这让蔡雨在审稿时颇为烦恼。就在这时，志愿者温莫寒的讲述稿映入她的眼帘。温莫寒的稿件语句通顺，逻辑恰当，这让蔡雨觉得非常欣慰，也对温莫寒多了一分重视。后来的事实证明，温莫寒的确非常出色，尤其是在配音讲解工作方面。

与很多"半路出家"的配音讲解员不同，山东姑娘温莫寒本科时就是一名播音主持专业的学生，是名副其实的科班出身。但温莫寒认为，要做一个好的主持人或播音员，只有好的声音是不够的，必须有积累、有内涵、有知识。所以，大三时她就选择了跨专业考研，来到了广播电视学专业攻读硕士研究生。就在她考上硕士研究生的时候，"光明影院"出现了，对她来说，这是可以把自己所学的两个专业的知识都结合起来的项目，适合她也成就了她。

温莫寒说，在制作无障碍电影的过程中，自己对于所学的两个专业都有了更深的理解。虽然是科班出身，但她对配音讲解的理解，也在"光明影院"有了新的变化。

在志愿者招新结束后的集体会议上，温莫寒站在投影幕前分享自己的心得，一群新生志愿者席地而坐，听着师姐的分享，脸上满是好奇和向往。

温莫寒介绍完录音和监听的流程，顿了一会儿看向大家说道："在加入这个项目以前，可能因为自己是播音学生的缘故，我自信声音动听，也会把过多的注意力集中在自己的声音上，注重字正腔圆，注重状态积极，注重表达技巧，但其实我忽视了声音最重要的作用——传递信息，而相比于所谓的表达技巧，传递信息最重要的一条法则是真诚。"

"真诚怎么通过声音表现呀？"有位志愿者不解地小声嘀咕。

温莫寒听见了，笑着解释："在监听的过程中，我发现缺少真诚这个问题比较普遍。虽然大家不一定都有播音主持的学习背景，但往往会被眼前的文稿禁锢住，只是在'念稿子'，而把'念稿子'的目的抛在了脑后。对于'光明影院'来说，作为一个公益项目，如果只有华丽的声音，会产生一种'拒人于千里之外'的感觉。我们的声音是视障观众走进电影世界的媒介，必须能够将他们带入电影情境，就像在他们的耳边娓娓道来，引领他们感受世界的多彩。这就是真诚。"

温莫寒在"光明影院"制作的第一部无障碍电影是《影》。她还记得，自己在第一次录完音后，受到了王海龙师哥和赵希婧老师的表扬。这让她非常开心，也更加坚定了与"光明影院"同行的决心。制作《我和我的祖国》以及《我和我的家乡》两部影片时的情形，给她的印象尤为深刻。写完稿子后，温莫寒照例对着电脑练习。看着屏幕上冉冉升起的第一面五星红旗、女排队员的高声呐喊，还有香港回归的庄严场面，温莫寒的眼里涌出泪水。拿着讲述稿，她的声音几度哽咽。正式配音和讲解时，温莫寒坐在话筒前，目光坚定。监听室的电脑上出现一条条漂亮的波形，饱含着她最诚挚的热爱。

在无障碍电影的配音和讲解中，配音讲解员们也许不是科班出身，没有受过专业的训练，但他们一直在用努力和热情为无障碍事业贡献着自己的力量。就像"光明影院"的口号一样——"用声音传递色彩"，他们正是在用自己温暖的声音，将充满色彩、美丽缤纷的世界传递给视障朋友。

四、年轻的小白杨

"校园里大路两旁,有一排年轻的白杨,早晨你披着彩霞,傍晚你吻着夕阳……"

在中国传媒大学,小白杨既指那些叶子在风中沙沙作响的青葱树木,也是校园里洋溢着青春笑容的学子们的代称。对"光明影院"来说,一年又一年的时光里,正是一群群年轻的小白杨陪伴着它,一起走过了春秋冬夏。

回望过去,"光明影院"刚刚成立时只有几名学生和老师,大家一起摸索着前进,才逐渐形成了今天完整的管理模式和制作流程。这个由学生组成和管理的团体,至少在目前,是独一无二的。

"你想参加'光明影院'的配音吗?"

"当然想啊!但是,我可以吗?"

"你可以试试看。"

志愿者陈红收到了同门师哥王海龙发来的邀请。

陈红是安徽人,2018年考入中国传媒大学攻读硕士学位研究生,因为对广播、电视这些视听内容感兴趣,所以她选择了电视学院,选择了广播电视学专业。"光明影院"的招新活动,让她一下子想到,也许,自己对视听的热爱,能够与公益结合起来,在服务视障朋友的过程中，体现青年大学生的价值。于是，2018年10月，她带着电脑和耳机，参加了"光明影院"的笔试和面试。

那是"光明影院"第一届大规模招新，电视学院的217教室里，坐得满满当当。大家既期待又兴奋，表情带着显而易见的紧张。

撰稿考核的是一段《泰坦尼克号》无对白画面的讲述稿，5分钟左右。这部电影陈红很早就看过，由于没有撰写经验，陈红一写便停不下手，稿子上密密麻麻写满了讲述词。

当她自信满满地拿着稿件来到录音棚，真正坐在话筒前的那一刻，才发现自己写的讲述词太多了，根本就无法穿插在电影原声中说完，也跟不上音效的节奏，最后只能手忙脚乱地完成了自己的试音。每每想到那时的场景，陈红总会有些懊恼。

幸运的是，她通过了选拔，成为了"光明影院"的一员。

陈红加入时，"光明影院"正迎来一次30部无障碍影片的制作任务，工作量相比之前大了许多，需要一个人来做统筹。那时候，"光明影院"还没有制片这个专门的分工。

王海龙找到陈红："师妹，你愿不愿意去做统筹的工作呢？"

陈红有些疑惑，她并不清楚具体要做些什么。

王海龙对她解释道："这份工作需要你去督促大家按时间把稿子写完，并且制定一些工作节点。"

陈红接受了任务，一心想着要和大家一起，把"光明影院"

的事做好。

作为"光明影院"的第一位制片，陈红的工作并不轻松。为了保证无障碍影片的质量，新加入的志愿者都会参加一次培训，之后再领取撰稿任务。当时"光明影院"一共招了三四十个撰稿的同学，后来又陆陆续续招了一百多位志愿者。所有这些志愿者的培训和撰稿工作，都由陈红一个人来组织。因为缺乏成熟的管理系统，陈红刚开始只能用最原始的办法，在纸上记录大家的工作进程。

这项工作听上去不难，可是非常琐碎，也非常耗时。每到周末，陈红和"光明影院"的其他核心成员就会聚在一起，商量下一周需要完成的任务。之后，陈红就要利用工作日的时间去完成统筹。

研一的课程很多，晚上10点，陈红上完课回到宿舍，室友们陆陆续续上床睡觉了，寝室里安静下来，她的工作时间却刚刚开始。凌晨1点，陈红仍然坐在电脑前整理着排班表。桌上的手机振动起来，微信上是几十个置顶消息，页面上冒出了小红点——还有人在给陈红发消息汇报着自己的写稿进度。

陈红揉揉疲惫干涩的眼睛，打起精神认认真真地盯着屏幕，嘴里小声念叨着："这部影片应该加快进度了……这部录制时间再调整一下……不能耽误总体时间。"

她打着哈欠，一点一点地调整着表格。黑夜里，只有电脑屏幕还在发着微弱的光。

除了安排时间表,陈红还要督促大家在规定时间内交稿。陈红知道,写一篇稿子需要耗费很长的时间,有时候她自己也写到过凌晨4点多。为了让大家安排好时间,及时提交讲述稿,陈红会在交稿前几天细心询问每一个人的情况,提醒大家按时完成。

经过一两轮的催稿,陈红对大家的交稿效率心中有数了。她把重心放到经常拖稿的同学身上,工作效率明显提升。但陈红一直很担心,催稿的工作会让自己在大家心里的印象大打折扣,好像自己只是一个不近人情的"催稿机器"。但没办法,为了不耽误电影的制作进度,陈红必须完成这个任务。

繁琐的制片工作有时也会让陈红烦心。"光明影院"几乎占据了她所有的课余时间。她有时候会想,如果自己只是一个普通志愿者,或者只是一个撰稿组成员,那她还会有属于自己的休息时间。可事实上,在成为制片后,无论是学校的社团活动还是实习,她都很难挤出时间参与了。连室友都打趣说,陈红课余的所有时间都奉献给了"光明影院"。尽管有时候陈红也会觉得有些委屈,但她知道,只有自己在做制片这份工作,既然已经承担了,就应该负起责任。正是这份责任感,让陈红一次次地顶着压力坚持了下来。

2019年4月14日,"光明影院"迎来了自己在北京国际电影节上的公益放映日,这一天,也是陈红的生日。这次活动是"光明影院"创办以来第一次向社会展示自己的成果，同学们希望让观影的每一位观众都感受到大家的用心。项目组当时准备了很多存储无障碍影片的U盘，希望可以把它们送给视障朋友。活动前一天，看着桌上的U盘，陈红突然想到：一个简单的U盘怎么让它显得好看呢？

灵光一闪，陈红觉得似乎可以在盒子上绑一个红丝带，便兴冲冲地跑到了学校的超市。顺着一排排货架找去，陈红也没有找到自己想要的那种红丝带。她只好又跑到校外，连着找了好几家店铺，买回来了好几款不同的红丝带。试来试去，陈红还是不满意。最后，她跑到学校花店，买来了扎花束的那种丝带，颜色鲜红漂亮，而且宽度也很合适。找到合适的红色带，陈红一刻也没有犹豫，一直在学院待到了半夜，绑了20份左右的小盒子。这一个个绑着红丝带的小盒子摊在桌面上，就像志愿者们一颗颗鲜红的爱心，在等待着送到盲人朋友的手中。办完活动，陈红特别开心，她觉得这是"光明影院"和自己的缘分，也是一份特别的生日礼物。

4·14放映活动后，"光明影院"的成员们在指导老师的带领下，开始筹备参加"互联网+"大赛。大家在之前的工作中就逐渐意识到，无论是撰稿流程、配音事项，还是审稿规则，都没有一个明确、清楚的说明。借此机会，陈红和其他成员一起，仔细梳理了当时"光明影院"整个的规模、流程和规章制度，将这些落

"光明影院"无障碍电影播放器

实成了文字。

从那之后,"光明影院"的工作更加系统化了。通过筹备比赛,陈红才体会到,肖泓院长对于"光明影院"的构想还很深远。陈红回忆说,肖泓院长希望"光明影院"只是一个小的撬点,希望将来能够从出版环节开始就有无障碍这么一个环节,希望无障碍理念能够覆盖全社会。比赛结束后,陈红发了一条朋友圈,配着文字:聚沙成塔。

在陈红看来,"光明影院"离不开每一个志愿者的努力和付出,也许很多人只是参与了一次活动,写过一个稿子,并没有长期坚持下来,但她还是觉得,每一个人都重要,都不可或缺。"光明影院"3周年时,陈红来到录音棚,她走过大厅里一排排红色的展柜,上面展示着"光明影院"获得的各类奖项。陈红的目光缓缓扫过每一个奖状,心中感慨万分。学生本来就是一个善良有爱、乐于奉献的青年群体,他们不会去计较付出多少得到多少,只要觉得事情有意义有价值,就会去做。志愿者们的公益之心和专业能力,是"光明影院"越走越远的重要支撑。

作为"光明影院"的第一位制片,陈红几乎见证了"光明影院"学生团队管理模式从无到有、一步步建立起来的全过程。很多志愿者都和陈红一样,满怀热情加入,坚守一份责任。在一次次的写稿、配音、放映中,大家对"光明影院"的认同感和归属感不断增强。这群年轻的小白杨,一路摸索着,用自己的热情和知识,驱散黑暗,传递光明。

五、为了"精准扶贫"的小收音机

"光明影院"成立的初衷,便是为视障朋友铺设文化盲道,让每一个盲人都能和健全人一样,走进电影院,享受一场文化盛宴。可现实生活里,仍有许多盲人朋友不方便走出家门到影院去欣赏无障碍影片,这是"光明影院"的志愿者们面临的又一道难题。

每年5月的第3个星期日是"全国助残日",也是"光明影院"的大日子。

2019年，在指导老师们的带领下，大家决定在5月19日举办一次放映会。为了给盲人朋友留下难忘的回忆，志愿者们决定准备一些特殊的纪念品。

肖泓院长首先提议："我们是不是可以将制作好的无障碍影片装到U盘里，送给视障朋友，这样他们在家里也能随时享受电影了？"

大家纷纷赞同，可转念又想，如果只是一个单独的U盘好像缺少了一些纪念意义。

就在大家冥思苦想时，王海龙想到一个好点子——把U盘装到一个打开之后就会自动发出声音的小盒子里。

这个主意得到了大家的一致认可，可去哪儿找这样的小盒子呢？

王海龙想了想，既然是要一打开就能发出声音，那不就是高中时物理老师所说的光敏材料吗？"我们自己找材料，找厂家来做！"

确定了方案后，王海龙一刻也没有耽搁，立马发动大家从各种渠道寻找光敏材料。很快，志愿者们从网上找到了合适的材料。王海龙非常兴奋，与商家谈好价格后就马不停蹄地赶到了学院，办理经费申请等相关手续。

时间一点点过去，距离5·19放映日越来越近，采购材料的钱还没有汇过去，工厂没办法开工，王海龙越来越着急。他只能跑到学院办公室里，询问老师汇款的情况。5月的北京，气温将近30度，阳光灼热，王海龙一路跑到学院已是满头大汗，他焦急地拜托老师："老师，麻烦您了，我们这事儿真的很急，是给盲人朋友做电影的。"

老师拍了拍王海龙的肩膀，安慰他："别着急，一定会尽快的。"

走出办公室，王海龙直接坐在了学院门口的楼梯上。他脑海里闪过无数个方案，仔细思考着是否可行。焦急之下，他已经想到自己去筹钱，赶快给工厂打过去让他们开工，实在不行，他甚至想要自己去找修理电器的师傅，问人家找一找工具，跟人家一起自己焊几个材料出来……

王海龙从楼梯上站起身，下定决心，无论多难都要想办法把事情办成。他再次回到办公室，没想到，他申请加快审批的钱款已经办好了手续，赶在下班前汇了过去。这让王海龙又惊又喜，心里压抑的情绪一瞬间化作泪水涌出。

虽然激动，但王海龙清楚这只是第一步，平复好心情，他马上和厂家联系，催促起进度。但由于汇款耽误了一些时间，厂家告诉王海龙，可能来不及做完了。王海龙就让工厂先做300个，赶上进度。两天后，厂家将做好的两个样品寄了过来。

确认无误以后，王海龙便抓紧时间研究小盒子的设计。虽然时间紧张，但大家都尽力想把小盒子做得更精致一些，甚至还给小盒子上添加了盲文的设计。

为了在放映活动前顺利做完小盒子,王海龙联系制作盒子的商家,直接从北京赶到了廊坊的印厂,和工人们一起研究盒子里安放电池、喇叭、USB接口等零件的位置。一切都安排妥当后,王海龙在印厂赶制出一份样品,带回学校给老师们过目。大家都很满意,现在就只差盒子内的光敏材料了。

5月14日,距离放映日只有几天了,材料终于制作完成,可发货地在深圳,怎样才能保证材料准时到达呢?王海龙心急如焚,在手机上不停地查询着两地的运输时间。

"这些东西飞机能托运吗?我查的高铁得8个小时……"他一遍一遍地催促厂家,终于在16号顺利拿到了300个材料模块。

本以为一切即将顺利结束,偏偏这时候,他发现有的模块出现了问题。

王海龙将模块放进小盒子里,一打开盒子就传出了熟悉的声音:"欢迎来到'光明影院'……"他满意地将盒子关上。谁知这盒子是关上了,可声音依然没有停止。这下急坏了王海龙,他赶忙将情况反映给厂家,厂家也十分抱歉,表示可以直接将模块全部退回,到工厂返修。可北京和深圳的距离遥远,这一来一回的时间,他真的耽误不起。

没有办法,王海龙叫来3个志愿者。4人将所有模块挨个听了一遍,分出有问题的,装好带到了学校门口的手机店。店里的维修人员给他们一个一个地重新焊接。几个人就守在一边，焊接好一个就重新听一个，直到确认所有模块都维修好了。

走出手机店，夜已经深了，王海龙拿出手机一看，竟12点多了。但他第一反应不是马上回去休息，而是担心时间不够了。他叫来一辆车，将所有材料模块送到了廊坊，开始进行最后的装盒工作。放映日前一天晚上凌晨3点多，满载着爱心的小盒子随着快递来到了王海龙家里。他担心一个人拿不下，便叫上了自己的师弟到家里住了一晚。第二天，5·19放映日，两人抱着沉甸甸的300个小盒子，来到了放映现场。

看到王海龙抱着盒子过来，志愿者们纷纷上前帮忙，把准备好的U盘一个个仔细地放到了小盒子里。放映活动正式开始，主持人拿着小盒子，用话筒对准它，慢慢将盒子打开。王海龙站在台下，屏住呼吸，攥紧了手，紧张又期待。只听话筒里传出舒缓的声音："欢迎来到'光明影院'……"台下瞬间沸腾，大家纷纷拍手叫好。王海龙终于也松了一口气，紧紧攥着的拳头松开，手心里满是汗水。这些日子以来的担心和焦虑终于在这一刻烟消云散。

放映结束后，志愿者们为每一位嘉宾都送上了这份特殊的小礼物，看着大家的笑容，王海龙也笑了。

小盒子是"光明影院"成长路上一次重要的尝试。9月，志愿者们再次创新，制作了新的播放设备——小收音机。志愿者们已经提前将录好的无障碍影片音频编好了号码,录入到收音机中,这样盲人朋友们只需在家里轻轻一按,便可以听到精彩的电影了。提到小收音机,温莫寒回忆起一件趣事:有朋友做完手术后不方便用眼,便用"光明影院"的小收音机当作消遣。所以,小收音机惠及的其实不只是视障朋友,还有在生活中不方便或无法用眼的人。这也是"光明影院"在传播和宣传阶段为之努力的目标:将无障碍的理念普及全社会。

第三章 五进：一条不同寻常的公益之路

一、进社区：第一场无障碍电影公益放映

（一）视障人士的耳朵就是最好的量尺

晚上10点半，中国传媒大学东配楼还亮着一盏灯。王海龙坐在"光明影院"工作室里，在电脑屏幕前一待就是4个多小时。咚咚咚，王海龙被敲门声吓了一跳。门卫师傅的声音把他从一帧一帧的画面里拉了出来，"小伙子，10点半了还在忙呢啊？"王海龙使劲地揉了两下眼睛，缓过神来，应道："好嘞叔，马上走。"点了两次保存，王海龙小心翼翼地拔下硬盘。

过去的几个月里，王海龙有多少次像这样被师傅"赶"出来？已经数不清了。有时候他是和团队成员一起，有时只剩他自己留到最后。特别是最近一个月，踩着月光走出工作室已经成了家常便饭，因为，"光明影院"启动仪式一天天临近。

启动仪式前的最后一个晚上是最紧张的时候。明天,王海龙制作的无障碍版本《战狼2》就要在启动仪式上放映了。回家路上,他脑海里一遍遍闪现着电影的细节。经过上千次的打磨,王海龙几乎可以说得出每一个画面、每一句台词。

从学院回到家,还没来得及喘口气,他马上打开电脑,掏出硬盘,在屏幕前一待又是几个小时,再次看表时,已经是凌晨两点半了。

王海龙拔下硬盘出了门。深夜的朝阳路大街空无一人,虽然已经很久没有好好休息了,但是王海龙坐在出租车上却异常清醒。明天现场会不会出现什么问题?万一视障朋友不接受这种形式怎么办?中途有人要离场怎么办?这些问题像一块又一块的石头向他袭来,压得他喘不过气……

第一次放映活动,一切都是未知的,只有搏一把。

正想得入神,司机师傅提醒王海龙到地方了。明天负责放映的歌华有线工作人员已经等在路边,王海龙把硬盘递到他手里,如释重负又有些惴惴不安。

夜幕下,王海龙回到家,躺在床上翻来覆去,想象着第二天可能会发生的和视障朋友的交流场景,顺利的、失误的、满意的、批评的……无数种可能一遍遍地在眼前上演,在想象与梦境的交缠中,天慢慢亮了起来。

第二天早上7点不到,王海龙就来到了北京广外南里社区文化站。没过多久，歌华有线的工作人员也带着设备匆匆赶来。几番调试之后，音响设备的播放效果依旧不尽如人意。王海龙显得有些慌乱，他心里默默念叨着"首映式可一定不能掉链子呀！"

王海龙想起过去的半年里，制作5部无障碍电影的那些日日夜夜，在录音棚、混音棚里的一次次重新录制、剪辑修改。声音，始终是团队里每一个人对电影的最高要求，也是必须达到的底线。经过5部电影的打磨，每一句解说词的反复琢磨、语音语调的不断探索，剪辑软件里每一帧上解说词与台词的完美配合，都让团队成员的耳朵变得极其敏感。他们尽力寻找视障朋友坐在银幕前的感觉，每一次闭上眼聆听，都是对无障碍电影本身的一次全新理解。"无障碍电影靠的就是声音，视障人士的耳朵就是评价我们成果的最好的量尺。"

为了让音响效果达到最佳状态，负责现场放映的歌华有线工作人员立刻联系音响供应商，安排更换音响设备。一来一回，半个多小时过去了。初夏的早晨还不算热，王海龙的衬衫却沾了汗水，紧紧地贴在身上。他一边和社区文化站的工作人员一起挂起横幅，按照报名的盲人人数摆好椅子，一边焦急地等待着音响的到来。终于，1个小时后，技术人员搬着新的音响设备回到社区文化站。连接电脑、投影，插上音响，听到自己的声音清晰播放出来的一刹那，王海龙一颗悬着的心落了地。

一切就绪，离活动正式开始还有4个多小时，按照原计划要进行一次完整的彩排。歌华有线的张涛老师和王海龙在银幕前选了两个位置，双双坐下，闭上双眼，尝试将自己代入到视障朋友的角色中。声音响起，"用声音传递色彩，用聆听感知艺术……我是'光明影院'的志愿者，我叫王海龙。"

伴随着激动人心的背景音乐，王海龙铿锵有力的声音从音响中传出。对此时的王海龙来说，这部完全用声音讲述出来的电影无比熟悉又有些陌生。经过了多少次打磨，细节、场景、台词，王海龙几乎可以倒背如流。但坐在银幕前，听到自己的声音和演员的声音混为一体，完整的故事线从屋内另一头的音响里传出来，在整个报告厅里回荡，还是第一次。王海龙对解说词和电影内容的贴合度十分敏感，听到几个小细节时，他皱了皱眉，脑海中迅速翻阅一页页被修改过无数次的解说词，想起剪辑软件里一帧一帧的校对，"还是得改"。不知不觉，两个多小时过去，王海龙的手机备忘录里多了几个标记的需要调整的时间点。电影一结束，他就拿出电脑再一次进行调整，最后，按下了保存键。

可以开门迎客了！王海龙长舒一口气。

（二）"扶着你我就很安心了"

5月20日，全国助残日当天，"光明影院"的首次放映在北京广外南里社区文化站举办。一大早，来自中国传媒大学和歌华有线的50多名志愿者陆续到达。他们穿着印有"光明影院"logo的

2018年5月20日,"光明影院"走进北京广外南里社区文化站举行首场公益放映活动

白色短袖,集合地点为广渠门外地铁站(D西南口),公交车57、23、637路马圈站。

此时,地铁站拥出来一群人。走在最后的是一位戴着墨镜的阿姨,看到阿姨手里的盲杖,硕士研究生吴昊赶忙跑上前去。

吴昊同学来自福建宁德,是个笑嘻嘻的热心小伙子。他不仅学术能力强,爱读书、爱写作,而且有着南方男孩特有的细心周到。用同学们的话说,吴昊是个"暖男",人见人爱!"阿姨好,我是'光明影院'的志愿者，我叫吴昊。"听到这样的话，阿姨伸出左手，自然地搭在了吴昊的胳膊上。

虽然培训过很多次，也看过很多辅助视障人士的教学视频，但第一次真正搀扶盲人朋友，吴昊心里还是有点忐忑。走进社区文化站要经过一些拐弯的楼梯，吴昊感觉自己每一步走得都越发紧张，那一级级楼梯让他直犯愁。到了楼梯口，吴昊努力回忆着那些教学视频里的内容，尽量让自己的模仿更自然一些。最开始的时候，他似乎一直不得要领。"阿姨，下台阶。"——又提醒得晚了，吴昊心里嘀咕，一边暗暗责怪自己不够熟练导致的失误，一边心底愈发紧张起来，担心自己的搀扶会让阿姨感到不舒服。

但一旁的阿姨好像察觉出了他的紧张，左手拍了拍他的胳膊，"没事，小伙子，我有盲杖呢，扶着你我就很安心了。"吴昊紧绷的心突然就松了一口气，好像说安心的人是他一样。

吴昊推开玻璃门，带着阿姨左拐右拐，来到一个开阔的大厅，又走进一个报告厅里。"到了，阿姨。您想坐前面还是后面？""我要坐前面，坐中间！"阿姨像第一次看电影的小朋友一样，兴奋地为自己选定了一个观影最佳位置。趁来的人还不多，吴昊给阿姨挑了一个正中间的位置。在这儿，阿姨一定能获得本场放映的"最佳视野"！

"小伙子，你不用在这陪我，你快去接别人吧。"

"没事阿姨，我们今天来了好多人，一对一足够了。一会儿结束之后我还来找您，送您回去。"吴昊热情地说。

"那敢情好啊。"阿姨说着，伸出手拉着吴昊的胳膊。在放映开始前，两人拉起了家常，就像一起来电影院看电影的朋友一样，共同期待着影片的开始。视障观众们陆续进入放映厅，一位位志愿者也陆续离开座位，或站在报告厅后排，或帮助搀扶着前来观看这场放映的盲人朋友们。

随着放映厅被渐渐填满，投影的一束光穿过整个报告厅打在银幕上，此时，电影开始放映了。

在另一边的放映间，为这场放映筹备、忙前忙后的王海龙看着这一切，有另一番心绪。

他站在放映间里，报告厅关了灯，很黑，但志愿者们依旧可以看到视障朋友脸上的表情，随着解说词时而欢笑时而凝重。现场并不安静。情节激烈时，观众屏息凝神，稍微缓和时，观众席间传来细碎的交流声。"有这个效果就最好了"，王海龙在内心感慨道。

时间在光影间流走，不知不觉中，在布置放映厅时被汗水浸湿的短袖都已经变干了。"犯我中华者，虽远必诛。"《战狼2》电影里，主角冷锋喊道。电影屏幕反射出光影，打在观众脸上，有人摘下墨镜擦擦眼睛，有人脸上淌着热泪。在王海龙心里，积攒了几个月的未知与焦虑，在此刻的塞塞窣窣里一点点被抹平。

电影结束了。观众席爆发出热烈的掌声，久久没有平息。

观众在志愿者的搀扶下离场，王海龙站在门口，回想着今天的一切——从陌生又新奇，敏感又小心，到离场的叔叔阿姨听到他的声音，伸出手去握住他的手，再到那一句句"辛苦了""谢谢你啊小伙子"的话语……王海龙站在他们中间，百感交集。

阳光从玻璃门洒进来，叔叔阿姨们在拐角处留下影子。噔噔噔，盲杖击打地面的声音和银幕前的欢笑、泪水一起，留在"光明影院"最初的记忆里。

二、进特校：送给全国2244所特教学校的礼物

世界不只需要被看见，也需要被听见。2021年5月16日是第31个全国助残日，对于大多数人来说，这只是平凡的一天，而对于32万残障学生来说，这一天却有着特殊的意义。在北京市盲人学校的八角报告厅内，正举办着由教育部基础教育司、中国传媒大学和中国教育发展基金会共同发起的"光明影院进特校"公益活动捐赠仪式。台下的座椅上整齐地摆放着一捆捆用红色蝴蝶结扎起来的无障碍电影观影硬盘，这是"光明影院"志愿者们在中国共产党建党100周年之际送给残障同学们的文化大礼包。

2244所特殊教育学校，2244个无障碍电影观影硬盘，中国传媒大学电视学院成为它们前往全国各地特教学校的出发地。"光明影院"项目工作室内，志愿者蔡雨拿起手机记录下这壮观的场

面：两千多个硬盘像小山一样堆在小推车上、桌子上、椅子上，但志愿者们却是乱中有序——"这里是还没有拆装的，这里是已经导好影片的，包装好之后要放在这里确认快递信息，等快递小哥来拿。"志愿者薛寒洁思路清晰，正在统筹电影硬盘的发放工作，她所指向的这些"文化大礼包"将陆陆续续送到全国各地32万残障同学的手上。

（一）一份"走"了快一个月的快递

从2019年6月开始，"光明影院"项目开始了面向全国的覆盖

2021年5月16日，"光明影院进特校"公益活动捐赠仪式在北京市盲人学校举行，"光明影院"公益团队向全国2244所特殊教育学校赠送无障碍电影

推广。2020年，师生志愿者们对国务院划定的14个集中连片特困地区进行了点对点覆盖，这其中也包括把无障碍电影送到边远山区、少数民族地区的特殊教育学校。

联系各地单位，沟通放映具体事宜的任务落在了"光明影院"放映组的志愿者们身上。组会上，当得知自己分配到对接新疆维吾尔自治区喀什地区的莎车县放映活动的任务时，志愿者朱雯琪感受到了压力。小朱同学是个00后，来自黑龙江牡丹江。生于军人家庭的她，从小在部队长大，经常被爸爸拉着和战士们一起训练。当看到她熟悉的消防员哥哥们在听到警铃时立马装备奔往火场，她逐渐明白了什么是尽己之力，奋不顾身，为社会做贡献。在她看来，公益是一项既温暖他人又治愈自己的事情，她希望在"光明影院"发光发热，为残疾人事业做出自己的贡献。于是，朱雯琪迎难而上，把对接莎车县的工作一把揽了过来。

对于莎车县，她是完全陌生的，甚至从来没有听说过这个小县城。"这个地方有专门的盲人单位吗？""那里会不会只会说方言啊，我听不懂怎么办？""那里有可以放映的设备吗？"无数个未知的问题浮现在朱雯琪的脑海中。

通过网上搜索，她惊喜地发现莎车县有一所特殊教育学校，但却始终找不到他们的联系方式，该怎么办呢？这时候她想到了之前一直和"光明影院"保持合作的新疆维吾尔自治区残联主席陈莉红。怀着试一试的想法，朱雯琪打通了陈主席的电话，当耳边传来略带口音但又熟悉而亲切的问好时，朱雯琪的心情一下子放松了下来。在听完"光明影院"本次活动的简要介绍之后，陈主席特别兴奋地表示会帮忙联系莎车县残联的工作人员，并全力配合此次放映。听到陈主席的话，朱雯琪仿佛吃了一颗定心丸，忙碌了好几天的事情终于有了着落。除了对陈主席的感谢，朱雯琪也深刻地感受到，在"光明影院"的大家庭中，不仅有我们身边的老师、同学，还有那些虽然未曾谋面，但却始终支持我们工作，用行动陪伴在我们身边的全国各地的残联、盲协单位和特教学校的领导、老师们，因为有了他们，"光明影院"才能够在全国生根发芽，开花结果，真正走到每一位视障朋友的身边。

当天下午，朱雯琪就收到了一条好友信息："朱同学你好，我是莎车县特教学校的负责教师马鹏。"朱雯琪开心地向身边的同学炫耀，"你看，新疆的陈主席办事效率就是高！"通过了马老师的好友申请，朱雯琪先是向他介绍了"光明影院"项目，并说明了本次放映活动的具体情况。第一次听说"光明影院"的马老师感到十分惊喜和好奇，"都有什么电影呀？""都是你们自己制作的吗？""是免费的吗？"……一个接一个的问题，满含着一位盲校老师对"光明影院"的期待，也承载着"光明影院"对每一位盲校同学的付出。在详尽的沟通后，马老师表示会全力以赴，积极配合本次放映活动。

考虑到新疆距离北京路途较远，朱雯琪在收到马老师提供的学校具体地址后立即将准备好的影片U盘打包发出，当快递页面显示"您的快件已发车"时，她激动地将快递单号发给马老师，期待快递快一点，特教学校的孩子们可以早一点看到"光明影院"制作的无障碍电影。第5天，快递终于到达乌鲁木齐了！第8天，到喀什了！第11天，到莎车县了！第13天，怎么还不配送我们的快递，难道是积存的快递太多了？又等了3天，一定是系统出问题了，这么多天不更新快递信息，不会搞丢了吧？

朱雯琪坐不住了，赶忙联系快递客服询问快递滞留问题。一次又一次，得到的都是一样的回复，表示会帮忙联系当地配送站询问快递滞留原因，催促派送。心急的她不忘向马老师表达快递迟迟不到，拖延给同学们放映时间的歉意。马老师安慰她说，莎车县地处偏远，本身交通就不是很方便，耐心等等就快到了。又是几天过去，快递终于显示在配送中了！朱雯琪第一时间给快递员打去了电话，希望对方尽快给莎车县特教学校派件，并说明这是给视障同学们赠送的无障碍电影，热心的快递小哥表示十分理解，加急把快递送到了学校，送到了马老师的手里，朱雯琪心里的一块大石头才终于落了地。

2020年12月9日，在马老师的组织下，莎车县特殊教育学校的视障同学们观看了"光明影院"制作的无障碍电影《钢的琴》。马老师发来了同学们在课桌前认真观看影片的现场照片，令朱雯琪感到惊讶的是，一所贫困县特殊教育学校的教学设施竟然如此完备。明亮宽敞的教室，正在播放电影的黑板内嵌式多媒体一体机，整齐摆放的单人课桌，穿着校服、认真看电影的同学们……这和她想象中"贫困县学校"的样子完全不一样。刻板印象和真实所见的巨大反差让她在一瞬间感到些许的惭愧，每一个孩子都值得更好的教育环境。在那一刻，她体会到"扶贫先扶智"的重要意义。对于孩子们来说，文化扶贫更为重要。从教育入手，从下一代入手，才能真正实现扶贫。

影片放映完，马老师激动地跟朱雯琪说，同学们特别喜欢"光明影院"的无障碍电影，同时他也特别感动。对于这些视障同学们来说，贫困很大程度上限制了他们的教育和发展，身体上的缺陷更是让他们很难看到外面的世界。因此，观看电影，于他们而言不仅仅是一项普通的文化娱乐活动，更是他们接触世界、了解

2020年12月9日，新疆维吾尔自治区莎车县特殊教育学校学生观看"光明影院"制作的无障碍电影《钢的琴》

社会的重要途径之一。马老师说，他特别感谢"光明影院"，让这些孩子可以在精神上、在思想上、在眼界上做到走出去。之后他主动向学校提出申请，为同学们设立一个专门的观影教室，为全校90多名视障同学定期举办放映活动。这，可以说是这次放映活动的意外之喜了！

一份快递，两个U盘，174部无障碍影片，20多天的配送，从北京到新疆莎车县，这是一份爱心的传递，一份文化的传递，也是"光明影院"助力文化扶贫、推动我国无障碍事业发展坚定信念的传递。

（二）一场在盲校的"影迷见面会"

北京市盲人学校的同学们一直都是"光明影院"的热心观众。这所学校从2021年4月开始举办"一月一影"放映活动，每个月为视障学生播放一部"光明影院"无障碍电影，自此，放映"光明影院"无障碍电影成为常态，电影距离视障学生不再遥远。

2021年5月31日，北京市盲人学校在"一月一影"活动中播放了由志愿者胡函博制作的无障碍电影《百团大战》。影片开始了，在日军轰炸机的狂轰滥炸中，同学们凝神屏气，为战场局势忧心忡忡；在两军交战的激烈炮火声中，同学们热血沸腾，为前线将士舍身忘我的英雄精神而热泪盈眶；当影片迎来"日本投降了，中国胜利了"这一激动人心的片段时，全场响起了热烈的掌声与欢呼声。

现场热烈的反响被盲校的茹老师录成小视频,发给了"光明影院"志愿者胡函博,这是他第一次看到自己制作的影片在现场放映。听着影片中陪伴了自己几个日夜的声音,胡函博不用看稿,就知道下一句要讲的是什么。看到孩子们聚精会神,情绪随着电影情节的推进而起伏时,他发自内心地感到高兴。孩子们的那种开心,让他觉得制作无障碍电影时的一切辛劳都是值得的。活动结束后,盲校的小同学对茹老师说:"老师,能不能请讲电影的大哥哥来咱们学校和我们见见面呀?"茹老师即刻向胡函博同学发出了邀请。看到现场同学们那么喜欢自己做的无障碍电影,胡函博感到十分惊喜和感动。在第2个月的"一月一影"放映活动中,他来到北京市盲人学校和同学们见面。这次和"小影迷们"的线下见面,给胡函博带来了与以往在录音棚制作无障碍电影时完全不同的体验和感受。

2021年6月,应盲校同学们之邀,胡函博来到了北京市盲人学校参与6月的"一月一影"活动。在无障碍影片《厉害了,我的国》放映结束后,盲校的茹老师兴奋地为同学们介绍说:"今天现场来了一位特别的朋友,大家可能没有见过他,但是他制作的电影让大家印象十分深刻,同学们猜猜是哪部电影呀?"当同学们异口同声说出《百团大战》的片名时,胡函博原本紧张的内心一下子放松了不少,他快步走上台,向同学们介绍自己:"大家好,我是《百团大战》的讲述人,'光明影院'志愿者胡函博,听说大家特别喜欢上个月放映的《百团大战》,今天,我来了。"听到了熟悉的声音,盲校同学们的掌声、欢呼声更热烈了!那一刻,那些奋战在录音棚一遍遍修改文稿、调整录音的日日夜夜浮现在胡函博脑海中,竟让他有一些恍惚。那些感到疲惫、快要坚持不下去的瞬间,在孩子们的笑脸中烟消云散。在他心中,不仅充满了自己制作的无障碍影片得到认可的成就感,还有一份如约而至、和盲校同学们线下见面的满足与欣慰。

在这场"影迷见面会"上,胡函博为同学们讲述了《百团大战》这部影片的历史背景,以及自己在制作无障碍电影时的感受。让他惊喜的是,在问到有关百团大战的历史知识时,高年级的同学对答如流,一些低年级的同学也能回答出一二。在盲校的同学们身上,他感受到了孩子们对历史的强烈好奇和求知欲,也惊叹于他们的知识储备。不少男同学对军事知识十分了解,那个向茹老师主动提出想见一见影片讲述人的小男孩,甚至可以准确说出参与百团大战的第120师、第129师的部队番号,胡函博开玩笑地说道:"这不是'影迷见面',这是要和我'一决高下'呀!"在和盲校同学们的交流中,胡函博不忘记录下同学们对影片的建议,了解什么样的表述形式可以让孩子们听得明白、听得进去,并在之后的志愿服务中进行改进和提升。

在这次线下的放映活动中,和同学们的亲密接触让胡函博感受到了前所未有的自信，盲校同学们热情而真诚的反馈就是对他最高的赞赏和认可。此后，他对自己提出了更高的要求，要以更严格的标准、更专业的操作、更认真的态度继续制作出高质量的无障碍电影精品，不辜负同学们的期望和建设"文化盲道"的光荣使命。

三、进图书馆：那张写满名字的"签收回执"

"光明影院"的录音室，在中国传媒大学电视学院1楼的拐角处。

项目团队学生志愿者中的几名"老干部"翻箱倒柜，把这几年做的"小盒子"拾掇在一起。蔡雨在一摞文件里找到一张珍贵的"签收回执"。上面密密麻麻写着全国各高校图书馆的名字，一共68家。每一行字后面，都跟着一个手写签名。"这是签收回执单，"蔡雨把纸攥在手里说，"咱的电影，都走进这么多家图书馆了。"看着每一个字迹陈旧的签名，蔡雨脑海里浮现出自己当时在各地奔波时的情形。

（一）"蔡雨你好，我是你的粉丝"

蔡雨第一次带着无障碍电影走进图书馆，还是2019年的夏天。

那年她是2年级的硕士研究生，扎着高高的马尾，跟着博士生王海龙一起，去青海做公益放映和推广。这次出差，从接到通知到出发，不过一周时间。仓促的行程让蔡雨有些紧张。

飞机落地的时候，西宁的天已快黑了，下着小雨，青海省盲人协会的司机师傅等在外面。4个人打着伞，拎着大箱子。"快把雨伞往行李箱这打着，千万不能让小盒子进了水，要不白来了。"蔡雨一边费力地拎着箱子，一边着急地说。行李箱有十几斤重，箱子里装的全是"小盒子"。视障朋友拿在手里，就能放出电影来。

放映大厅外，盲协主席田启民打着伞，已经等了很久。他时不时地探头往路边看，一听到汽车动静，马上过去热情地招呼。蔡雨跟在两个男生后面，大家一边将行李箱卸下车，一边寒暄着，谁知刚一说话，田主席一下子就听出了她的声音。"你是蔡雨吗？"蔡雨一惊："是我，田主席。""我特别喜欢你配的《无问西东》，我是你的粉丝啊！你配的电影，我都看过。""粉丝"这样的词被用在自己身上，蔡雨一时间有些不知所措。"光明影院"送出去的电影，公开放映的多是男生配音的主旋律题材。蔡雨配的文艺片一类，一般只有视障朋友在家自己听。听到田主席这么说，蔡雨才知道，原来除了公开放映，自己做的电影真的融入了许多人的生活，自己的声音也会随着电影传播到越来越多的地方。有这么多人能听到她配音的无障碍电影，能让他们在茶余饭后感受到电影的魅力、产生心灵的碰撞,想到这儿,蔡雨心中莫名感动,在西宁微冷的细雨中,心底生出几分温暖的力量来。

"我可以跟你合个影吗?"田主席兴奋起来,不停摇晃着手机,"这次你来了,我一定要跟你合个影!"田主席的秘书引导着,两人站在展板前,留下了一张难忘的合影。

第二天的研讨会在图书馆召开,青海各地的盲协、聋协、图书馆代表、盲校教师代表都来到了现场。会上,图书馆的一位工作人员张大姐说,自己也一直想把电影讲给大伙儿听,于是就花了一个月时间,配了部《疯狂动物城》,她知道把一部电影掰开揉碎再组合在一起,这其中的步骤有多冗杂。无障碍电影路途漫漫,

2019年6月15日,"光明影院"走进青海省,举行公益放映活动

一个人的力量太薄弱，还好"光明影院"来了，把无障碍电影的常态化制作和放映变成可能。

这时，聋协主席忽然站起来，举着话筒说道："其实我很羡慕盲人朋友，"大家的目光都转向他，"我们听障人士，也很想看无障碍电影。"蔡雨被聋协主席口中的"羡慕"一词深深触动，既欣喜，又有些惭愧。"我想让大家知道，我们残障人士，不管是听障，还是视障，都是万花丛中特别的那一朵，我们也可以活得很精彩。"因为听不到别人的声音，聋协主席不自觉地放大了音量，激动的情绪在会议室里蔓延……

离开的时候，图书馆的张大姐捧着满兜子的青海馍馍，塞到志愿者们手里。馍馍又大又厚实，像青海人的性格一样，敦厚又热情。

在西宁的两天，见到了很多人，听到了很多人的故事，对蔡雨来说，很充实，又很短暂，像一场梦……

看着手里的签收回执单，蔡雨将这一切娓娓道来。"在那之前，我只是把做无障碍电影当作一个普通的志愿服务，但走进青海之后，见到田主席，见到图书馆的张大姐，见到那么多喜欢我声音的视障朋友，我开始觉得，'光明影院'是我的使命，也是我的责任。"蔡雨的眼里闪着光，"青海之行，也给了我和团队一直走下去的力量。"

（二）把无障碍电影带回家乡图书馆

在所有的京外公益放映活动中，志愿者李超鹏印象最深的，还是回到家乡的那一次。2019年夏至前后的一个月里，"光明影院"接连去了3个省份。暑假前的那一次，是去内蒙古，对李超鹏来说，是"回"。

李超鹏是土生土长的内蒙古人，从小喜欢主持和配音，本科考上了内蒙古大学就读播音主持专业，读研究生时来到北京，在中国传媒大学广播电视学专业继续深造。在"光明影院"项目团队中，他脑子最活、点子最多，带领学生团队几百人开展无障碍电影推广与传播工作，想方设法把无障碍电影送到了社区、盲校、图书馆、电影院，组织了深入各地的公益放映活动。对于这位内蒙古小伙子而言，这次京外放映具有特殊意义，与其说是出差，李超鹏更愿意称之为回家。

飞机穿过云层，看着窗外大片的绿色映入眼帘，李超鹏心里又激动又忐忑。想到要带着使命回到母校，回到家乡的图书馆，把自己做的电影交到当地视障人士手中，他心里颇有些"衣锦还乡"的自豪感。也正因如此，他把这一次放映看得最为特别，整个流程在脑海里已经像过电影一样上演了无数次。在路上，他给母校的老师发了消息，给老师讲了"光明影院"和无障碍电影的来龙去脉，还说想从学校招募一些志愿者，得到的回答是，必须支持。

第二天一早,李超鹏他们拎着大包小裹的"小盒子"刚到现场,就看到几个穿着蒙古袍的学生早就在放映厅等候了。"学长好,我们是来当志愿者的。我们帮忙干点啥?"看着聚在周围的学弟学妹,李超鹏心里暖烘烘的。"超鹏学长,你们是怎么录音的呀?""我也可以加入'光明影院'吗?这么好的事情,我也想跟着一起做!"筹备过程中,学弟学妹们对"光明影院"充满着好奇,纷纷想要加入"光明影院"这个大家庭。

内蒙古方言对外地人来说有些难懂。这次是赵淑萍老师带队,在和盲协、残联以及图书馆的工作人员交流的时候,赵老师常常

2019年7月12日,"光明影院"走进内蒙古大草原文化助盲公益放映活动,为视障朋友播放无障碍电影《西虹市首富》

要"求助"李超鹏,李超鹏就承担起了翻译的职责。既是翻译官,是桥梁,又是带来光明和温暖的使者,李超鹏这一次回乡,深感肩上的担子之重,他一面把自己的团队介绍给老乡,一面又把家乡的风土人情讲给团队成员听。"我特别希望能够通过咱们这个团体为家乡的朋友们做些实事,又想着能够让大家了解内蒙古,知道内蒙古有这么多有趣的人、有趣的事、有趣的文化!"李超鹏在跟赵老师聊天的时候说,他的脸上写满了骄傲。

看到和团队一起带回来的成果在母校、在家乡传播开来,受到这么多人支持和喜爱,李超鹏感慨万千。来自不同组织机构的各个年龄段的志愿者聚在一起,往小了说,是促成了一次公益活动,往大了说,是无障碍事业发展中的又一个坚实脚步。能够身处其中做一些对他人有益的事情,亲眼见证公益团体的壮大,李超鹏感到自己特别幸运。

启动仪式上,赵淑萍老师把"光明影院"的"小盒子"拿在手里,说道:"我们将会与内蒙古图书馆联合打造'光明影院'专属放映厅,让大家能够一起欣赏同档期的电影!"台下爆发出热烈的掌声。满座的视障朋友,虽然看不到赵老师眼里的热忱,但大家能感受到整个志愿团队的激情,就像这盛夏的太阳一样。

当天放映的是《西虹市首富》,跌宕起伏的剧情、夸张的喜剧效果,惹得现场观众哄堂大笑。

李超鹏站在放映厅后排，在这盛夏的欢乐气氛里思绪万千。他从未想过，在这片他再熟悉不过的土地上，他会以这样的身份出现，给这么多人，带来这么多快乐与感动。

后来，李超鹏和团队一起，见过了夏末的福建、初秋的四川，还有12月依旧温暖的海南。每一次都是全新的体验，跟内蒙古之行一样，回忆起来，都是说不出的情结与感动。

四、进电影院：特别的电影，特别的观众

坐公交车沿着东三环往北走，快到朝阳剧场时，志愿者杨宁往右手边的窗外看去，剧场外面的墙上，"光明影院"几个字赫然在目。杨宁回想起那些日子，跟大家一起穿着统一的志愿者T恤，在朝阳剧场忙前忙后的样子。

2020年5月，第一个实体"光明影院"在北京朝阳剧场挂牌成立。一年多时间里，已经有20多个"光明影院"固定放映厅落地北京、内蒙古自治区等地。这些放映厅像一颗颗星星，在不同的地方闪耀，照亮了视障人士的生活。

在杨宁的记忆里，那些发生在朝阳剧场里的故事，也像星星一样，让她成为被照亮的那一个。

虽然跟传媒大学都坐落在朝阳区，但朝阳剧场杨宁还是第一次来，这次要在这里举行的是《流浪地球》的放映活动。杨宁

2020年5月，专为视障人群放映影片的实体"光明影院"首先在北京CBD朝阳剧场正式挂牌

穿着"光明影院"的白色短袖，跟着放映组的大部队，以志愿者的身份站在剧场门口。9月开学已经有一段时间了，秋末的风吹来已有些凉意，筹备活动跑来跑去出的细汗也随着秋风退去。朝阳剧场门口，大巴车快要接近停靠点了，志愿者领队呼唤大家过去搀扶视障人士，大家一个挨一个地把车上的视障人士搀扶下来。

大巴车上，一位头发花白的奶奶靠在座位上，露出茫然的神色。周围的人有点多，阻碍了奶奶听觉的判断，她拿着拐杖往前点了点，扶着扶手尝试着起身，膝盖弯了弯，复又坐了回去。杨宁站到奶奶身旁，伸出胳膊，放在奶奶手心下，轻轻碰了碰，"奶奶，我来扶你，咱们走吧。"奶奶张开手掌，摸索着拍了两下，神色缓和下来，手自然地搭了上来。奶奶一只手撑着盲杖，一只手压在杨宁胳膊上轻轻用力，站起身来。

第一次搀扶视障人士，杨宁心里怦怦直跳。应该这么扶吗？这么扶着奶奶舒服吗？要不要问一下？还是找个别的什么话题？奶奶会不会不太喜欢聊天啊？杨宁正想着，奶奶拍了拍她的胳膊，说："穿这么少啊，冷不冷啊？"

"啊不冷不冷，没事没事。"杨宁有些意外，笑着回答。

奶奶接着说道："年轻呐，身体好，那也得注意保暖啊。"

"哎，好好，放心吧奶奶。"

说出"放心吧"三个字，杨宁自己也有些惊讶。这样的对话，自然的叮咛，让她想起了自己的奶奶，以前和家里奶奶相处的时候，她也会拍着杨宁的胳膊，嘱咐着要多穿衣服。视障人士和我们的家人朋友一样，一样亲切，一样可爱，杨宁这想着，初秋的风吹在脸上身上，也觉得暖暖的。

走进影院，杨宁把奶奶送到座位上，打算再出去看看有没有要帮忙的。过道边上一位阿姨听见利落的脚步声，喊道："同学，同学。"杨宁停下来，俯下身，"阿姨您好，有什么事吗？""能不能麻烦你，我有俩朋友也来了，我能不能换个座位啊，我想跟她们坐一起。"阿姨有些不好意思地笑了笑。"没问题啊阿姨，您朋友在哪啊，我带您去找她们。"阿姨掏出手机，把语音放给杨宁听。杨宁站起来张望了一下,看到隔一排的后面,徐邵航一边跟身旁的视障朋友说着话,一边张望着朝她挥挥手,指了指两边的人。"我找到她们了,阿姨,我扶您过去吧。"杨宁伸出手让阿姨搭在她的胳膊上。"哎呦那可太好了,我们都好久没见了,平时也不怎么出门,这还是头一回我们3个姐妹出家门看无障碍电影呢。"阿姨说着,一只手抓着杨宁,一只手拎起放在腿上的零食袋子,"谢谢你啊。"

找到座位,阿姨和两个朋友都特别兴奋。她们伸出手紧紧地握了又握,又各自掏出包里的零食,"这个,我从家带来的,我家孩子可喜欢吃了,给你这个,好吃,你家闺女准喜欢吃。""我这儿还有买来的……"徐邵航和杨宁站在一旁,看着眼前这一幕,两人相视一笑,活动之前的那些担忧与不确定,都在视障朋友开怀的笑声和温暖的问候里烟消云散。

《流浪地球》的情节扣人心弦,观众们随着解说词的情感起伏,发出窃窃私语的声音。

电影才演到一半,一位靠近过道的阿姨猛地站起身来,摸着座椅急急忙忙地往外走。站在一旁的杨宁赶忙跑过去扶住阿姨,问道:"阿姨,您是要去卫生间吗?我带您去吧。"

阿姨把手搭上去,点点头说:"是啊,我是要去卫生间,谢谢你啊。"走出放映厅,安全通道的灯光有些微弱,杨宁放慢脚步,生怕阿姨一不小心撞到什么。没想到,阿姨却催促着杨宁,越走越快，甚至小跑到前面成了引路的那一个。

杨宁急了："阿姨，您慢点您慢点，注意脚下啊，您左边有垃圾桶别撞上了。"

阿姨这才反应过来，不好意思地说："我想赶紧上完厕所，赶快回去接着看电影呢！你不知道，这个电影我今天第一次看，可有意思了！我啊，还在想最后他们能不能成功让地球避免被撞击呢。"刚说完，杨宁正要开口，阿姨又赶忙开玩笑地说，"你可不要给我剧透啊，我要是错过啥了你再告诉我。"

杨宁被阿姨逗笑了，连连答应道："好啊好啊，那我扶着您，咱抓紧。"

从卫生间出来，杨宁的胳膊刚碰到阿姨，阿姨的手马上缩了回去，往后甩了甩，"哎呀，我手湿着呢，别弄你身上，"阿姨低声说道，"你有纸吗，我擦擦手。你们这么周到，我都不好意思了。"杨宁一边拿出纸一边说："没事阿姨，您不用这么客气，都是我们应该做的。"

走到影厅门口，随行的记者拦住两人，兴冲冲地问阿姨能不能接受电视台的采访。阿姨一听说要采访，还有摄像，镜头要对着她，马上来了兴趣，用手摆弄了下头发，一边说"好啊，好啊"，但又显得有些慌乱，转向影厅的方向，皱起眉来。杨宁看出了阿姨的顾虑，安抚她道："没事阿姨，一会儿，我把您错过的都讲给您听。"

阿姨一听,放心了,兴高采烈地又捋了捋头发和衣领,问杨宁:"怎么样? 这样好看吗? 头发不乱吧! 这衣服是不是有点褶儿?"

"不乱不乱,阿姨,可上镜了!"镜头里的阿姨,笑得像个孩子。

电影一结束,杨宁就找到刚才那位阿姨,凑过去说道:"阿姨,我来啦! 刚才漏掉的呀,我给您讲。"杨宁搀扶着阿姨站起来,边往外走,边将电影里的情节复述给她听。

走出影院要经过一些台阶,杨宁用手拉着阿姨的手,小心翼翼地搀扶着。故事讲完了,阿姨忽然紧紧地攥了攥杨宁的手:"谢谢你们啊,孩子! 耽误你时间给我讲剧情了。""不用客气阿姨,这电影我看过……"正说着,阿姨打断了她:"不,我说的不只是你给我讲这个电影,谢谢你们做的这一切啊,又给我们做电影,还组织着给我们看。"听到这里,杨宁愣了一下,心里涌起一股暖流。

"其实啊,我们平时很少出来的,家里人也忙。我们一般要是玩点啥,就是在家听听收音机、听听广播剧图一乐,"阿姨握了握杨宁的手,继续说道,"但是我们也想出来玩,也想看电影,总听着别人说最新上了什么电影,我们也没法看,真的谢谢你们。"

阿姨的一句句"谢谢",让杨宁有些不知所措,在放映现场收到的一声声感谢，似乎远比实际付出的汗水，来得更多、更厚重。

朝阳剧场的活动之后，杨宁又参加了大大小小的多次放映，从一次次搀扶中走进影院，又在一声声感谢中挥手告别。接触过不同的视障朋友，他们有的开朗，有的拘谨，但在看无障碍电影的过程中，每个人都会被解说词中的一字一句牵动着。在走出影院时，每个人都充满了欢乐。他们在一起开怀大笑，讨论剧情，或是被细节打动而落泪，杨宁一次次在他们身上感受到，"光明影院"实体的真正意义，不仅仅是给视障朋友带来了文化生活，和在家中看电影不一样的是，这给本就缺失社交的视障人士，带来了走出家门的机会。在"光明影院"的邀请下，在志愿者的引导下，他们敢于并且乐于走出家门，走向社会，和我们一起，共同参与到社会文化生活中来。这，也正是"光明影院"最初的愿景：为视障人士铺就一条心灵盲道，让社会生活的大门，向他们敞开。

五、进国际电影节：国际舞台上的中国公益故事

北京国际电影节是首个将"光明影院"列为固定公益放映活动的国际电影节，为视障人士参与国际文化盛事搭建了宽广平台，有效推动了全社会文化共享。

(一)北京国际电影节上的第一条"人工盲道"

当得知自己参与制作的第一部无障碍电影即将登上第9届北京国际电影节时,志愿者李怡滢的心情既激动又紧张。

走进北京国际电影节,对于"光明影院"来说具有里程碑式的重要意义。制作出一部符合北影节放映标准,又能展现"光明影院"制作水准的无障碍影片,从镜头语言到讲述逻辑,从人物形象到画面意义,从电影艺术到文学鉴赏,都需要无数次的细节推敲和修改。

终于,28700字的讲述稿合格了!但李怡滢知道,讲述稿的完成只是整个无障碍电影的第一步,之后还有更大的难关和挑战,录音、剪辑、混音、校对,录音棚里的日以继夜,一沓沓变厚的讲述稿,不断调整修改的音轨,无数次的暂停与开始,在李怡滢追求完美的严苛要求下,被剪成"番茄酱"的《西虹市首富》终于登上了北京国际电影节的舞台。

电影制作完毕,接下来就是活动的具体筹备阶段了。李怡滢主动报名,成为现场放映工作组的一员。前期的筹备工作并非一帆风顺,放映地点选择了首都电影院(西单店),西单大悦城南北门通道狭窄,门口不能长期停车,周末商场人流量大,影院排片量高,这些都给放映带来了显而易见的困难。"盲人朋友们想要从商场入口走到电影院,真是要'过五关斩六将'呀!"大家开玩笑地说道。

"不如我们做一条人工盲道！"李超鹏激动地说道，"用志愿者手牵手的方式搭建一个无障碍盲道，护送着视障朋友顺利走进电影院。"在大家一筹莫展的时候，"人工盲道"的概念像一颗火苗点燃了志愿者们的激情！在李超鹏的带领下，60多名志愿者被分成若干小组，编上号码，从下车点到电梯，从商场到影院，从放映厅到厕所，20多页的秩序册，密密麻麻的图示和表格，接连4次的志愿者培训，在大家的共同努力下，一条完备的人工盲道建成了！在李怡滢看来，这条人工盲道，是将无障碍电影送到每

2019年4月14日，第9届北京国际电影节"光明影院"固定公益放映单元志愿者合影

2019年4月14日,志愿者引导视障学生走进第9届北京国际电影节"光明影院"固定公益放映单元现场

一位视障朋友心中的通道,是每一位志愿者用心用情推进无障碍事业发展的爱心通道。

2019年4月14日,艳阳高照,晴空万里。阳光照在一个个穿着白色志愿服的同学们身上,耀眼而温暖。他们张开双臂,搭起人墙,帮助近200位观众安全、平稳、有序地到达影院。当影片中"用声音传递色彩,用聆听感知艺术"的声音响起时,每一个在场的志愿者心里,都充满了自豪与激动,这是合作的力量,是公益的力量,也是爱的力量。

一点点微光,终将照亮整个世界。第9届北京国际电影节的放映,是"光明影院"无障碍电影第一次走进专业影院的公益放映,也是"光明影院"第一次登上国际电影节并成为固定放映单元。这部影片,承载着当天到场的近200位以及全国1700多万视障朋友的观影梦想,也承载着"光明影院"对于我国无障碍事业发展美好未来的无限畅想。

(二)云上光明:"一直在等你们的消息,终于来了!"

2020年,突如其来的新冠肺炎疫情仿佛给世界按下了暂停键,"光明影院"用自己的方式为抗疫事业贡献力量,传递社会正能量。疫情之下,第10届北京国际电影节以"梦圆·奋进"为主题,突出"云上"特色,推进线上线下联动展映。"光明影院"项目受邀参展,并推出线上观影活动"云上光明",让更多视障群体通过网络欣赏无障碍电影。

"策划'云上光明'的初衷,就是希望'光明影院'可以陪伴视障朋友们度过这段特殊的日子。"志愿者李超鹏说。这次系列活动包括直播首映无障碍版本的扶贫题材电影《玉秀》,邀请全国视障人士在线观赏,以及有声书《光明·用心听》喜马拉雅电台节目等。在活动筹备初期,由于疫情防控期间无法返校,大家只能线上工作。推进无障碍电影线上直播在全国范围内的覆盖,一方面需要对接全国各地的盲协单位协助推广,另一方面也要有效利用抖音、微博等社交平台进行宣传,这是一项繁重且复杂的任

2020年5月17日"光明影院"把电影说给视障朋友听——"云上光明"全国助残日直播活动

务,李超鹏的微信界面几乎每天都要出现几个新建的工作群。"各地的盲协对接群,宣推文稿审核群,放映影片的审片群,有时候看到微信图标右上角的小红点里不断增加的数字,真的感到很焦虑。统筹的工作很繁重,每天我都会做很多个实时更新的表格,让工作进度一目了然,大家也很快适应了这种线上的工作方式。"在团队的努力下,"云上光明"一步步拨开疫情防控期间蒙在视障朋友心中的迷雾,带来更多的文化享受。

对于志愿者王茂鑫来说,参加"云上光明"活动是他在"光明影院"中的高光时刻。当得知"光明影院"要举办"云上光明"线上放映活动时,一直待在家里的王茂鑫一下子来了动力。"疫情防控期间，视障朋友们估计也快'憋'疯了，迫不及待地想为他们做点什么！"王茂鑫是四川人，是团队中年龄比较小的本科生。因为小学老师的孩子是聋哑人，所以他从小就对于残障人士有着特殊的感情。他的性格十分开朗，甚至有些大大咧咧，师哥师姐们特别愿意带着他一起开展无障碍电影推广放映活动。这位小师弟不仅活力无限，而且总能凭借与生俱来的亲和力，与视障朋友迅速打成一片。这一次，王茂鑫负责对接江西、甘肃、四川三地的盲协单位，组织当地视障朋友参与无障碍电影的线上直播。当得知"光明影院"为视障朋友提供了线上无障碍电影放映时，盲协的老师们都非常兴奋，表示会全力配合。

江西的孟国鸣主席是王茂鑫在"光明影院"的"老熟人"了，两人经常通过微信分享喜欢的电影，交流观影感受，以及对"光明影院"工作的想法和建议。疫情暴发初期，王茂鑫还在担心孟主席的身体状况，当看到孟主席分享的在家里下棋写字的情景时，王茂鑫才放下心来，自己也受到这种积极乐观的生活态度的鼓舞。"那一段时间，孟主席成为了我的光明，我也要为他和其他视障朋友们送去'云上光明'。"当王茂鑫联系到孟主席说要举办"云上光明"活动时，孟主席激动地说："一直在等你们的消息，终于来了！"

在志愿者和全国各地盲协单位的努力下，"云上光明"活动在光明网、新华网及学习强国等多平台的同步直播，仅在腾讯

2021年9月23日，第11届北京国际电影节"光明影院"公益放映暨北京市盲人学校9月"一月一影"活动现场

平台就获得了40多万的观看量。看到自己的努力成果覆盖到了全国，志愿者团队成员们特别有成就感，这次"云上"合作的成功实践也为"光明影院"推进疫情防控期间无障碍电影常态化放映开了个好头。

（三）一年又一年，从未间断的固定公益放映

2021年，第11届北京国际电影节"光明影院"公益放映活动如约而至，这是"光明影院"走进北京国际电影节的第3个年头。9月23日，中国传媒大学15名师生志愿者走进北京市盲人学校，

为60名盲校学生放映了无障碍电影《攀登者》。

下午4点,志愿者们准时在中国传媒大学南门集合出发,前往北京市盲人学校。大巴车上,再次确认好现场分工后,大家说说笑笑,互相聊起之前参加放映发生的趣事。其中,霍逸凡、解心祥鹭、汪婧怡3位新加入"光明影院"的志愿者略显紧张,从来没有和视障人士接触过的他们,一遍又一遍地确认现场的站位、工作安排,生怕到时候出现什么差错。看到他们紧张的样子,已经参加过很多次放映活动的志愿者王茂鑫对他们说:"师姐们不要紧张,北京盲校的同学们都是'光明影院'的老熟人了,咱们的放映流程他们有的比我们还熟,放心吧!"

下午5点,志愿者团队到达北京市盲人学校,在盲校老师的带领下,他们来到了本次的放映场地——八角报告厅,这里也是北京盲校与"光明影院"合作的"一月一影"活动的放映场地。距离放映还有一个小时,志愿者们开始紧锣密鼓地准备起来。视频组确认拍摄机位,架好机器;放映组摆放易拉宝,协助后台老师导入放映影片,安排座位顺序和人员站位;宣传组确认后续采访问题,和老师沟通具体采访对象,一切工作都在有序地进行着。

在报告厅的角落里,第一次担任主持人的志愿者朱雯琪正在反复背诵本次活动的主持词。虽然已经参加过很多次线下的放映活动,但从台下走到台上的转变,还是让她有些紧张。看到熟悉的茹老师来了,她赶忙去握住茹老师的手,"我第一次当主持人,不会冷场吧。"看到朱雯琪紧张的样子,茹老师调侃道:"中传的学生主持肯定没问题呀!"茹老师露出了一如往常的温暖的微笑,"别担心,你们来了我们的同学都特别高兴、特别热情,绝对不会冷场。我还担心他们太吵闹呢!"听到茹老师的话,朱雯琪紧张的心情放松了许多。放映时间临近,越来越多的盲校同学们来到报告厅外等候,期待着这次的放映。

6点,第11届北京国际电影节"光明影院"公益放映活动正式开始,志愿者协助盲校同学们有序入场落座。开场时,朱雯琪以北京国际电影节为主题,与盲校学生展开互动,在对电影节的知识点进行提问互动时,当问到今年北京国际电影节"北京展映"单元的主题,一位男生准确回答道:"建党百年和北京冬奥会。"现场响起热烈的掌声。在寓教于乐的欢快氛围中,盲校学生进一步了解了电影知识,加深了对北京国际电影节的认识。

影片开始,坐在同学们中间的志愿者陈毅一边和同学们一起欣赏无障碍版本的《攀登者》,一边仔细观察着身边需要帮助的同学。当影片中井柏然所饰演的李国梁为了保护摄影机在几番挣扎后选择割绳坠崖牺牲时,全场陷入了沉默。突然,旁边一双温热的手轻轻地握住了陈毅的手,陈毅的第一反应是旁边的同学需要帮助,转头却发现身边的一位女同学热泪盈眶,原来她是为李国梁坚定的选择和舍身为国的无私精神而感动，因而不由自主地拉住了身边志愿者的手。陈毅轻轻地拍了拍女孩的后背，默默从包里拿出一包纸巾，递给了她。此刻，无言的安慰胜过了千言万语。看着眼前这个"听"哭的女孩，陈毅既感动于她真挚性情的流露，又敬佩于制作组的同学可以把影片中的情感用声音传递出来，让视障同学们听到，并为之感动。她想，这位女同学的眼泪正是"光明影院"宗旨"用声音传递色彩，用聆听感知艺术"的最好见证。想到这里，她的眼眶湿润起来。

第一次制作无障碍电影，第一次打造人工盲道，第一次举办线上活动，第一次与视障朋友亲密接触，第一次因视障朋友而感动落泪……北京国际电影节"光明影院"公益放映单元，记录了"光明影院"志愿者们太多的"第一次"。而正是这些"第一次"一步一步建立起来"光明影院"志愿者和视障朋友之间情感互通的桥梁，为你的快乐而快乐，为你的满足而满足，为你的悲伤而悲伤，光影岁月，一路偕行。

第四章　信仰：以青春力量助力脱贫攻坚

一、巍峨大青山，少年赤子心——走进内蒙古大青山

2019年7月12日，"光明影院"项目团队走进内蒙古自治区，举行"文化助盲公益活动启动仪式"，实现了"光明影院"在内蒙古的覆盖与推广。志愿者李超鹏和同伴们一起，走进内蒙古大青山地区，扎根革命故土，助力文化扶贫。这一次的经历让他难以忘怀。

（一）使命与责任搭起的"光明桥梁"

这是"光明影院"第一次去内蒙古进行放映，也是第一次走进大青山。去山区里放映，前期准备面临的问题要比在城市里多得多。

"内蒙古大青山的地理环境是什么样的？""我们怎么才能

2019年7月12日,"光明影院"走进内蒙古大草原,举办公益放映活动

到山里的视障人士家中?""让视障人士更好地观看无障碍作品,我们要做些什么准备?""怎样做才能符合当地的民族与文化特色?"

针对"光明影院"走进大青山前期的准备工作,微信群里老师和同学们提出很多问题。李超鹏望着越来越多的消息提示,有些焦头烂额,他虽是内蒙古人,但也并不完全了解大青山的情况。

太多任务亟待解决,太多问题需要一一查证。他感到茫然无措。

这时,当地盲协主席崔健打来电话:"超鹏啊,你们是不是不太清楚我们这的情况,我跟你详细讲一下吧。"崔健主席温和的声音让李超鹏吃下了定心丸，心中满是感激和钦佩。

作为当地的盲协主席，崔健一直在为内蒙古地区的视障群体做着贡献与努力。15岁那年，病魔无情地夺走了他享受光明的权利。从此，他走上了与命运抗争、和黑暗叫板的艰难人生路程。20多年来，他用超人的毅力和坚强的意志为自己的生命创造光明，用爱心撑起一片天，成为全国残疾人自强模范和科尔沁草原人人崇敬赞誉的时代青年先锋。"社会给予我太多爱，我只能用爱心回报。"这句话虽然简单，但崔健却一直在践行着"用爱心回报社会"。

1998年，他用自己全部的积蓄创办了通辽爱心针灸推拿学校，即使困难重重，他也咬牙坚持，从最初只有18人的学校，到现在已经成功培养出9届800多名学生，为近300名残疾生和特困生减免学费30万元。这些学生毕业后，有的去了北京、上海、深圳等大城市，有的回到家乡办起了按摩保健院。崔健凭借自己那股不服输的精神，不仅为自己创造出一片光明，也让更多的视障朋友燃起了生活的希望。

崔健身上的那份坚强、努力与坚毅深深感动了"光明影院"的志愿者们。李超鹏说："我作为学生志愿者、作为内蒙古人，一定要像崔健先生一样，给家乡人们带去'光明影院'的文化成果！"他揉了揉干涩的双眼，继续投入"光明影院"进入大青山的筹备工作中……

在李超鹏心里，"'光明影院'全国放映、推广的过程，不仅仅是我们将无障碍电影送给当地的视障朋友，同时，视障朋友们身上的精神也同样激励着我们，我们在面对生活时，有了更多的力量与动力，同时也更为明晰作为志愿者的我们的使命与责任。为每一位视障朋友搭建起光明的桥梁，是我、是我们不懈奋斗的方向"。

夜深了，一盏灯仍亮着。

（二）穿着蒙古袍的志愿者

"终于能把'光明影院'带回我的家乡了，7月12日，敬请期待！"

"光明影院"走进内蒙古文化助盲公益活动启动仪式落地的前一周，李超鹏在微信朋友圈写下了这条活动预告。发完后不到一分钟，他就收到了来自母校一位师弟的首赞。

他的师弟马玉杰，是内蒙古艺术学院影视戏剧系2016级播音与主持艺术专业的学生。"从2018年10月加入'光明影院'开始，我就变成了'光明影院'的'远程水源'，经常会在朋友圈分享'光明影院'制作的无障碍电影和我们在全国进行的公益放映活动。"李超鹏回忆道。在他的持续"安利"下，"光明影院"成功地引起了以马玉杰为首的母校同学的注意。本科时，李超鹏曾与马玉杰在公益社团"盲童读书"共过事，因为这一层原因，马玉杰一直非常关注有关视障群体的公益活动。李超鹏说:"我朋友圈里关于'光明影院'的动态下,他的点赞都是第一时间送达。"

这一次"光明影院"走进内蒙古,在看到马玉杰的点赞后,李超鹏又在微信的聊天列表里看到了他发来的消息:"师哥,欢迎回家!这次'光明影院'在内蒙古的活动,我能以志愿者的身份参与吗?"当时的活动正好需要当地志愿者协助,李超鹏便欣然邀请了他。师弟的踊跃点醒了彼时正在寻思如何招募当地志愿者的李超鹏——我们需要志愿者,而母校的师弟师妹需要专业实践的机会。怀揣着这样的想法,李超鹏拨通了本科班主任黄珂玮老师的电话。黄老师温柔干脆,听闻他带着"光明影院"回内蒙古需要师弟师妹协助,立刻答应帮忙。

一天后,黄老师给李超鹏发来了志愿者名单,包括马玉杰在内,一共有6位同门师弟,个个都是一米八以上的蒙古汉子。当时正值暑期,有两位师弟还是专程从包头和鄂尔多斯赶来呼和浩特参加活动。

活动当天,黄老师带着6位师弟天不亮就出了门,7点一刻左右就已经抵达活动举办地内蒙古图书馆,而此时距离活动开始还有将近两个小时。师弟们一下车,李超鹏就一眼瞧见了他们身上颜色鲜亮的蒙古袍。这份仪式感让他非常动容——在内蒙古,穿着蒙古袍出席活动是一种较高规格的礼节。在炎热的暑天里穿

内蒙古艺术学院师生志愿者合影

着蒙古袍参加我们的活动,足见师弟们对于这次活动的重视和对视障朋友的尊重。后来李超鹏从黄老师口中得知,一位师弟因为蒙古袍不在身边,还特地赶回老家赤峰取了一趟。

师弟们还没顾得上吃早餐,就开始上手帮忙搬运活动物料。启动仪式后无障碍电影的公益放映中,师弟们又协助盲人引导工作。由于学播音主持的学生大多善于与人打交道,所以把盲人引导的工作交给接受了岗前简单培训的师弟,李超鹏心里很踏实。对李超鹏而言,师弟们不仅仅是当天的临时志愿者,更是给了他很多安全感的工作伙伴。

当天的公益活动进行得非常顺利。活动结束后,李超鹏看着几位师弟被汗水浸湿的蒙古袍,郑重地对他们表达了感激。李超鹏说:"他们回应我的不是一句'不客气',而是反过头来给我代表的'光明影院'也道了声谢谢。"

他的一位师弟雨皓说:"一直知道师哥在做'光明影院',但真的参与其中才知道这件事情的意义,也懂得了无障碍电影到底是什么样的,以后有机会真心想加入你们的制作团队!"

一路上,"光明影院"邂逅相遇了很多学生志愿者。李超鹏相信,在"光明影院"前行的道路上,一定会有更多满怀朝气的年轻学子加入,让"光明影院"通过学生志愿者的力量,画出越来越多的公益同心圆!

(三)扎根革命故土,助力文化扶贫

除了文化助盲公益活动外,"光明影院"项目团队还走村入户,前往视障人士家中看望和赠送无障碍电影。

2019年7月12日下午,赵淑萍老师带领"光明影院"项目团队驱车前往距离呼和浩特市55公里的武川县大青山,走进高利利、张一兵、刘利君三位视障人士的家中,将"光明影院"的无障碍电影作品赠送给他们,并教会他们如何观看。

这几位视障人士所在的武川县大青山,位于内蒙古自治区中部、呼和浩特市北部。这里是全国著名的革命老区——大青山抗日根据地。大青山抗日根据地是武川县红色旅游景区的核心区域,素有"塞外小延安"之称。在这片土地上,曾展开过艰苦卓

绝的游击战争，在创建大青山根据地、坚持抗日游击战争的过程中，武川各族人民团结在中国共产党的抗日旗帜下，参军参战，拥军拥政，军民一家共筑血肉长城。这一革命精神传承至今，仍在感染着这片土地上的人民。

张一兵20岁时因视网膜病变致盲，从此他的生活不再有光明。他也曾绝望，也曾迷茫，甚至一度想放弃自己的生命。但在他心中，一直有一份精神支撑着他，鼓励着他。赵淑萍老师问是什么精神与力量让他度过那段艰难痛苦的岁月，他说是"革命精神"。在这样一个小县城里，网络与通信并不发达，特殊教育更是十分落后，他们却因为"革命精神"支撑着自己渡过一个又一个难关，解决一个又一个困难。这份精神力量不仅仅影响了张一兵，同样影响着他的女儿：不论面对什么样的困难，想想曾经的革命前辈，再苦、再累，都要咬牙坚持下去。张一兵的女儿在父亲的影响之下，顺利考上大学，成为他们家第一位大学生，为他们小小的家点燃了光明。

"光明影院"走进革命老区，将无障碍电影送到视障朋友家中，这是文化精准扶贫的具体实践。赵淑萍老师说："盲人这个群体本身就是弱势群体，随着国家的发展和残疾人政策的落实，很多盲人能够走进社会，自强自立。但是，还有很多地方的很多人处于非常艰难的境地。因此，'光明影院'在推广过程中就注重'老少边穷'的地方，这也是和国家的精准扶贫的战略方针相吻合的。我们的出发点是：争取打通最后一公里，保障贫困地区盲人的文化权益。"

"光明影院"无障碍电影的制作与推广，让视障朋友能够欣赏到电影的魅力，在致敬新中国成立70年的70部电影中，感受祖国70年的蓬勃发展与变化。在走访革命老区的过程中，团队的每一个人同样受到革命精神的感染。这份精神力量渗透到生活的方方面面，为团队成员增添前行的力量。

二、边陲都市的相遇——走进青海西宁

2019年6月，"光明影院"志愿者陈红和同学们一路辗转，终于踏上了青海省西宁市这片土地。这是"光明影院"首次线下走进少数民族地区进行公益推广。对陈红而言，这也是一次与老友的重聚与赴约。

西宁地处西北边陲，对陈红来说，这座城市一直是低调而神秘的存在。望着流淌千年的湟水河穿城而过，或古朴或现代的临街商铺鳞次栉比，她感受到了这座高原都市的魅力。那生活在这里的盲人朋友呢？是不是也有着"不破楼兰终不还"般的侠肝义胆和热血呢？

（一）"线下见面会"前夜

陈红在车上胡思乱想着，心里忐忑不安。虽然青海省盲协经

2019年6月15日,"光明影院"走进青海省

常和"光明影院"一起线上联动放映,但线下举办电影放映,和青海的盲人朋友见面还是第一次。据盲协的主席说,视障朋友们来自8个州、地、市,很多人坐大巴、公交多次辗转,当天的流程安排十分紧凑。人生地不熟的地方,如果任何一个环节出了差池,视障朋友们的食宿安排都成问题。

"'光明影院'的志愿者同学吗?这边,这边!"盲协主席田启民一路小跑着喊道。"田老师!好久不见!"志愿者们向田启民挥着手。田主席是"光明影院"的老朋友了,一个月前,他不辞辛苦地飞到北京市朝阳区,和其他地区的盲协主席们共同观看了无障碍电影《流浪地球》。那场无障碍电影放映后,田主席笑眯睐地夸赞无障碍电影的讲述撰稿之精妙。又一次见到慈眉善目的田启民老师，陈红仿佛吃了定心丸，更加有了底气，有田老师在，活动一定会圆满办好！

观影活动安排在次日，志愿者们由田主席安排在酒店进行活动筹备。为防万一，志愿者们准备了多份硬盘、网盘、U盘、手机、平板，各种电子设备中都有104部无障碍电影的备份。为了给电影腾地儿，陈红忍痛将手机里跟朋友们的合影打包上传到云端，把内存占用较大的游戏都卸载了。

陈红和小伙伴们将活动安排打印出好多份，厚厚的一沓，分门别类地放在酒店房间的桌上，每一张上都标着五颜六色的备注和便签。"咱们还是得把A车座席数跟乘坐人数再跟盲协那边对一下，这个人数还是合不上，万一漏掉了一个就不好了。"同是志愿者的李超鹏师哥揉着眼睛对陈红说。这个时候已经是晚上11点了，陈红犹豫了许久，还是拨通了盲协工作人员的电话。没想到工作人员秒接，"是活动安排有什么问题吗？这么晚，你们辛苦了。"和蔼的声音透过手机，让陈红心里暖暖的。半夜12点，一切活动流程均已安排妥当，志愿者们还凑在一起点开U盘内的视频文件，一一核对着……

（二）"雨日观众"

6月15日早晨8点，4位"光明影院"志愿者站在青海省西宁市青剧影城的门口，等待视障朋友的到来。

然而天公不作美，本是"北楼西望满晴空"的西宁下起了绵绵细雨，道路湿滑，一阵冷风吹过，让人打了个寒战。陈红站在冷风里，望着宽阔的道路心里直打鼓，"雨天路滑，视障群体出行不安全，那视障朋友们还会来观影吗？""这里不像北京一样车水马龙，但从其他县赶来的大巴车，会因为下雨堵车晚到吗？""如果只来了一部分观众，剩下那些人该怎么办？""视障朋友们看完电影可以准时回去吗？""我们的无障碍电影，能够获得盲人朋友们的认可，让他们觉得不虚此行吗？"想到这些问题，陈红有些焦虑。

8点15分了，视障观众陆陆续续在家人的陪伴下走进影院，虽然有的人裤腿湿了，有的人因为下雨步履缓慢，但他们都开心地和田主席打着招呼，满怀期待地来参加这场文化盛宴。"41，42，43，44……"陈红在心里默默地数着观影的人数。人越来越多，"60，62，64，66……"

"哥哥姐姐好！"一个视力障碍的小女孩脆生生地喊道，这个招呼让陈红忘记了观影人数，她拉着小女孩白嫩的手领她入座，一同等待着电影开场。

"姐姐，这还是我第一次看电影呢，我们看的电影叫什么名字呀？"小女孩摇晃着双腿，仰着头，朝着陈红的方向问道。

"这一次放映的电影是《流浪地球》，这部电影呀，你们田主席看过，觉得特别适合给你们看，我们就拿来啦，你乖乖坐好，姐姐陪你一起看电影呀！"陈红蹲在小女孩旁边，冲着小女孩说道。

电影开场，视障朋友脸上的神情变得认真起来，听障朋友们则睁大了眼睛，不停地比画手语和同伴讨论着剧情。陈红看到，屏幕中的地球缓缓升起，清澈的蓝色照亮了第一排小男孩的脸。

放映结束，田主席等人站在影厅门口看着大家，看着视障朋友和听障朋友们带着满意的笑脸离去，他们也欣慰地笑了。

（三）"电影发烧友"陈亚军

电影散场时，视障观众在志愿者的搀扶下陆续离场，大家的脸上洋溢着满足的微笑，对无障碍电影和《流浪地球》的讲述人声音赞不绝口。等到视障观众基本离场，志愿者们开始收拾场地时，陈红注意到一位视障朋友坐在座位上久久不肯离去。

这位视障朋友叫陈亚军，从青海省盲校毕业已经10年了，是一位盲人推拿师傅，他一直积极地参加着盲校的各类活动。"青海省的盲校是我的根。"陈亚军感动地说道。

作为文学和电影发烧友，陈亚军激动地讲起来："我们盲人读书不方便，但是我又特别想要看书和电影，从前是听小说，现在有了无障碍电影，我真的太开心了。"

听到《流浪地球》编稿审稿居然这么严谨细致，陈亚军竖起了大拇指:"这次看了《流浪地球》,我觉得你们的解说和剧情之间切换的节奏非常清晰,虽然我们看不到镜头,但我听电影的解说可以联想到那样的场景,尤其是刘培强毅然决然地放弃生命那段情节,你们描述得真的很动人,其实我很想知道人物的面部表情,我相信听到的人也一定会受到震撼!"

除了无障碍电影,陈亚军也经常喜欢"听电视剧",给客人做推拿的时候,他常常听客人聊到某部电视剧,聊着聊着便产生了浓厚的兴趣,"我下载了电子书的语音朗读,不到24小时就听完了,还是对画面很感兴趣,我真的想知道主人公的表情有多么有趣,就只能看完书再听电视剧声音,这样才能比较完整地了解到故事情节,如果'光明影院'能多出几部无障碍电视剧,就太好了。"

(四)路漫漫其修远兮,吾将上下而求索

当天下午,田主席召集大家在青海省图书馆召开了"光明影院"无障碍电影推广研讨会。来自青海省8个地市州的盲协、聋协代表们参会,共同探讨如何实现"光明影院"项目在青海省落地生根,更好地服务青海的视障人士。

研讨会上,青海省聋协副主席李燕激动地说:"今天我非常幸福,想着我们终于可以和健全人一样看电影了,结果观影的时候发现没有手语版本,字幕也还是看不太清,有些遗憾。我竟有些羡慕他们,听障人士因听力的缺失,无法感知声音,建议'光明影院'在电影中加上手语、字幕再大一点就更完美。"原来，今天的观众有一半是听障朋友，他们以为我们带来的无障碍电影是兼具解说词和手语的版本才前来观影的。李燕副主席讲到动情处有些哽咽，她希望我们将来有一天能够制作出手语版、藏语版的电影，让他们能够像今天在场的视障朋友一样，幸福、平等地观影。陈红坐在会议桌前，百感交集，为没有做出手语版本、藏语版本的电影而心怀愧疚，更深感任重道远。

第二天，图书馆张老师送志愿者们去机场。张老师特意给每人买了一个青海特色的焜锅馍馍，那是一种超大的圆形金黄烤饼，直径足有30厘米，外脆里软，焦香扑鼻。这是当地人喜爱的美食，也是他们逢年过节串亲访友经常携带的传统礼品，饼中间有个小孔，形似铜钱，寓意圆满、庄重。沉甸甸的饼，承载着沉甸甸的心意，他们的期待不言而喻。路过塔尔寺，山路上是虔诚拜佛的藏民信徒，有人一步一跪行着磕头礼上山朝圣，目光纯净而坚定。陈红定定地看着，思绪翻飞。总要有人坚持做些什么，坚持公益，也许是个不错的选择。

飞机划过青海的天空破云而出，前路漫漫，道阻且长，但只要志愿者们坚守初心一起努力，就会聚沙成塔，水滴石穿。或许，在命运面前，人类是渺小的，但我们可以做的，是坚守对生命的敬畏，对生活的热爱，对未来的憧憬，而这，也是"光明影院"制作无障碍电影的初心。

三、今天按摩店不营业！——走进四川大凉山

四川省登记在册的视障人士已超40万。由于四川山地居多，盲人出行难，参与活动难，到电影院看电影与很多地区相比就更不容易。如何把无障碍电影推广到四川全省，让每一位盲人都能获得观看电影的机会，成为"光明影院"团队面临的一大难题。经过讨论，初步决定由四川省委统战部牵头，四川省文化和旅游厅、四川省残疾人联合会、峨眉电影集团等部门协同组织，整体推进，并且确定将四川省太平洋影城旗下的51家影院作为固定放映点。

2019年9月，中国传媒大学电视学院党委书记曾祥敏老师带领4名"光明影院"学生志愿者，带着送往四川凉山的203份无障碍电影数字U盘，出发前往四川省凉山州，为全四川省的盲人带去无障碍电影。曾祥敏老师是中国传媒大学电视学院党委书记、教授、博士生导师，2000年从北京广播学院（现中国传媒大学）毕业后，一直在教学一线工作，获评全国广播电视和网络视听行业领军人才、北京市教学名师等荣誉称号，也是中国记协新媒体专业委员会副主任委员，担任"中国新闻奖"等权威专业奖项评委。他深度参与"光明影院"的公益推广工作，带队深入四川省凉山彝族自治州，将无障碍电影送到深度贫困地区的盲人家中，

并和同学们在大凉山开展无障碍信息传播调研,了解基层视障朋友的文化需求。在"光明影院"深入北京市盲人学校、走进社区开展公益放映的活动现场,都能看到他带领团队忙碌的身影,以实际行动奉献公益爱心。

(一)与"电影迷"的相遇

四川省凉山州是贫困地区,也是李超鹏从来没去过的地方。当天小雨连绵不断,一路走来都不见几个人影。

走在路上,李超鹏一直惴惴不安。他了解到凉山自治州是典型的彝族聚居地,这里的许多居民生活中使用的都是彝语。当地的视障朋友们无法听懂汉语讲解的无障碍电影,再加上山路崎岖,真的有视障朋友会走出家门去看一场电影吗?

早晨7点钟,德昌市大巴车司机周师傅的车上来了几位特殊乘客。一个年轻姑娘牵着3位视障人士登上了车,他们一路上都在叽叽喳喳,不停地说笑,显得异常兴奋。

他们不停地讨论着"电影院""看电影"之类的话题,车上的气氛被他们感染得轻松愉悦起来。司机周师傅忍不住好奇地追问:"你们要去哪儿啊?"一位笑得合不拢嘴的大姐答道:"我们要去电影院看电影了!听说叫什么无障碍电影,专门做给我们盲人看的!"

坐在车上的李超鹏既惊喜,又感到十分好奇,忍不住开口与

3位乘客攀谈起来:"阿姨,你们几点起来的呀? 为了看电影起得这么早?"

那位最活泼的大姐开口了:"我们6点过就起来咯! 就为了和你们一起去看电影!"

李超鹏笑着说:"这么早起来就为了看一场电影! 你们真是'电影迷'!"

大姐笑得开心极了:"我们好不容易出一趟门,得好好抓住这个机会!"

这位笑声爽朗的盲人大姐名叫马德丽,今年49岁,是四川省西昌市德昌县一家盲人按摩店的老板。马姐生性活泼,喜欢交朋友,还有点文艺才能。

马德丽说,5年前,她还没有全盲,那个时候她只是个高度近视的人,喜欢出门逛街,也很喜欢看电视,即使高度近视看不清东西,她也要侧着趴在电视机前看剧。后来,她的视力越来越差,直至全盲。即使趴在电视机面前,也什么都看不到了。全盲之后的几年,她很少再出门,更不要说出门看电影了!

几天前,马德丽偶然在手机上听到四川省盲协要在西昌市太平洋影院为盲人朋友放映无障碍电影的消息,她又激动又好奇,激动的是盲人也能进电影院看电影了,好奇的是自己都看不见怎么能"无障碍"呢? 难道这个电影能让她"看见"吗? 无障碍电影到底是什么样的呢?

她决定,一定要去看看这个无障碍电影。

马德丽把看电影的消息告诉了自己的小姐妹——同样开盲人按摩店的失明姑娘唐发米,唐发米听到也开心不已。两人约好,一起去看电影。

这个消息紧接着传到了马德丽按摩店帮工王惠容的耳中。王惠容49岁,患有先天性失明,从未读过书。老王有个宝贝收音机,每天没事的时候就抱着收音机听节目,对他来说,很多事情都是听来的。听,是他认识世界的方式。

老王之前从没想过盲人可以看电影,也从未听说过有这种可能。这一次,听说省里组织盲人观影,老王高兴坏了,打算跟着马德丽、唐发米一起去看电影。

就这样,3人结成了一队,准备去西昌市赴这场无障碍电影的约会。

为此,他们甚至决定,把按摩店关店停业一天,一起去电影院!

(二)去看一场特殊的电影

3人兴致勃勃,满怀期待,却又不得不面对一个现实问题——视力不方便的他们,该如何去到市里的电影院?

幸运的是,马德丽22岁大学毕业回乡的侄女马吉,听到姑姑要和朋友一起去城里看电影的消息时,便自告奋勇担任引路者,带领他们前往影院。马吉联系上了从德昌县开往西昌市的大巴。这样，有侄女带路，这趟看电影之旅要成行了。

看电影的前一晚，马德丽心里充满了期待，激动得难以入睡——全盲之后，她几乎很难有出远门的机会，对她来说，这是一次全新的特殊体验。

满怀着期许，第二天一大早，马德丽6点钟就起了床。7点钟，4人就早早地到达了车站，乘上前往西昌市的大巴车。在德昌去往西昌的路途上，一行人说说笑笑，好不快乐。8点钟左右，他们就到达了电影院，这距离原定的开场时间足足早了一个小时！

来到影厅，马德丽还遇上了一年未见的老朋友，两人激动地抱在一起，久久没有分开。她们手拉着手，寒暄着："好久没见你了啊！""最近怎么样？"马德丽没有焦点的眼睛里亮晶晶的。

在温暖的相会后，影院渐渐被陆续前来的视障朋友们占据。他们静静地坐下，一起期待着这场无障碍电影的放映。

（三）这么好！

看到有这么多视障朋友满怀期待地等待电影放映，李超鹏开心又欣慰，但却又比以往更加紧张了。

他们现在要去将片子交给影院负责这次放映的经理。绕过商场正门，从侧门进入，坐着直达影院的专用电梯，穿过影院大厅，一行人直接来到了影院的办公区。接待他们的是影院的公关经理。

"你们的片子呢?"经理把他们带到一间会议室,有点漫不经心地问。作为商业院线,接待这样的公益放映并不多,而且以前的无障碍影片制作粗糙,在院线放映的效果并不理想。"都拷到这个盘里了。"王海龙连忙掏出背包里的U盘,递了过去。来之前,团队制作的所有无障碍影片都装进了200多个U盘里,并附带精美的书籍外包装,除此之外,还准备了一批带存储的收音机。U盘方便电脑观看,集中观影;收音机,可供没有电脑的盲人随身携带,也可以作为伴随式的收听使用,比如在按摩的时候。

"我们先看看效果行不行。"经理把U盘插入事先准备好的电脑。会议室陆陆续续进来很多当地盲协的负责人,大家都在彼此寒暄,曾祥敏、王海龙则略显紧张地盯着经理的电脑,接下来的观影活动是否顺利以及能否在大凉山普及"光明影院",全靠这第一响了。这次准备公映的是刚刚在全国放映不久的国产大片《流浪地球》,这部国产科幻电影赢得了一片赞誉,可谓既叫好又叫座。经理俯身摸索着鼠标,打开文件。告别了胶片,数字化的确释放了不同的生产力,能够让高校参与到影片的再创作和再生产,也才能让"光明影院"无障碍信息传播落地生根,普惠到更多弱势群体。

"这么好!"在听到影片里第一句解说之后,经理突然跳了起来,靠在了墙上,"太好了!"这位操着川普(四川普通话)口音、细声尖嗓的年轻人几乎叫了起来,让周围人一震。"这个片子的配音解说,太专业了!"经理搓着手看着传媒大学的老师同学们。曾祥敏和王海龙相视一笑,根据以往的放映经验,他们心里对片子的质量还是很自信的,但没有预料到对方的反应这么大。"我还以为就是很一般的。"经理笑着说,看来,他也是出乎意料,"我们以前也放过类似的片子,但你们这个做得好专业。"

经理的肯定给予了李超鹏极大的鼓励,他回到影厅里,等待着即将开始的放映。

(四)"下一次,我带着他们一起来看电影!"

"用声音传递色彩,用聆听感知艺术,欢迎来到'光明影院',今天为大家带来的电影是《流浪地球》……"

熟悉的声音响起,李超鹏借着电影院的一点亮光观察着马德丽。

他看见马德丽闭着眼睛认真地听着电影的讲述词,努力地前倾着身体,试图将解说词听得更加清楚些,用最大的注意力去感受,去沉浸其中。遇到惊险刺激的动作镜头时,马德丽甚至有些紧张地抓住了凳子。

李超鹏那颗一路上悬着的心终于落下了。

"李一一,点火!"

在讲述词的带领下,李超鹏不由得闭起眼睛,只觉得电影里的风景、人物的表情、被冰冻的感觉,一一浮现在眼前。

《流浪地球》放映完毕后,马德丽激动地对志愿者说:"这次观看的无障碍电影,有种'身临其境'的感觉,比我想象中的还要好!"

过去,她很喜欢参加各种活动,每次盲协组织活动她都很积极,可是印象中,几年来就有过几次"盲人行走"、"盲人按摩"技能培训和几次唱歌、弹琴的活动。参加"盲人行走"培训的时候,她很激动,"过斑马线的时候想哭,好激动哦。"她不用别人的带领也能独立行走了,这意味着今后可以更方便地出门了!

可是,之后的几年,马德丽并没有太多出门,因为"出来没有什么活动",她为此深深苦恼。

而今天,观看了"光明影院"带来的无障碍电影后,听到四川省残联主席宣布以后每月第4周的周日上午为四川省"盲人观影日"的消息,马德丽激动得哭了,这意味着她以后可以每个月都能出门看电影了!

有着这样强烈感受的不只是马德丽一个人。

唐发米也深深着迷于"光明影院"所制作的电影。

"精神上挺缺这种东西的,这是我们特别需要的。"这位41岁的姑娘笑意盈盈,像个少女,"其实还有好多盲人想来,有的因为有事这次没来,下一次,我带着他们一起来看电影!"

马德丽的侄女马吉也说,看到姑姑和多年未见的朋友一起讨论电影剧情，笑声连连，她很是感动。在马吉眼里，盲人朋友只要愿意出来都是好事，而看电影，恰恰给像姑姑这样的视障人士创造了出门的机会。

在大凉山，像这样喜欢电影、渴望看电影的盲人，还有4万多人。而从2019年9月25日起，这4万多盲人朋友，每个月都可以到电影院观看电影了！这一次深入大凉山，"光明影院"项目团队以四川省为重点，让更多的视障朋友在全年52个星期里，每星期欣赏两部电影的愿望变成现实。

在电影公映式前的启动仪式上，曾祥敏老师从四川省盲协主席吴军的手中，接过表达感谢的捐赠证书，也是接过了一份责任、一份期待。视障朋友们期待着"光明影院"团队做出更多无障碍电影，帮助他们走出心墙，走进社会，走上自己的自强人生路。从北京到四川，从"文化盲道"到"精神盲道"，"光明影院"步履不歇，永远在路上。

四、知己知彼，步履不停——走进新疆维吾尔自治区

2021年12月3日是国际残疾人日。在该纪念日前，"光明影院"项目团队要将最新制作完成的"百年百部"系列无障碍电影赠送给31个省（区、市）及澳门特别行政区的盲协、盲校、社区和图书馆，并在全国范围内完成一次联动公益放映活动，邀请全国

盲人朋友观赏团队制作的最新100部无障碍电影。

受到疫情影响，团队所有的前期工作都只能移到线上进行。不熟悉的工作，陌生的语言……这一批新加入"光明影院"的志愿者迎来了不少意想不到的困难。

在这次全国联动活动里，志愿者胡炜莘遇见了一位特殊的联络人。

（一）一位特殊的放映联络人

"请大家再确认一下，自己负责的省份是否还有问题，务必保证这次全国放映活动能够顺利进行！"

2019年9月25日，"光明影院"走进四川省

看到"2021光明影院放映组"群组突然弹出的消息，胡炜莘心里猛地跳了起来——自己负责的新疆是唯一还未确认能够正常放映的地区。

胡炜莘这位90后四川姑娘从小学习绘画和音乐，对艺术特别感兴趣。从本科开始，她就是公众号"印客美学"的主理人，拥有60万的关注者，多次参与艺术疗愈课程、尤克里里公益课、校园电影放映等公益志愿活动。读研究生后，喜欢艺术、热心公益的她顺理成章地成了"光明影院"的志愿者。这一次，是她第一次协助"光明影院"项目团队完成大型的全国联动放映活动。

距离全国联动放映的日期越来越近了，志愿者们的工作节奏也越来越紧张。

新疆维吾尔自治区是胡炜莘负责联络的地区之一。以前新疆负责对接的老师由于个人原因已辞去新疆残联的工作，现在的工作由陈莉红主席负责。

在所有的联络人中，陈莉红主席比较特殊，因为她本身就是一位视障人士！

刚开始面对陈莉红老师时，胡炜莘顾虑重重——疫情防控期间，所有的文件收发都通过线上进行，作为视障人士，陈莉红老师完成后面的工作是否会有困难？一些需要收集的材料，仅仅通过线上微信是否能够沟通清楚？新疆地区的影片放映能否顺利完成？每一个"灵魂拷问"都让她在心底直打鼓。

无论如何，胡炜莘觉得自己还是应该勇敢地迈出第一步。她尝试着通过电话和短信联络对方，但对方没有给予任何回复。

胡炜莘又辗转加上了陈莉红老师的微信，介绍自己的意图，但依旧没有等来预期的回答。她心急如焚却又毫无办法，只得试探性在微信问道："如果老师您不方便的话，是否可以给我指定一位对接人，更方便完成后续琐碎的工作呀？"

意外的是，第二天陈莉红老师回复了几段语音。语音中的女声平和而又有磁性，陈莉红老师说："不好意思炜莘，这几天太忙了没来得及回复你的消息。之前的活动照片我一并发给你。"

得到陈老师的尽力配合，胡炜莘感到欣喜的同时又有些惊讶。陈莉红老师竟然没有指定任何人完成接下来的工作，这些线上的工作竟然都由她自己来完成！

通过师哥师姐，她这才了解到陈莉红老师颇为传奇的人生经历——陈莉红不只是中国残联第7届主席团委员、新疆残联第7届主席团副主席、自治区盲协主席，还曾荣获第6次"全国自强模范"。她从医33年，接诊患者16万多人次，开展扶盲助盲公益活动50多场，服务盲人上万人次，先后将27名贫困残疾人及残疾孤儿接到自己的家中免费辅导，还用自己不高的收入扶持了1名贫困大学生和2名贫困盲人学生。

没想到，这位联络人的人生经历如此特别！

（二）"有问题大家一起解决！"

接下来的几天，胡炜莘顺利地收到了陈莉红老师发来的文件。她难以想象，一位视障人士是怎么完成这些工作的——很明确的是，陈莉红老师非常支持和配合"光明影院"的项目工作，对于视障人士的文化生活也十分重视。

可能是使用微信不太方便，陈莉红老师对消息的回复并不是很及时。胡炜莘最开始并没有太在意，直到志愿者们一起开会时，才发现新疆的工作进度明显落后于其他省区市。

胡炜莘有些束手无策，面有难色地问朱雯琪师姐："我其实有个问题，因为我对接的老师是一位视障人士，她工作还特别忙碌，所以对消息的回复就不是很及时，师姐，这应该怎么办呢？"

朱雯琪开朗地说："没事儿，有问题大家一起解决！大家一起讨论下，这个问题有什么好的意见吗？"话音一落，活跃的放映组成员们便开始七嘴八舌地出主意。

"语音电话会比较方便吧？"

"或者直接发语音试试看？"

"老师一般不太会接电话，手机电话和微信电话一般都打不通。"

"感觉发语音的话，时间太长确实也不太方便他们捕捉信息。"

"那不然和老师约一个空闲时间，打电话说清楚？"

"我觉得可以让老师指定一个对接人会比较方便。"

....

会议室里的气氛一下子热烈起来。大家如此热心地为新疆的联络出谋划策,胡炜莘既感动又惊喜。

这时,朱雯琪师姐说:"我之前也负责过跟新疆对接,不过是和另一位老师聊的。其实视障人士大多数是通过'屏幕朗读'功能对消息进行读取的,如果她电话语音都不太方便的话,你也可以在沟通方面做一些调整。但我觉得,最重要的还是要站在他们的角度去考虑问题。"

这次讨论为胡炜莘打开了许多新的思路。尤其是朱雯琪师姐的话给了胡炜莘很多启发。知己知彼,才能百战百胜。真正了解视障人士,才是改变的头一步!

她意识到了问题的症结所在——回看聊天记录,自己与陈莉红老师沟通时,只是将编写好的文案复制粘贴给对方,把文件也一股脑地发送过去,这对于一位视障人士来说非常不友好。自责的同时,胡炜莘也有些惭愧,作为"光明影院"的志愿者,自己还不太熟悉视障朋友们的日常生活。

胡炜莘开始转变自己的工作方法。她将自己每一次发送的消息尽可能精简,一句话能说完的,绝对不多用一个字句,过于书面化的语言也改成了口语。

再一次给陈莉红老师发送消息时,胡炜莘把自己的室友、"光明影院"宣传组的成员周睿彤和李悦侨叫到一起,对她们说明了自己的困境:"因为视障人士很多是通过屏幕朗读功能实现消息阅读的,麻烦你们帮我听一听,下面这段话如果只听声音,你们能够一遍就听懂吗?"

"你放放,我们听听看。"

3个女生围坐在一起,设想着陈莉红老师在各个场景使用微信的样子。

"我觉得这个地方'若您方便'可以改成'如果您方便'更口语一点。"

…………

"发出去吧?这样就可以了!"

按下发送键的那一刻,女孩们有点紧张又满是期待。

没过一会儿,陈莉红老师的反馈就过来了!这是回复最快的一次!

胡炜莘终于找到了恰当的沟通方式。陈莉红老师平和又耐心,收集资料、填写表单、录制视频等多项繁琐细致的工作,她都及时给予反馈,还拍摄了一段放映场地状况的视频给胡炜莘。

多亏了一起工作的小伙伴!也多亏有支持"光明影院"工作的老师们!作为视障人士,陈莉红老师完成工作一定比普通人更加艰难。但为了更好地为当地视障朋友提供文化服务,她把各种事务安排得井井有条,这真的让人心生敬意!

有这么多人一道，努力丰富视障朋友的精神文化生活，帮助他们更好地参与社会生活，胡炜莘感到既充实又快乐，也期待放映的日子快些来临。

然而，就在一切似乎都开始顺利推进之时，意想不到的问题又出现了。

（三）一波三折的放映活动

邮寄硬盘当天，胡炜莘得知，由于疫情防控原因，新疆当地无法收件。当时陈莉红老师正在外地出差，她告诉胡炜莘，自己目前也无法确定放映活动能否如期进行，只有回到新疆与上级领导商议后才能够确定。

距离放映时间越来越近，新疆成为"光明影院"这次联动放映活动中唯一未确认能够正常放映的地区。胡炜莘也没闲着，她做好了另一个预案——下载好了一部最新制作的无障碍电影，随时预备以线上观影的方式来完成放映。

幸运的是，陈莉红回到新疆后，当地批准了线下组织的小型放映活动。

新疆放映会结束的那天，胡炜莘坐在图书馆里，收到了陈莉红老师发来的现场照片。照片里，20余位盲人在新疆残联综合厅里观看《英雄儿女》，有人伸着脖子，微微前倾，似乎正聚精会神地想象着影像世界，沉浸在故事情节中。

胡炜莘把照片转到宿舍群里。"终于顺利完成放映了！""看着他们看电影，我也好开心！"宿舍聊天群里，几个女孩高兴又激动。那一刻，她们真实地感受到了自己所做工作的意义与价值。多日以来的等待和焦虑，都在一张张期待的脸庞之中得到了最好的回应。

其实，不只是胡炜莘，受到线上条件限制，许多意想不到的状况在这次放映活动中接连出现。为了将最新的影片带给各省市，放映组的志愿者们通过各种各样方式灵活解决突发状况。

志愿者尹姿蘅所负责的两个省区市组织都"失联"了，她只能够自己重新联络新的组织。在经过一个星期不间断的联系之后，广西壮族自治区残疾人联合会终于决定将"光明影院"的无障碍电影进行全区推广。最终，有434位盲人观看了无障碍电影。

刘斯恒所负责的大连当时也正处于疫情防控期间。在线下放映的请求被拒绝后，她辗转好几位朋友联系上了盲人朋友，又通过他们的人际关系联络上大连当地的盲人按摩院以及盲人社群，刘斯恒最终在社群内分享了电影资源，方便视障朋友们进行线上观影……

2021年，"光明影院"最新制作的"百年百部"影片包含了最新上映的多部电影，更有着反映党和国家历史变迁的影像记录。

在"光明影院"，志愿者们"用声音传递色彩"，视障朋友们"用聆听感知艺术"，在电影的世界里，他们不再感到隔膜；在光影的变换中,他们用心感受影像。在陌生又熟悉的世界中,志愿者们依旧步履不停地找寻着光明。

五、"努力奔跑"的藏族女孩——走进西藏自治区

2019年底,光明影院进入西藏自治区,为拉萨市特殊教育学校的孩子们播放无障碍电影《建国大业》。提到西藏,很多人都会想到电影《冈仁波齐》中匍匐前行的朝圣者,高原迎风而立的雪莲,以及昭示神明的殿堂。

一场公益放映活动,让志愿者叶宇琦与西藏结下了不解之缘。

2019年9月,小叶同学从播音主持艺术专业(本科)考到新闻与传播专业(硕士),成为赵淑萍教授的学生。在赵老师的言传身教下,她走进了"光明影院"项目团队,负责天津、安徽、西藏等多个省份、自治区的公益放映对接工作。让"光明点亮神州大地",成为她的座右铭。在众多的工作任务中,小叶最难忘的是一个藏族女孩黝黑的面庞,那个女孩清脆的声音犹在耳畔:"我从来都不服输,别人能看到的电影我也可以看到,别人能做到的事情我也一定可以!"

(一)"没有伞的孩子,只能努力奔跑"

16岁的拉姆卓嘎是一名藏族女孩,出生在西藏达孜县德庆

镇。村子里的小学都是为普通孩子服务的，低视力的她从小视物模糊，但她从不觉得自己是异类，硬是说服家人在村里小学读书，和其他孩子一样。

"你为什么跟我们不一样啊？""你的眼睛为什么是这样的啊？"同学们仅是出于好奇的问题，却让拉姆渐渐感受到自己的"特殊"。上课的时候看板书看不清楚，拉姆只能站起来凑到前面去，遇到问题老师也会放慢速度给她多讲几遍，但这些都让她觉得，自己是"特殊的""不合群的"，因而找不到归属感。

一次数学课上，因为看不清老师板书的数字，拉姆依旧拿着本子凑到讲桌前面，但却不小心挡住了后面同学的视线，一个女生挥着手着急地说："拉姆你自己看不到就别往前凑了，挡住我们都看不到了。"

或许是这一句没有控制好情绪的"看不到"刺痛了拉姆年幼的心灵，她登时抹着眼泪跑出了教室，躲到厕所的角落里，泪水模糊了本就不清晰的视线。老师赶出来找到她，将她送回了家，跟妈妈商量着将拉姆送到特殊学校上学。

"她的视力已经很差了，即便凑上前，也看不太清板书的字，尤其是数学，每一个数字的字形辨认需要很长的时间，送到日喀则那边的学校上学会更好些。"老师一脸惋惜地望着拉姆，他教书数年，没有遇到像拉姆这样如此努力上进的学生，"真的太可惜了，这么好的苗子……"

妈妈摸着拉姆的头,也难过地掉下了眼泪:"日喀则太远了,拉姆还小,她自己一个人在这么远的地方寄宿生活,我舍不得呀。"

"日喀则离妈妈好远,我不想离妈妈那么远。"拉姆伏在妈妈膝上,攥紧了拳头,"为什么看不清东西就要成为异类,就要去日喀则上学,我可以用更多的时间去读书,我不信我做不成!"

对母亲的眷恋和不服输的勇气让小拉姆在学习方面异常努力。3年级的期末考试就要到了,为了赢得同学们的尊重,她全力投入备考中。可是低视力的孩子看书原本就十分吃力,阅读速度、写字速度自然比普通孩子慢很多。在同样的考试时间内,如何比普通孩子读题答题更快成为了拉姆卓嘎急需解决的问题。"我需要用更多的时间熟悉字形。"为了考试,拉姆常常在深夜,眼睛紧盯着课本,一句一句地读着。

最终,她获得了全年级第2名,全班哗然,老师也非常惊讶,她终于证明了自己。这场考试对于普通孩子来说,是人生过程中平淡无奇的一笔;但对拉姆来说,这次成功给了她莫大的勇气,告诉她低视力的人一样也会有精彩的人生,只要努力,一切皆有可能。

怀着这样的信念,拉姆愈发用功地读书。但渐渐地,她发现自己看字越来越模糊。到了5年级,她的视力状况已经不允许她在当地的普通小学继续念书了，只能选择辍学。

（二）冬天来了，春天还会远吗？

5年级的寒假，拉萨迎来了一场大雪。白色的雪花飞过高山，飘过湖泊，落在一户户人家的屋顶。渺万里层云，千山暮雪。茫茫大雪中，有一个女孩透过窗外望着逐渐模糊的世界。

"阿妈，为什么别的孩子都有双宝石般的眼睛，而我没有呢？"拉姆目光所及之处皆是白色，唯有远处小孩子们的嬉闹声告诉她，外面还有几个同伴在玩耍，但她看不清，也出不去。

阿妈轻抚拉姆的头发，含着眼泪说："唉，真是个傻姑娘，虽然你没有一双宝石般的眼睛，但你却拥有一颗宝石般的心灵。"

"学校的老师说，没有一个冬天不可逾越，没有一个春天不会来临。阿妈，我有一天也会像普通孩子一样，看到春天吗？"拉姆从窗外的白色中转过头来，期待地问着阿妈。

"会的，我们家拉姆是最棒的。"阿妈亲了亲拉姆的额头。

不久，拉姆收到了拉萨市特殊教育学校的入学通知。

她怀着忐忑不安的心情来到了特校。在特校，她看到了很多和她一样的同龄人，这些孩子都使用盲文读书。第一次接触盲文，小拉姆兴奋得手舞足蹈："我之前都没看过盲文，但觉得比紧盯着文字辨认字形会更方便。"由于对盲文的不熟悉，她只能从一年级重新读。

在普通学校学习的经历给了拉姆扎实的基础，来到特校后她更加努力地学习知识，7年来，小拉姆一直名列前茅，成为了班里的学霸。

（三）从学霸到"主持人"

在残疾人联合会的帮助下，拉姆获得了免费学习钢琴的机会。她的钢琴老师不仅在专业上悉心教授她乐理知识，更告诉她自信面对机遇与挑战。

六一儿童节活动中，拉姆出人意料地被挑选成为晚会主持人。一般来说，主持人都是从较专业的主持班里挑选出来的，她是多年来唯一一个例外。

主持班的老师愤愤不平，找到了负责老师："这么多年，大型晚会都是主持班的孩子们上场，拉姆她并不是主持班的学生，也没学过相关知识，上台肯定会慌张呀。"

负责老师笑着对主持班老师说："拉姆有天赋，我们要相信她，给她这个机会去试一试。"

晚会登台前，拉姆想着台下围坐着这么多人，心里非常慌张，嘴唇颤抖着，脑海中一直在设想忘词的后果，担心看到主持班老师质疑的眼神，担心听到同学们的议论与嘲笑。正在踌躇时，钢琴老师拍了拍她的肩膀，弯下腰，一边轻抚着她的背，让她放松一些，一边鼓励着她："老师相信你，你的声音真的很好听，别慌，你一定可以的！"

拉姆深吸了一口气，走上了舞台。

台上的拉姆自信、阳光，笑容很有感染力，声音更是清脆悦耳，得到了同学和老师们的称赞，台下的主持班老师也为拉姆的语言天赋而震惊。

后来，主持班老师私下里找到了拉姆的钢琴老师，让拉姆跟随她学习主持，还特意免除了她的学费。就这样，拉姆走上了学习主持的道路。

经历了舞台一试的拉姆起初不以为然，觉得主持好像也仅仅是把词讲好就行，没有太多技巧可学。但钢琴老师告诉她："不论什么领域的知识，得到机会学习都是非常难得的，要懂得珍惜与感恩，更要戒骄戒躁，让大家看到更加闪耀的你。"

这段经历让年幼的拉姆对未来充满了向往："我要用自己的声音和自己的努力，让大家看到我的闪光点。"

（四）让光明照进现实

在学校里，拉姆最喜欢的老师就是语文老师郭利娜。郭老师常常会辅导拉姆作文，还会训练拉姆的演讲能力。求学期间，拉姆经常参加演讲比赛。

2019年11月，她参加《我和我的祖国》盲人讲故事大赛，获得了一等奖。她写的作文《光明》还作为优秀作文发表在《西藏初中学生作文选》上。德育处主任土旺老师说:"拉姆卓嘎是各方面都很好的一名同学。她的主持、钢琴、唱歌等才艺都很突出,个人品德也很好。"

在拉姆的成长过程中,学校的设施也变得越来越好了。以前拉萨特教学校盲人孩子人数众多,举办大型活动只能在操场上风吹日晒。现在,学校新建了礼堂,拉姆多次登上礼堂舞台,用动听的声音主持晚会,用自己的双手弹奏美妙的乐曲。

礼堂上还有一个巨大的高清屏幕,供低视力儿童观看无障碍电影。每一次观影,拉姆都和朋友们一起在"光明影院"成员的讲述声中,为重逢而欣喜,为离别而落泪,为跌宕起伏的情节如痴如醉。

"我从没想过,像我这样的低视力孩子还能看到电影。"在无障碍电影《建国大业》放映活动后,拉姆讲述着自己的经历,对"光明影院"志愿者叶宇琦说,"通过无障碍电影,我觉得自己和别人是一样的,别人能看到的电影我也可以看到,别人能做到的事情我也一定可以!"

"从前,钢琴老师对我说,我们都很幸运,拥有一个这么繁荣的国家,赶上了这样和平的年代,能够透过无障碍电影,聆听到更多的故事,见识到更大的世界。"

"我知道,我可能并不完美;但是,我真的很幸运。我能来到这里，认识到这么多的朋友，学到这么多的知识！"拉姆开心地说道，"哥哥姐姐通过声音，告诉我外面的世界是什么样的，我今后会一直走下去，争取有一天也成为和你们一样优秀的人。"

"命运虽不公，人生当自强。"只要努力和坚持，总有一天，梦想一定会实现。而拉姆卓嘎，也终会发出属于自己的那份最灿烂、最迷人的光芒。

第五章　初见：与"光明影院"邂逅的第一次

北京，12岁的周冠祺攥着人生中第一张电影票，在电影院昂起小小的脑袋；海南，李林森搀扶着母亲，第一次意识到儿时自己和母亲同看一部电影的愿望并非幻念；福建，方雯阿姨因为盲协组织的无障碍观影会，第一次收获了五光十色的世界……明眼人很难想象，自己习以为常走出家门的观影，对于中国1700多万视障人士来说，长久以来都是奢望。

"看电影时我再也不需要爸爸妈妈的讲解了！"

"我永远都忘不了那一天！"

"我拥有了自己走入电影院的勇气。"

"有了你们对画面的描述，我都看懂了……"

2017年，"光明影院"成立。2021年，"光明影院"在影片《1921》上映时第一次实现了无障碍电影与院线同档期电影在首映仪式上的同步放映。第一次，影院午后的阳光均匀铺洒在视障朋友和普通人之间。

每一次"初见"都有魔力。它为彼此推开一扇未知的大门，身处其中的每一个人，就此开始发生潜移默化的改变。在本章中，我们回首那些令人难忘的"初见"。我们捕捉闪光的瞬间，捕捉微弱却试图冲破黑暗的第一缕曙光。在这些故事中，我们发现：视障群体，原来也可以看见五彩斑斓的世界。

一、第一次独自观影："这是我第一次拿到电影票"

周冠祺是北京市盲人学校的初一学生，小名祺祺，今年12岁。因为先天性视网膜脱落，无法视物，只有微弱的光感。爸爸是电工，负责给地铁供电；妈妈则在链家做房产中介，平时很忙，就连周末也需要带着客户到处看房。这个三口小家，12年来守着祺祺复明的希望，从未放弃。

2019年5月，祺祺与"光明影院"结缘，参加了"光明影院"组织的线下公益放映活动。在这次活动中，他收到了人生中第一张真正属于自己的电影票。

（一）坐在影院最后排的一家三口

祺祺从小就喜欢听书，尤其喜欢听一些关于中国共产党的红色题材书籍，对于多数同龄人喜爱的动画片，反而不太感兴趣，在他看来，这些都太幼稚了。

谈起党的发展历程，祺祺总是滔滔不绝，他可以兴致勃勃地跟朋友聊好几个小时中共在抗战期间的故事。"共产党员深入敌后，打入国民党内部。国民党会用很多残忍的方式去查内部是不是有共产党的卧底，那时候的共产党员前辈们真的很厉害、很伟大！"刚上初一的祺祺甚至还知道毛主席的名著《论持久战》，提起里面的理论也都能分析一二。

除了听书以外，祺祺也喜欢看红色影视作品。看不到画面反而成了他可以长时间泡在电视机前的挡箭牌。他总是乐呵呵地说，"嘿嘿！因为我看不见，所以看电视就不用被爸爸妈妈说啦！想看多久就看多久！"身边的人总夸他乐观，他也觉得自己心态挺好，或许是受了爸爸妈妈的影响，遇到困难总会往好处想，这一家子都在很积极地生活。

从小，爸爸妈妈就想让祺祺和正常的孩子一样，体验各种不同的活动，享受童年的美好和快乐。也许这对于他来说很难，但周爸爸、周妈妈依旧不断地鼓励他，让他敢于主动和别人交谈，敢于尝试各种活动。在爸爸妈妈的陪伴和支持下，祺祺不仅学会了骑自行车、玩滑板，学习了拉二胡，在合唱团还是领唱，是一个自信外向且健谈的小男孩。

在接触无障碍电影之前，祺祺也看过许多电影电视剧。经典电影如《拯救大兵瑞恩》，流行电视剧如《花千骨》，他都没有错过。

尽管祺祺是盲童,但周爸爸、周妈妈依旧会带祺祺去电影院看电影。他们会提前在网上找到那些观众较少的场次,并且永远只买最后一排的电影票。夫妻二人各自坐在祺祺的左右,一边观影一边给儿子讲解电影内容。

周妈妈说,因为担心给儿子讲电影会影响别人的观影体验,所以每次都离其他观众远远的,人太多的场次也不敢带祺祺去。但即便如此,因为是同步观影,而且受到爸爸妈妈讲解水平的限制,祺祺还是没办法在影院中立刻了解画面上正在呈现些什么。

影视剧是典型的视听一体化产品,画面与声音协同为内容服务,融会贯通。如果看不到画面,就总会这边漏一点情节,那边缺一些内容。也正是因为这样,祺祺常常无法完全理解自己所看的一些电影和电视剧。

2019年,"光明影院"为祺祺打开了无障碍电影的大门,让他真正感受到了光影世界的魅力。

(二)"这是我第一次拿到电影票!"

2019年5月,妈妈带着祺祺来到"光明影院"公益放映活动的现场。

对于熟读电影的祺祺来说,看电影已经不是什么太新鲜的体验了。不过,听妈妈说这次自己能独立来影院看电影,祺祺颇有些兴奋。

"这和爸爸妈妈平时给我讲的电影有多大区别呢？没有爸爸妈妈讲解我能听懂吗？"进入影院前，祺祺有些好奇又有些疑惑，心里直犯嘀咕。

来到电影院门口，告别了妈妈，活泼的祺祺蹦蹦跳跳地跟着一位"光明影院"志愿者进入了影厅中。

找到他的位置坐下后，志愿者杨明递给了祺祺一张电影票，满含笑意地对他说："这是你的电影票哦！"

"啊，这是我第一次拿到电影票！"接过电影票的祺祺被触动了，突然举起电影票，扯着嗓子在影院里大声喊道。正在兴奋头上的祺祺脸上有掩饰不住的喜悦——以前跟爸爸妈妈去电影院，因为身高不满购票标准，从来没有得到一张属于自己的电影票，今天是他第一次独立进电影院，居然还得到了人生中第一张电影票，这也太让人开心了！

志愿者杨明被小男孩的兴奋劲儿逗笑了，轻轻走到祺祺面前，对他说："恭喜你呀！我们来握个手吧！"

"好呀！"祺祺得意地把小小的手掌举到胸前，等待着杨明的祝贺。

杨明握住他那胖胖又激动的小手，还没来得及道贺，祺祺就说道："这是我人生中的第一张电影票，谢谢你们呀，姐姐。"

小家伙虽然看不到志愿者，还是仰头冲着杨明大笑了起

周冠祺第一次拿到电影票

来——或许他知道,在场的人,都是爱他的。

自来熟的祺祺对陌生人毫不畏惧,跟杨明讲起自己的故事时更是侃侃而谈:自己在学校里,帮助不自信的同学唱歌,帮他们树立自信;他还悄悄告诉志愿者,班上还有一个小女生特别喜欢自己……杨明跟他边聊边打趣,还亲切地称呼他为"小超人"。

闲聊之间,开场等待的时间不知不觉溜走。电影终于开场了。

在影院灯光暗下来的几秒钟里,祺祺屏住了呼吸。他摩挲着手里那张特殊的电影票,感受着电影票上铅字深深浅浅的印刷感,对即将开始的电影又增加了几分期待。

出乎他意料的是,这次观影和之前想的都不一样。

他明显感觉到这部电影里的旁白讲述比爸爸妈妈更加专业细

致。每一秒讲解都和电影中的声音对位非常精准，旁白之后就是电影原声，自己的脑海似乎马上就能够自动出现画面。祺祺完全沉浸在了故事里，他一会儿随着故事里的人物悲伤，一会儿被喜剧的台词逗笑，一会儿又被高昂的音乐激起昂扬的斗志……

就这样，祺祺完完整整地看了将近两个小时的电影内容，依旧意犹未尽。

"哎呀，一个人太孤单了，都没人能和我分享，还是大家一起看电影比较开心！"临走前，祺祺攥着那张对他来说意义非凡的电影票，依依不舍地对志愿者说道。

来到电影院门口，妈妈已经在等着接他了。对祺祺来说，这是他十分特殊的一次经历——这并不是他第一次来电影院，但这却是第一次不用躲着其他观众，单独和爸爸妈妈坐在最后一排看一场电影。他也能和一群陌生人在一起看电影了，而且还有那么多志愿者哥哥姐姐，以及和他一样的视障朋友和他聊天，聊那些他喜欢的电影。

与"光明影院"结缘的这一天，祺祺真正感受到了独立观影、完整理解影片内容的快乐。

（三）"想让妈妈也加入'光明影院'！"

这次特殊的观影经历，为祺祺打开了无障碍电影的大门。他又陆续找了许多无障碍电影观看。

"光明影院"制作的《闪闪的红星》《小兵张嘎》《百团大战》等，都是他的心头好。在同学妈妈的推荐下，他又下载了其他 App，在手机上就能收听无障碍电影的内容。周妈妈说："祺祺都快把上面的红色电影听遍了！"

这些无障碍电影后来还成了祺祺学习和生活里最好的治愈良药。

电影看得多了，祺祺有一天突发奇想：自己家里人能不能也参与制作无障碍电影呢？

他想到的第一个对象就是自己的妈妈。

他觉得，其实妈妈蛮有文艺细胞的，而且也有给自己讲述电影的经验。加入"光明影院"跟大家制作电影，可以给视障朋友贡献更多的好作品——尤其是《在烈火中永生》，自己非常喜欢这部电影。但因为是普通版本，没有讲解，如果妈妈有机会制作无障碍电影版本，那自己就可以了解更多没有听到的电影内容了。祺祺兴奋地思考着这个问题。

这件事最终因为妈妈工作太过繁忙而不了了之，但祺祺热切的分享欲让这个家庭充满了温暖。

每一次看完电影，他都会兴冲冲地跑到家人面前，分享那些自己看过的故事情节和通过电影学到的新知识。无障碍电影为这个辛苦的家庭带去了欢乐与温馨。

周妈妈周爸爸时常因为孩子的开朗乐观而十分欣慰，在他们看来,"光明影院"制作的无障碍电影,成了孩子了解外面世界的一座桥梁。

操着一口京腔,幽默且健谈的祺祺总是能让身边的人感到能量。与"光明影院"相遇后,无障碍电影为他打开了通向缤纷世界的大门。而他的快乐健康成长,正是"光明影院"的价值和意义所在。

二、第一次与母亲观影:"她第一次走进了我的电影世界"

2019年12月5日,22岁的李林森带着妈妈走进三亚湾红树林度假世界1+X影院,观看了无障碍版电影《建国大业》。李林森说,他永远也忘不了那一天,那是他第一次和母亲一起走进电影院。"母亲听着电影,我会告诉她这是哪位演员的声音,那个演员现在是什么神态。我第一次这样和母亲讨论电影,母亲也第一次走进了电影世界中。"

(一)特殊的童年

6岁的李林森觉得,或许人生来并不是平等的。

母亲失明,父亲又体弱多病,让他的童年跟小伙伴们不太一样。

2019年12月5日，在海南岛国际电影节"光明影院"固定公益放映活动现场，李林森与母亲接受采访

小时候，李林森住在部队大院，每天都会有大巴车到院门口接孩子们去学校。2004年，妈妈林芳因视网膜色素变性导致双目失明，再也难以承担起照顾孩子的重任。从此，李林森总是孤零零一人走到等车点，在一群被父母簇拥陪伴着的孩子中间，他显得有些格格不入。看着其他小伙伴依偎在父母怀里时的微笑，李林森心里有些不舒服，那时的他并不知道，原来这就是嫉妒。

但即便是这样，他也从来没觉得自己和其他的孩子有什么不同，每天在学校学习，放学后回到家完成老师布置的作业，然后跑出去和院里的其他小伙伴一起玩。

直到某一天，李林森偶然听到了别人家父母在背后对自己的指指点点，这份童年的快乐戛然而止。他听到那些所谓的"大人"告诉自己家的孩子："以后不要和李林森一起玩，他父母都不太好，小心沾上晦气。"或许他们以为年幼的李林森还无法理解这些话语背后的含义，但这些充满着偏见、迷信的所谓告诫，狠狠打破了一个孩子对现实世界的美好幻想。

他并没有把这些话语告诉妈妈，而是选择了藏进心里。因为他知道，妈妈的出头只会迎来再一次的冷嘲热讽，他不愿看到这样的场面。

长大些的李林森上了初中。从那时起，他似乎开始无所顾忌地向他人发泄着自己潜藏已久的不满。上学时打架，放学和妈妈吵架，李林森长成一个叛逆的，"不省油的灯"。他也不明白自己为什么会变得如此暴力，或许是因为青春时期的荷尔蒙，又或许是因为小时候曾被一群社会青年毒打半个小时。

到了高中和大学，父母身体越来越差，李林森被迫让自己迅速成长，他开始学习做一个独立的，甚至可以照顾整个家庭的人。他每天要炒菜、做饭、拖地，做各种各样的家务，也需要陪伴照顾父母的生活起居。

一餐一饭之间，李林森变得懂事了许多。

他开始明白了父母的不易，逐渐收敛起自己的脾气。过去，他往往会因为一些小事和家人争吵不休。现在，即使偶有争吵，他也尝试尽力与父母沟通解决。他明白激烈的争吵和一味的逃避并不能解决任何问题。

当真正进入社会开始找工作时，李林森四处碰壁，但他知道自己需要一边工作一边照顾家庭。看着父母身体每况愈下，李林森又担忧又着急。他暗暗发誓，一定凭自己的力量让他们过上好的生活，即便吃再多的苦，他也绝不放弃。

（二）与母亲隔阂的世界

这个大男孩尽力支撑起这个困难的家。然而，生活的意外总是让人始料不及。体弱多病的父亲还是离他们而去了。

送走父亲后，李林森几乎来不及悲痛。他知道，现在家庭的重担要他一个人来扛了。母亲林芳是盲人，现在自己的工资收入几乎入不敷出，一家人该怎么生活下去？如果自己要增加收入外出工作，那么母亲又由谁来照顾？

在重重矛盾之间，李林森挣扎着选择了自己认为正确的那一条道路。他带着不舍与愧疚，以及满满的雄心出发了。李林森来到工作机会更多的海口，入职美兰机场工作。

从此，母子相隔一方。

林芳独自一人住在三亚市。小范围地在家中走走路，听听电视，差不多是她日常生活中所有的娱乐。而作为一位视障人士的孩子，李林森目睹了母亲因为失明带来的种种不便和苦恼：不能独自出门买菜，也无法使用电子设备进行网购，连日常用餐都成了大问题。没有社交，没有娱乐，担心自己频繁的联系会给工作忙碌的孩子造成负担。

距离让母亲与自己更加隔膜。由于接触的事物和所处的生活完全不同，李林森和母亲几乎没有什么共同话题，对话也只能停留在吃喝住行这样的日常琐事上。偶尔自己回家想带妈妈出门，也不知道能去哪里，毕竟社会为盲人提供的公共空间实在太少了。

像妈妈这样的盲人几乎没有自己的社交圈子，他们能做的只是坐在家里回忆过去。李林森清晰地知道这一点，他深感愧疚却又无能为力，这让他更为痛苦。

直到2019年12月5日，那一天，他带母亲走进了电影院。这一场特殊的电影，让母子之间隔阂的世界，终于第一次被打通。

（三）"我永远也忘不了今天"

2019年12月5日，在三亚市盲协的组织下，视障人士们来到海南国际电影节观看一场特殊的电影。

这一天天气尤为晴朗，衬得人的心情也明朗起来。视障人士们身着盲协特制的红马甲，在阳光的照射下显得亮眼。李林森带着穿着红色马甲的母亲，也走在队伍里。

一路上李林森小心翼翼地搀扶着母亲，而林芳脸上是藏不住的兴奋和高兴。李林森发现，原来母亲一直有着一双美丽的眼睛，过去因为失明失去了神采，但今天却充满了光泽。

李林森感到十分欣慰。独自在外工作，无法照顾母亲，自己对妈妈有太多愧疚了。在工作的日日夜夜里，他也曾无数次地想着和妈妈一起做许多事：想带着妈妈游览她以前就想去的丽江；想陪着她去吃好吃的美食；想再喝一次妈妈煲的汤……这些简单的愿望却无法实现，所以这一次的观影的确是自己难得能与母亲一起出门的机会。

一边走一边胡思乱想着，他们来到了观影地点。母子两人落座在盲协所指定的位置上，等待电影的开场。

林芳与李林森都不是特别外向的人——简单聊过几句后，林芳就端坐在了座位上，李林森也没有主动挑起话题。彼此之间没有太多话可以说的二人，在这个嘈杂的环境里显得格外安静。

"用声音传递色彩，用聆听感知艺术，欢迎来到光明影院。"一阵悦耳的声音将李林森拉回到现实。电影开映了，今天观看的电影是《建国大业》。

没想到竟然能和妈妈一起来看同一部电影，真是不可思议。不过今天的这个无障碍电影真的和它说的一样好吗？妈妈真能明白电影在讲什么吗？李林森有些怀疑。

随着影像画面缓缓展开,"国共谈判"的历史场景浮现在银幕之上。原来,无障碍电影是将电影画面转化为文字,并配以解说,穿插在影片之中。李林森闭上眼睛,想体会母亲观看电影时的感受,他发现,解说精准的文字,竟然真的可以描绘影像的精彩世界。

李林森转过头去,想看看母亲的反应。一旁的林芳似乎为了将解说听得更加清楚,身体微微前倾,脸上则满是专注和认真,好像也正沉浸在《建国大业》所勾画的热血纷飞的革命年代。李林森想起,自己许久没有见过母亲如此专注地做一件事了。

原来,母亲真的能看懂这部电影!

随着剧情慢慢推进,影片迎来一个又一个高潮,国共合作破裂、解放军解放上海、新中国成立……建国之路艰辛困苦,革命先辈们的勇气与爱国热情深深地打动了李林森。影片来到尾声时,他似乎还意犹未尽。

这时,坐在身边的母亲突然开口,她语重心长地对李林森说道:"以前我们那个年代,什么都没有,大家艰苦奋斗一步一步才走到了今天。每个工作都有难处,要想办法克服,想办法闯过去,就像《建国大业》电影里的故事情节一样,只有坚持到最后,才可以成功。"

李林森惊讶极了,一时间不知道该怎么回答——这是母亲难得一见地与自己分享过往和内心的感受。尤其是自己外出工作后，母亲几乎没有机会讲述自己的事情给他听。电影结束之后，他还与母亲讨论了许多电影中有意思的人和事，聊起了母亲生活的那些年代里的各种故事。

电影散场了，但母子间的亲情联结却更加紧密了。

放映结束后，林芳与李林森都接受了记者采访。林芳说："以前从来没有看过这种电影，今天这部电影，人物、细节都有解说，我觉得非常好。"李林森说："我永远也忘不了今天。"

"光明影院"不仅圆了妈妈看电影的梦想，也让儿子第一次走进了妈妈的电影世界。

对李林森来说，母亲是人生里最重要的人，他还有太多太多事想和母亲一起做。他说："和母亲第一次看电影，对我来说是一种特殊的体验。母亲听着电影，我会告诉她这是哪位演员的声音，那个演员现在是什么神态。我第一次这样和母亲讨论电影，母亲也第一次走进了我的电影世界中。"

缺乏沟通的母子，通过"光明影院"的无障碍电影打开了一个小窗口。

或许，无障碍电影的意义不仅限于电影内容本身，而是让视障群体及其家人、朋友获得了同处一个空间、同做一件事的更多可能。因为这样，视障朋友可以不再独处于自己的内心世界里无处倾诉，身边的人也能够了解视障人士的所思所感，让他们感受到社会的关心与爱意。

2019年，"光明影院"走进北京国际电影节、海南岛国际电影节、丝绸之路国际电影节等国际知名电影节。12月5日，"光明影院"公益放映常态化落地三亚并举行揭牌仪式。现场来了近百名视障朋友，林芳、李林森母子就身处其中。那一天，他们同看了一场电影，这样一件对普通人而言最寻常的事，却让他们终生难忘。

三、第一次出门观影：71岁老人看到了五彩生活

2021年12月11日，那是一个周末，福州市盲协带着"光明影院"最新发来的"百年百部"系列无障碍电影，即将在市图书馆举办一场公益放映活动。这是71岁的方阿姨第一次走出家门观看无障碍电影，这次她要看到的是《袁隆平》。她早早地从家里出发，虽然从家到福州市图书馆的路线并不复杂——从上海新村公交站坐133路公交车到省血液中心下车，然后步行数十米就能抵达目的地，全程20分钟左右，但这段行程对于视障人士来说并不容易。50年前，因在砂轮机房磨车刀时砂轮突然破裂，方阿姨的两个眼球被扯破，直接造成了双目失明，那时她才20岁。此后，方阿姨外出都要有人陪伴，同样的路程也得花费更多的时间。好在这次活动有志愿者接送，方阿姨想，一定不能放过这个机会，要

看看无障碍电影到底是怎么一回事!

电影放映即将开始,在志愿者的帮助下,方阿姨慢慢走进了放映厅。她在座位上坐好,轻轻调整坐姿,安静地等待着电影的放映。

"用声音传递色彩,用聆听感知艺术。欢迎来到光明影院……"影片正式开始了,放映厅内静谧无声。此时此刻的场景,方阿姨幻想了无数次,和视障朋友们一起线下观影,看着同一部电影,感受同一个画面,体会同一份情感,她迫不及待地想快速进入这个美妙的电影世界。内心兴奋之余,她调整呼吸,期待着接下来的剧情。

这时,影片声音突然中断,视障朋友们开始七嘴八舌地讨论,生怕错过电影中的精彩情节,现场一下子变得嘈杂起来。

"怎么了?"现场一位观众大声问道。

"没事!等一等,电影卡顿了。"志愿者们一边回复一边紧张地重新调试设备。

此时,志愿者李超鹏和史焱轻轻地来到方阿姨的身旁:"方阿姨不要着急,真是不好意思啊,影响您的观看体验了。"

方阿姨摇摇头:"没事,我不急,知道是卡顿我就不急了,志愿者们调试一下就好了,要讲道理,我们都能理解的。"在面对突发情况的时候,视障人士内心很忐忑,在看不见的情况下,他们会感到无措和恐惧,甚至会出现情绪不稳定的现象。看到方阿姨有些紧张，李超鹏和史焱马上来到她的身边，告诉她是因为卡顿的情况后，方阿姨很快就放心了。她伸手拍了拍史焱的肩膀说："你们牺牲周末时间来做志愿者不容易啊，我们出来看一次电影也不容易。互相理解，互相理解就好。"

不一会儿，电影开始恢复正常播放。

伴随着志愿者的讲述，方阿姨一点点地被带入情节之中。视障人士看电影不能做到像普通人一样一目了然，如果电影中人物台词较少又没有解说，他们很难在头脑中想象出画面。方阿姨不禁想起上次和孙女一起看电影《长津湖》的经历，小孙女告诉她，《长津湖》里面的战争场面很真实，很感人，尤其是战士被火烧的那一段让人潸然泪下。但她却只能听到爆炸的声音、机关枪的声音，根本不能体会到当时战争的惨烈，尽管在失明前她是看过电影的，但仅凭听声音她还是难以想象出来。这次看的无障碍电影《袁隆平》，通过在声音空白处插入对画面、人物神态、动作的描述，让她时隔50年再一次体会到了看懂电影的感受。方阿姨不禁发出感慨："袁隆平真是厉害啊，为国家做了大贡献啊！"电影放映结束后，她和其他视障朋友们聚到一起交流观后感，迟迟不愿离开。"多亏了他，中国人才能吃饱饭！"方阿姨兴奋地和朋友们讨论着刚刚的电影剧情。

影厅外面，中国传媒大学电视学院党委副书记程素琴老师正在忙着布置无障碍通道，送盲人观众离场。作为学院日常工作的

"大管家"，程老师每天都是从早忙到晚，尽管如此，"光明影院"的活动，她还是力争做到一场不落。她总说，"光明影院"不仅是服务视障朋友，也在助人为乐的同时，教育了我们自己，让我们每个人都心系公益，向社会奉献爱与责任。

离开影厅的时候，方阿姨紧紧地握着程素琴老师的手："我跟你讲，像我，还有很多盲人，我们都是后天失明，所以我们以前是看过电影的，只要有人给我们描述一下画面，我们是都能想象出来的。像我这次看《袁隆平》的时候，我都看懂了，电影里对画面的描述真好啊，让我看懂了电影，真是太开心了！感谢制作无障碍电影的志愿者们，也感谢参加线下活动接送我们的志愿者们，谢谢你们对视障群体的关爱！"组织无障碍电影公益放映的一个重要目的就是让视障朋友走出家门，加强与社会的联系。对于平时就爱看电影，却总是因为看不见画面而苦恼的方阿姨而言，这次的经历对她来说太宝贵了。

方阿姨又说："平时我儿子上班，孙女上学，家里就只有我和'天猫精灵''小度'做伴。'天猫精灵'很听话，你叫它唱歌它就唱歌，唱革命歌曲就唱革命歌曲。我说我要听评书，听穿越小说，只要叫它一下，它就会照办。但是我觉得人还是要多出去走走，走出去心情都不一样了。盲人出行不方便，但现在有政府和志愿者的关爱，就能让我们走出家门，不脱离这个社会，让世人知道这个社会还有我们。"

一场线下放映活动不仅为视障人群提供了走出家门的机会，也让视障朋友们接触到更多优质的视听作品，了解世界，增强了与社会的联系。就像方阿姨说的，一个时代有一个时代的新生事物，电影也是这样。从无声电影到有声电影，从黑白片到彩色片，电影的发展记录着人类不断进取、发展创造的历史。无障碍电影的出现在电影发展史上不一定会留下浓墨重彩的一笔，但在视障人群的心里却描绘出了一个五光十色的生活世界。

四、第一次同步放映：与明眼人一起看电影

2021年6月28日，中国传媒大学"光明影院"公益项目团队在电影《1921》北京首映仪式上，同步放映了《1921》无障碍版本电影。《1921》是一部建党100周年献礼电影，讲述了以李达、王会悟为代表的首批共产党人艰难的建党历程。这是无障碍电影第一次与院线电影在首映仪式上同步放映，此次放映共邀请了100多名视障朋友前来观影。

首映式当天，志愿者朱雯琪小心地搀扶着视障朋友们从大巴上下来，他们洋溢着微笑，带着无比喜悦的心情来赴这次约会。

"哎，我们来看电影啦，好开心呀！"

"今天看什么电影呀？"

"有谁会到场呀？"

"可不可以带吃的呀？"

短短的几分钟，朱雯琪就被问了无数个问题，她感受到了这些视障朋友们的兴奋和期待，一个原本对于正常人而言再普通不过的观影，对于他们而言却是一次难得的机会。那一刻，她更加理解了"光明影院"的价值。

影片正式放映前，志愿者们站在影院一侧，小心地观察着视障朋友们的反应，在心中暗暗期待着这部《1921》能够真诚地打动他们。

坐在观众席前排的陈阿姨第一次接触无障碍电影。以往街道组织的观影活动，她都不敢参加，对于视障群体来说，观看一部电影是无比繁琐的一件事：他们需要人陪同，需要眯着本就不好的眼睛去努力捕捉画面，还要竖起耳朵，尽量不错过任何一句对白。即便这样，他们仍然很难听懂一部电影。每次一想到这些，陈阿姨就打起了退堂鼓，不参加这些活动就算是给自己减少一份麻烦，她总是这样安慰自己。然而这一次公益放映，陈阿姨鼓起了勇气。平日里作为社区志愿者的她，在为庆祝建党100周年的很多社区活动中总是尽着自己的一份力量，这次能有机会无障碍感受这样生动的建党历程，陈阿姨充满着期待。

电影开始放映了。放映室里，志愿者陈中瑞按下了《1921》无障碍音频的播放键。陈中瑞是山东青岛人，被同学们称为"光明影院"的颜值担当,他从初中时代起就担任学校各类活动的主持人,上大学后,又先后为人民网、党建网、中国日报等各大主流媒体、大型平台和知名企业的视听作品配音,曾获人民网双语主播大赛全国第二名。虽然经常参与大型活动,有着丰富的媒体经验,但这次为视障朋友们讲述、放映电影,陈中瑞却丝毫不敢放松,反而时时刻刻捏一把汗。

《1921》制作日程表摆在他手边,纸页微微翻起,上面密密麻麻地记着:"6月27日星期日,上午,付海钲老师带陈中瑞到万达影城(国贸店)测试设备⋯⋯确认只能现场播放,陈中瑞设立多个(音频)点位,以确保现场播放顺利。"

影片的第一个画面,即电影开头的"龙标"(电影公映许可标志)是陈中瑞设置的第一个节点。龙标鼓点在现场一播放,他就立马按下控制键,不敢有丝毫迟钝。由于龙标后的片头部分不是一开始就铺满解说词,而是设计了一定时间的留白,因此点击播放后无法第一时间确认是否出现了卡顿现象。00:05—00:12,这空白的7秒,看似很短的时间,却提起了陈中瑞和在场所有志愿者的心。直到那句"用声音传递色彩,用聆听感知艺术"紧接龙标严丝合缝地播出后,所有人才松了一口气。音轨准确地播放后,几位志愿者激动地击掌。"就像是看到自己的孩子一样的心情,只觉得努力没白费,夜没白熬!"在那样一个影厅里,那么大的屏幕里震撼的声音传出来,尽管志愿者们在编辑时早已将《1921》看得烂熟，但此时收获的是全新的观影体验。

影厅里，一位头发花白的爷爷闭着眼坐在观众席中，他是一名白内障患者，后天失明的他只能看见一些微弱的白光。"但李汉俊还是挣扎着起身，转身正对着军警的枪口。"当电影解说到先烈英勇就义时，老人的胸口强烈地起伏着，好似就要落下泪来。这是他人生中第一次走进电影院，那天的他专门穿了一件红色的马甲，虽然看不到，但他依然骄傲地说："庆祝党的生日，还是应该穿红色嘛。"

"我们完成了全国第一次无障碍电影同步首映，我们做到了。"看着眼前的这一幕，志愿者任艾又想起了撰稿过程中的点点滴滴。《1921》不仅仅是第一部与院线同步首映的无障碍版电影，同时也是"光明影院"这个年轻的团队在制作上颇为特殊的一次尝试。由于要求与院线电影同步首映，志愿者们在接触到成片时，影片还处于完全没有公映的保密状态。《1921》版权持有方腾讯集团只给"光明影院"10天的制作时间，且要求志愿者全程在腾讯大楼中完成无障碍讲述稿的撰写。这也就意味着，在6月18日到28日10天内，"光明影院"团队要在腾讯工作人员的全程监督下，完成这部长达两个多小时的影片的全部撰稿、配音和剪辑。在这之前，"光明影院"制作一部无障碍电影平均耗时3到4个月，也没有因保密要求而限制写作地点的情况。

遇到这样的制作要求,第一次参与"光明影院"制作的任艾不由得打起了退堂鼓。"《1921》有那么多人物,而且制作要求又那么苛刻,根本完不成。"但是看着其他志愿者信心满满的样子,她决定坚持试试,而正是这一次经历让她坚定了对无障碍电影制作的决心。10天时间里,她在小小的工作间里反复拉片,一个电影镜头至少重复观看20遍以上,才写出一句讲述词。在志愿者们共同努力下,讲述成稿26273字。10天时间内,每个志愿者快把电影的每一帧都背下来了。影片中的数个动人瞬间,被"光明影院"志愿者们翻译成视障朋友们轻松易懂的语言,解说的一字一句都牵动着视障朋友的心。

影片即将结束,屏幕中出现了新中国成立时的历史画面:1949年10月1日,毛泽东主席站在天安门城楼上,他用带着湖南乡音的、坚定有力的声音说出了那句:"中华人民共和国今天成立了!"话音刚落,整个电影院顿时响起了掌声。对于视障朋友们来说,他们大部分都没有见过那样的画面,掌声却不约而同地响起了。在同一个瞬间,仅仅一墙之隔的普通版本《1921》放映厅内,新中国成立的画面也让观众们心潮澎湃。"光明影院"志愿者蔡雨拿起话筒,转身面向坐在台下早已热泪盈眶的视障朋友们说:"我们一直有一个梦想,就是能够让视障朋友们也能够一同走进电影院,与普通人一样走进同一家影厅,观看同一

2021年6月28日，电影《1921》在北京举行由"光明影院"团队制作的无障碍版本同步首映活动

部电影。"在这一天，"光明影院"做到了，它又向自己成立之初的愿景迈出了坚实的一步。

第六章　反响：从迷惘人生到浩瀚宇宙

其实，对于视障和盲人朋友来说，世界并不是漆黑一片的。他们中的大部分都有一些微弱的光感，或是能看到一些模糊的画面。少部分全盲也并不知道黑是什么颜色，那是一种近于空洞的感觉，是"没有"而不是"黑"。

黑暗在湮没时间与空间的同时，也常常将盲人的人生沉入谷底。

但好在，人心是柔软的，也是勇敢的。柔软的心化作温暖的声音缓缓涌入盲人的世界，给他们带去了最美的光明。

一、少年与热爱永不老去

2020年秋天的一个晚上，西安市盲哑学校收到了来自中国传媒大学的一份特殊的礼物——存有数十部无障碍电影的U盘。

"走了,高鹏!看电影去咯——"

高鹏正戴着耳机,趴在课桌上望着窗外发呆,冷不丁被同桌拍了拍肩膀,但耳机里的摇滚音乐让他有些听不清同桌兴奋的声音。

同桌摸索着摘下了他的耳机,又重复了一遍:"走啦,看电影去!"

高鹏还是神色恹恹,提不起精神。

在同桌的催促下,他站起来跟着其他同学一起向礼堂走去。

"用声音传递色彩,用聆听感知艺术,欢迎来到光明影院……今天为您讲述的电影是《寻梦环游记》。"

礼堂里座无虚席,有些孩子隐隐约约地能看清一些光亮,但对于高鹏来说,眼前的世界全然漆黑一片。

皮克斯的动画电影一如既往地充满着神奇的想象力。

随着解说的娓娓道来,高鹏渐渐为情节吸引。小男孩米格拥有过人的音乐天赋,但他对音乐的热忱几乎遭到了全家人的反对,家人们甚至将音乐视作诅咒,因为男孩的曾曾祖父当年为了音乐远走他乡,再也没有回来。亡灵节当天,米格偷了歌神的吉他去参加音乐节,结果机缘巧合之下来到了亡灵世界,米格找到了自己的曾曾祖父,踏上了让家人与曾曾祖父和解的道路,最终也让自己的梦想得以闪闪发光。

请记住我吧虽然我要说再见了

　　记住我，希望你别哭泣

　　就算我远行

　　我也将你放在心里

　　每个分开的夜晚，我都要唱一首秘密给你听

　　记住我，虽然我要远行……

　　主题曲旋律感人又动听，放映厅里响起了越来越热烈的掌声，孩子们的情绪很快被电影带动起来。

　　这是高鹏第一次这么清楚地看懂了一部电影传达的故事，每一处细节好像都在脑海里生动地浮现出来。他在座位上重重地拍着手，眼泪顺着脸颊落下，脸上却绽放了轻松的笑容。

　　音乐，是男孩米格的梦想，也是少年高鹏的梦想。

　　高鹏出生于陕西渭南一个贫困的农村家庭，父亲因青光眼失明，母亲身患侏儒症，而他因为童年的一场意外完全失去了视力。

　　人们常说，上帝为你关上一扇门，便会为你敞开一扇窗。对于高鹏而言，正是音乐这扇窗让他看到光明。

　　2014年西安市盲哑学校第一次开设吉他课。从此，每逢周二，义工杨老师都会到学校来为视障同学们教授吉他和音乐知识，风雨无阻。

　　"同学们，还有谁想报名吉他课呀？"班主任老师又在班里问了一遍。

14岁的高鹏当时刚进入盲校，虽然年纪比班里很多同学都大了不少，但从农村走出来的孩子明显还有些腼腆内向，但这一次他鼓起勇气，高高地举起了手："老师，我，我也想报名！"

高鹏顺利地成为了吉他班的一名学员。吉他课带领着高鹏走进了五线谱的奇妙世界，这是高鹏在刚刚失明的时候想都不敢想的。练习吉他其实特别"废手"，一不小心就会被弦割伤，弹得越多，手上的伤就会越多，尤其对盲人来说，看不见琴弦的他们更容易被锋利的弦割破手指。

练了不到几个月的琴，高鹏的手上就已经伤痕无数了，他却乐在其中。

随着接触到的音乐内容越来越多，了解到的知识越来越丰富，高鹏发现自己更喜欢有着强节奏感的打击乐。于是他放下了手中的吉他，一心投入到打击乐的学习中去。

2014年，在杨老师的吉他课上，因音乐走到一起的4个盲校同学组建了属于他们的乐队。最初玩乐队，大家都喜欢重金属，但当时只有几把木吉他和一个木质中国鼓，索性他们就把自己乐队的名字定为"重木头乐队"。热衷于打击乐的高鹏成了乐队中的鼓手。

学校的艺术节，是高鹏和他的乐队表演的主要舞台。每年，西安市盲哑学校都会为同学们举办两次艺术节。作为西安市盲哑学校素质教育的一个成功案例，"重木头乐队"每次都会获得充分的表演空间。从2014年开始到现在，高鹏的乐队一共在学校的艺术节表演了10余次。每每提起乐队，高鹏都会非常自信且自豪地说："只要学校有音乐节，我们就一定会上。"

"重木头乐队"不单在学校出名，每年也会有许多媒体慕名前来采访。虽然年少，高鹏知道自己身上所有的光环都是带着颜色的透明泡泡，一戳即破。和荣誉相比，他更希望自己能够认认真真地把打鼓好好钻研下去，更纯粹地坚守属于自己的音乐自留地。

2020年，高鹏上初中三年级，而乐队里其他的成员都上高三了。这意味着不久之后，"重木头乐队"将面临解散，其他3个乐队成员将要离开这个陪伴了他们多年的特殊学校，离开这个他们梦想开始的地方。

因为这件事，高鹏闷闷不乐了很久，他时常发呆，面对最爱的音乐也打不起精神，一点儿也不想面对这件事情。

他舍不得解散"重木头乐队"，也舍不得和一群感情深厚的伙伴告别。

那天看完电影《寻梦环游记》，听着主题曲，他忽然觉得这首歌也许是同伴的心声。"重木头乐队"是一个因为热爱和梦想而诞生的乐队，只要梦想一直在，乐队也会一直留在他的心中，即使离别和远行，乐队里的每一个人都会记住热爱的乐队和这段可贵的友谊。奔赴各地的3个朋友,也会将自己音乐的梦想延续下去。

他可以为分别感到难过,但不能只把目光放在"重木头乐队"的现在。放下了心中的担子,笑容重新出现在高鹏的脸上。

长春大学和北京联合大学是乐队其他成员的高考目标,而这两所大学也成了高鹏未来的目标。也许,他们会在更耀眼的舞台重聚,然后再次呐喊他们原创歌曲《我看得见》中的那一句:"I can see！ 我要大声喊:我看得见,我看得见,我看得见！"

从此,除了玩音乐,高鹏又多了一项爱好 —— 看"光明影院"的无障碍电影。在他心中,"光明影院"做的无障碍电影,是他看过的最棒的电影。专业的解说和场景的描述立即让他眼前浮现出一幅幅画面,让他对世界充满无数美好的想象。《寻梦环游记》《钢的琴》《调音师》,这些和音乐相关的无障碍电影他都看了一遍又一遍。

"这和之前无障碍电影进校园所呈现的内容不一样,那次是邀请了现场解说,现在'光明影院'的无障碍电影更专业、流畅,音效也更好,电影解说和电影原声融合得非常自然。我就像是听广播剧一样,解说里讲着一个人穿着黑色的衣服,我就能想象到他穿着黑色的衣服。"高鹏不遗余力地向身边认识的其他视障朋友推荐着"光明影院"的无障碍电影。

高鹏觉得他和《寻梦环游记》里的男孩米格很像,也很幸运,最后能够坚守自己的梦想。

家里人一直想让高鹏学习推拿，虽然没有阻止他学习音乐，但也觉得靠音乐谋生并不现实。

"爱好和现实是两回事。"父亲靠坐在门槛上，狠狠吸了口烟。破旧的小屋子光线昏暗，泛黄的墙壁上贴着高鹏这些年玩音乐获得的证书和照片。

高鹏理解家里人想让自己掌握一门技能谋生的想法，但他的内心一直在抗争。他始终认为自己该掌握的技术不应该只能是盲人推拿，他的梦想是成为一名音乐教师。

"爸，我想去当老师！盲校的老师也可以发光发热，也可以养活一家人。"高鹏又一次和父母聊起自己的未来规划，"我知道自己的天赋和潜力，我知道看不见对我的生活带来了多大的影响，我也不奢望能够成为一名专业的打鼓艺术家，我想努力学习理论知识，做一个音乐老师，还可以回报母校，教会更多和我一样的孩子打鼓，玩吉他，玩乐队！"

"爸爸，我想做一个对社会有用的人！"

一次一次的沟通，家里人终于理解了他。父亲拍拍儿子的肩膀，这个朴实的农村汉子一直为出色的儿子感到骄傲。

现在，高鹏在西安市盲哑学校读高二，也即将度过自己22岁生日。课余闲暇时，高鹏也会尝试自己带学生，教其他盲校的孩子学习音乐。这个20岁出头的男孩并没有失去对自己人生的掌控，他把命运牢牢握在自己的手中，一步一步，脚踏实地。

二、看不见泳道的"飞鱼"

2019年12月，中国传媒大学电视学院"光明影院"团队组织了"无障碍电影20省联动公益放映"活动，在山西，放映活动的举办地就是太原市盲童学校。在这次活动中，李思凡和同学们一起，观看了致敬新中国成立60周年的红色经典影片《建国大业》。

2019年12月，"光明影院"20省联动公益放映活动为太原盲童学校学生播放无障碍电影《建国大业》

"以前也会看电影，但总是看不懂，只能大概知道开头，中间故事情节如何发展的就不知道了，这次接触了中国传媒大学'光明影院'团队制作的无障碍电影，我完整地理解了情节，特别是毛主席宣布中华人民共和国成立的时候，我和大家一起激动地鼓掌！"放映活动结束后，李思凡找到老师，兴奋地告诉老师他看懂电影的激动，然后急切地在办公室拷贝了"光明影院"团队向学校赠送的其他电影，他紧紧捏着手上薄薄的卡片式U盘，露出满足的笑容。

学校的政教主任郝开龙拍了拍李思凡的肩膀，话语间有些感慨："这么多无障碍电影，让孩子们能了解外面的世界，多好的文化大餐！孩子，以后咱们每周都会举办放映活动，给大家放电影看！"

拿到U盘后的李思凡从此迷上了看电影，他不断地把无障碍电影从学校机房拷贝到手机上，也时常分享给身边的小伙伴，他们也会聚在一起看电影、讨论电影情节，甚至学会了哼唱很多的电影主题曲。

在众多无障碍电影里，李思凡最喜欢的还是《大鱼海棠》。

"所有活着的人类，都是海里一条巨大的鱼。出生的时候他们从海的此岸出发，他们的生命就像横越大海，有时相遇，有时分开……"

看了无数遍以后，李思凡甚至可以一字不差地背出来《大鱼海棠》的台词。

盲校的很多同学也喜欢这部充满着浪漫与神话的电影，但对于李思凡来说，《大鱼海棠》还有着别样的意义。

李思凡出生在山西省阳泉市盂县一个小村子里，是家里的长子。先天性玻璃体混浊使他自小视力就不好，父母四处求医问药也没能治好他的眼疾。于是，家人给他取名"思凡"，只希望他能一生平凡、平安。但是，勇者从不逆来顺受地接受命运带给他们的不公，而是选择坦然接受命运的最初安排，并凭借勇敢与坚持最终成为命运的主宰。

"我也是大鱼，是生活在海里，看不见彼岸却能摸到终点的大鱼！"

李思凡今年只有21岁，却已经是泳池里的"老将"。晚上12点睡觉，早上6点钟起床，这样的作息，李思凡坚持了7年。"每天早上6点钟都要起床晨练，下午16点半放学，去游泳队训练到19点，吃饭、洗漱一下，晚上21点开始练习1小时的按摩手法，然后再写作业，补因为训练冲突掉的课程，上床休息要到将近零点了。"在保证训练的情况下也不耽误学习，李思凡靠的就是争分夺秒地"挤时间"。2022年，李思凡以第2名的优异成绩从太原盲童学校毕业，共计获得奖牌总数19个，证书更是不计其数。提起他，学校的老师们都不免有些惋惜："这孩子个子高，长得帅，条件特别好，只可惜得了病，眼睛看不见了。"

第一次下水的经历让他记忆犹新。年幼的李思凡从没见过游泳池的模样,只能调动全身的感官去感受水的浮力和压力。冰凉的水包围着他,水波柔软,却又像一双大手挤压着他的胸腔,下水的一瞬间,他有些窒息般地难受和惶恐。

"别怕思凡,来,先扶着栏杆我们学习换气!"他的教练一遍一遍耐心地鼓励和指导着他,从换气到漂浮,从站立到滑行,将一个个动作分解仔细,几个月后,李思凡战胜了恐惧,也终于学会了游泳。

2012年,5年级的李思凡因其游泳天赋入选了游泳队。

视障人群学会游泳不是一件简单的事,但是真正的困难在于提高游泳的速度,"因为速度的提高靠的是细微动作的调整,我的眼睛看不到,就要靠摸教练的动作来学习,然后再在水里反复尝试、调整。"李思凡回想起自己刚进游泳队的时候,他的神情里仍然有些羡慕,"因为看不见,所以我们需要一个月完成的动作,普通人可能一天时间就能掌握了。"

作为运动员,受伤对于他来说也变成了一件稀松平常的事情。李思凡之前训练的时候总会撞在泳池壁上。后来,每当他快到边缘时,教练就用提示棒敲他的身体,才慢慢把这个问题解决。除了泳池壁,再普通不过的水线对盲人来说也是险象丛生的荆棘——当游泳的方向偏离了正前方,身体就会沿着水线被划出一道长长的口子。还有的时候,手指则会直接插在水线上,伤口在水中浸泡，不仅疼，也更加难以愈合……但这些"见血"的伤口对李思凡来说都是小伤，他印象中最严重的一次受伤是一不小心从跳台上掉下来，把身体扭伤了。李思凡有些后怕地说道："因为皮外伤养两天就好了，不会影响训练，而扭伤却需要静养，很长一段时间都没办法按时参加训练，那次的扭伤差点让我错过了比赛！"

从进入游泳队的第一天到毕业退役，李思凡几乎每日都要进行训练，就这样坚持了8年。在加入山西省残疾人游泳队的这段时间，李思凡在全国残疾人游泳锦标赛上获得一银三铜、山西省残疾人运动会五金两银、全运会第6名。对游泳的热爱、对生命的期冀、对突破自我的追求是李思凡前进的动力，也让这个内心充满抱负的孩子一路披荆斩棘，高歌猛进。

法国电影艺术家安德烈·巴赞曾在著作《电影是什么》中提出："人类拥有用逼真的临摹物替代外部世界的心理愿望。"他说，"电影这个概念与完整无缺地再现现实是等同的，他们所想象的就是再现一个声音、色彩、立体感等一应俱全的外部世界的幻景。"

"我热爱游泳，喜欢在水里冲破阻力的感觉。不管以后能不能继续为游泳队效力，我都觉得这是人生最难忘，也是最宝贵的经历。"褪去冠军的光环，1999年出生的李思凡其实还只是一个有些腼腆害羞的大男孩。

"怕你飞远去 / 怕你离我而去 / 更怕你永远停留在这里……"

他哼着主题曲《大鱼》，脚下的步伐一刻未停，他走过了一段不平凡的路，如今，生活似乎也越来越归于"平凡"：从盲童学校毕业，正式从游泳队退役，在家人的帮助下，他自己的按摩店也在新年开张。

告别了泳池的他，归于父母最初对他的希望，但这段激情燃烧的岁月，却会成为他人生中不可磨灭的非凡印记。

"我永远是一条乘风破浪的'大鱼'。"他说。

三、盲人老大爷王有富和他的浩瀚宇宙

四川大凉山位于中国西南部川滇交界处，自古以来就是通往西南边陲的重要通道，是古代"南方丝绸之路"的必经之地。在大凉山中散布着许多村落，这些村落环山抱水，但因多属高寒地区，农作物产量低，村民们的生活困顿艰苦，交通不便也让这里的发展愈加困难。

2019年，"光明影院"项目团队带着无障碍电影走进了四川省凉山彝族自治州。

在大凉山"光明影院"放映厅里，观众席上的一对盲人夫妇吸引了志愿者胡芳的注意——盲人爷爷穿着藏青色的中山装，头发整整齐齐地向后梳着，盲人奶奶穿着紫红色的娃娃领外套，戴着一顶碎花渔夫帽，两个人看起来都像经过了一番精心打扮。

老夫妻来得很早，奶奶佝偻着腰跟在爷爷身后，紧紧抓着爷爷的衣服，在志愿者的引导下慢慢地走进放映厅，两个人安安静静坐在最后一排。

趁着放映前候场的空隙，老爷子掏出随身带着的红色收音机，收音机放出的声音不大，两个头发花白的老人头挨着头，凑在收音机的喇叭前，不知道听到了些什么，笑容荡漾在他们的眼角。

放映厅里陆陆续续进来了不少观众。电影即将开场，老爷子小心地把收音机关好放进口袋里，两人捋了捋衣服，端端正正地坐直身子，专心等待电影开场。

这次放映的电影名叫《流浪地球》。故事背景设定在2075年，讲述了太阳即将毁灭，已经不适合人类生存，而面对绝境，人类将开启"流浪地球"计划，试图带着地球一起逃离太阳系，寻找人类新家园的故事。

看着这对年事已高的老夫妻，志愿者胡芳有些担心，这样一部科幻片他们能看懂吗？能明白什么是宇宙，想象得出宇宙飞船的模样吗？

电影放映结束，胡芳忙得脚不沾地，没找到机会向两位老人亲口问出自己的疑问，她的心里留下了一些遗憾。

也许是天意，再次的相遇来得很快。

在对大凉山的后续调研中，胡芳跟随队伍开车前往大凉山深处的农村探望生活在那里的盲人。面包车在山区曲折的小道上颠簸了一个多小时,终于在一处低矮的平房前停下。

一段流畅轻快的琴声从房子里传了出来。

起初,胡芳还以为这音乐是盲人老乡正在听收音机,直到循声进屋,她才发现幽暗破旧的小屋里竟然有人在弹电子琴。

志愿者们悄悄打量这间房子,小平房的墙上刷着白石灰,有些地方斑驳脱落露出了砖块的形状,窗户上破损的地方也只是拿纸板糊了糊。屋子里没有什么家具,电子琴应该就是这个家里最值钱的东西。

志愿者们轻轻地走近,没有开口打扰,安静地听着主人弹琴。

老爷爷穿着藏青色的衣服,佝偻着身子坐在电子琴前。黑白琴键上,一双布满皱纹、干瘦黝黑的手熟练灵活地演奏着。琴音仿佛有一种穿透力,穿过凝滞的沉默,穿过黏稠的黑暗,激荡着每一个人的心。

一曲结束,老爷爷摸索着站起来,带队老师连忙走过去扶着老人。胡芳这才认出来,弹琴的老人正是那天放映时出现的盲人老爷爷,他胸前的口袋里,还放着那个红色的收音机。

真是难以置信这么美妙的音乐竟然在一双苍老的手指尖流淌。胡芳的眼有些湿润,心里感叹着,这位失明的爷爷得花了多少工夫才能这么流畅地弹出一首曲子。

年过七旬的老爷爷叫王有富,两岁时就完全失明了。因为失明,王有富一辈子都没有离开过大凉山,也从没见过山外面的世

2019年9月,"光明影院"团队走进四川省凉山彝族自治州王有富家中

界是什么样的。但王有富是生活的勇者,没有向黑暗屈服,也没有因为不公的命运丧失生活的信念,双目失明的他摸索着学习音乐,也尝试着自己维修机器,甚至自建过米面加工作坊,为村民打米打面,加工面条……他和妻子虽然同样是盲人,但两人相濡以沫,共同将两个女儿抚养长大。

在女儿的印象中,父亲非常喜欢音乐。王有富年轻时就学会了拉二胡,前几年,又自学了电子琴。自此之后,弹弹电子琴就成了他主要的精神娱乐活动。

除了音乐,陪伴王有富老人最多的就是收音机,那个红色的小匣子就是他和外部世界连接的窗口。

"爷爷,我想问问您,那天放映的电影《流浪地球》您看懂了吗？"胡芳犹豫了片刻，还是决定问问这位和蔼的老人。

王有富紧紧拉着志愿者们的手，声音哽咽着说道："我特别感谢你们，山沟沟里穷，以前没有电也没有自来水，没几个娃看过电影。这些年政策好了，生活也越来越好了，你们还想着我们这群看不见的人……以后希望你们常来凉山看看，老头子年纪大了，但还有很多看不见的娃们，他们还小，还不能走出大山看看外面，要是孩子们能有更多看电影的机会就好了！"

听着王有富老人的话，志愿者们红了眼眶，一种使命感油然而生。

"王爷爷，这个是'特别纪念版'的收音机，里面有很多部无障碍电影，您有空的时候就可以用它来听我们制作的无障碍电影了！"临别前，胡芳他们拿出了准备好的"光明影院"收音机，把它递给王有富，耐心地教会老人使用它的方法。

"谢谢，太感谢你们了……"王有富老人激动地拉着志愿者的手，用力晃了晃，嘴里不停念叨着感谢的话语，一直把志愿者们送到屋外的车上。

面包车缓缓开下山道，胡芳回过头，那个藏青色的身影一直站在那儿，直到他们离开。

大凉山深处，王爷爷和老伴守着一个收音机，听着来自世界各地的信息资讯，现在又有了"光明影院"团队赠送的能听电影的收音机。"宇宙"对于盲人老爷爷来说，或许意味着一个更广阔的空间，一个充满着闪闪发光的星星的世界。宇宙是如此迷人，人类哪怕冒着危险也要克服升空的困难,而探访宇宙大概也像盲人第一次出远门那样勇敢,但目的都是一样:为了看到一个更广阔的世界。

或许,王爷爷也将始终保有对这个世界的好奇,而他爱不释手的那个小小的匣子就是他的整个浩瀚宇宙。

四、成为自己的超级英雄

"这世上可能确实没有超级英雄,不过是无数人都在发一束光,然后萤火虫汇成了星河。"这是北京市朝阳区残疾人联合会给予盲协副主席曹军老师的评语。曹军,是一位尝试在黑暗世界里"发光"的人。

从降生到这个世界开始,先天性白内障的疾病注定了曹军的一生不得不在黑暗中度过。起初,小曹军并未意识到自己和其他小孩有什么不同,直到同伴们开始互相追逐嬉闹,他发现自己一跑起来就容易碰伤和摔倒,这时他才恍然意识到自己缺少了一双能够观察世界的眼睛。他慢慢地品尝到了视障群体的苦涩。

长大后的曹军回忆道:"我的童年是苦闷的,只能靠耳朵来感受这个世界,然而能接收到的信息实在是少得可怜。"

小曹军迫切地想要了解外部世界,他常常缠着姐姐给他读小说,可就算姐姐每天用两个小时的时间来给他读故事,直到口干舌燥，这对于小曹军来说也还是远远不够。后来，家里买了一台大牡丹收音机，他每天最常做的事情就是抱着收音机，一个节目接着一个节目地听，从单田芳的《水泊梁山》到袁阔成的《三国演义》，许许多多的评书内容都烂熟于心，最后，他甚至把电台里的节目都背诵了下来。

在曹军的童年和少年时代，还没有什么专门为视障人士的精神世界服务的文化项目，曹军的苦闷、失落，也是视障朋友们都曾有过的经历。

淋过雨的人，更想替别人撑伞。曹军老师虽然失去了光明，感知光亮的视觉能力有限，但他走过的地方，他都在尽力为他人点亮一盏又一盏的灯火，他自己也成了他人心中的超级英雄。

2021年12月，在"文化共享　公益践行——'光明影院'助推社会进步特别活动"现场，曹军应邀发表了一段讲话。讲台上的曹军穿着笔挺的正装，手上没有演讲稿，却从容真挚地表达着自己的心声："目前，在朝阳区，持残疾证的视障人士有5400多人，而在整个北京市，这个数字是5.7万人。再加上很多老年人也患有弱视方面的疾病，林林总总算下来，全北京的视障人士超过10万人。此前，在信息爆炸的时代里，公众视角总是本能地涌向人声鼎沸之处，而忽视无声的视障群体太久，现在，是时候打破沉默的坚冰，点燃视障群体的心灯了。'光明影院'就是这样一颗能够点灯的火种。"

"文化共享　公益践行——'光明影院'助推社会进步特别活动"现场曹军发言

曹军清楚地记得，第一次接触"光明影院"是在2019年4月14日，北京国际电影节期间。当时，曹军和盲协的同事组织了100多位盲人来到西单大悦城的首都影院，观看了首部无障碍电影《西虹市首富》。

"体检中心，不少人的体重下降，领取了自己的高额理赔，一位年轻人兴奋得哭出声来。现金堆成的小山越来越小，看着被送出去的现金，庄强和大聪明哭得不能自已。众目睽睽之下，王多鱼更换了金总立在摩天大厦顶楼的广告牌，'西虹市人寿'中，寿命的寿改为了瘦身的瘦，王多鱼站着倚靠大大的'瘦'字，享受着挥霍金钱的快感和即将成功的喜悦。"无障碍电影的解说简洁生动，增补了大量角色表情、肢体动作的细节。《西虹市首富》中很多有趣的内容都是依靠场景和动作进行渲染，而这些本需要依靠视觉捕捉的情节，都通过志愿者们清晰的解说，生动地浮现在了视障群体的脑海。

在解说的帮助下，大家听懂了一个个满是"梗"的笑点和包袱。一阵阵笑声从观众席上爆发，每个人都笑得前仰后合，影院里顿时成了欢乐的海洋。

看完这样一部喜剧片，曹军热泪盈眶。他喜欢听广播、看电视，也曾去过电影院看过那么几部影片，只是原来的观影经历并不愉快，通常整场电影下来，他只能依靠影视对白来猜测电影剧情，根本不知道电影的核心情节及表演状态。甚至有时候他听见了身边观众的笑声，却不知道他们因何而笑，当其他观众因为感人的画面落泪的时候，他有时也会因为错过剧情而茫然无措。渐渐地，这种格格不入的感觉让他也很少再去电影院了。

这次看完无障碍版本的《西虹市首富》，曹军的第一感受就是："如果没有无障碍解说的话，视障观众们可以说是根本不明白《西虹市首富》这部喜剧到底笑点在哪里，不知道其他观众为什么发笑。"

如今，"光明影院"已经走进第五年，项目团队制作完成了近500部无障碍电影。曹军作为"光明影院"最早的观赏者，如今更成为了"光明影院"的推动者。目前，曹军和同事们正在全国各地盲人协会大力宣传"光明影院"，他自己也会经常抽出时间，在家里欣赏无障碍电影，甚至为此购买了音响和银幕，在家里搭建了一个小型影院。另外，朝阳区残联还在朝阳区的职康中心建立了"光明影院"的放映厅，以确保能够最大限度地满足盲人朋友的观影需求，并希望影院可以满足不同年龄层视障群体的文化需求，丰富他们的精神世界。

每个人在为自己喜欢的事情奉献和付出时，都是自己的超级英雄。作为"超级英雄"的曹老师告诉志愿者们，他深深希望"光明影院"这一公益活动能够有一天真正实现院线同步，他说："我们更希望，一部电影在上映之前就能准备无障碍版本。甚至可以特别为盲人设置一个声道，他们戴着蓝牙耳机，就能和普通观众一起观影。"大家都真诚地希望这一天能够早日到来。

第七章　照耀：爱心托举未来，光明照耀人生

一、启程：与盲校初接触

（一）一位清晨6点接学生看电影的盲校老师

2019年4月中旬，北京。乍暖还寒时节，空气中已然能嗅到春的味道了，放眼望去绿意盈盈，但仍免不了被清晨冷冽的风吹得打个激灵。

一大早，还不到6点钟，天色朦胧，透着微青，远处天边闪着些许金红色。一位年轻女性急匆匆出了家门，来不及感受扑面的冷风，就钻进了车里。从方庄到顺义，路途并不近，开车过去得一个半小时。她一边计算着时间与路程，一边挂念着在北京顺义某福利院等待着她的男孩。

这位女性名叫茹甜子，有着北京姑娘的开朗与爽直，还有一双柔美的细长眼睛，笑起来像弯弯的月牙，她是北京市盲人学校

2019年4月14日，北京市盲人学校学生正在观影

的一名特教老师。男孩名叫鲁元新，刚刚15岁，个子不高，性格比较内向，一张稚气未脱的脸庞却偶尔会透出几分老成。他在福利院长大，是北京市盲人学校的一名初一学生。

北京盲校先前接到活动邀请，4月14日，第9届北京国际电影节"光明影院"公益放映活动将在首都电影院（西单店）举办，孩子们可以在活动现场欣赏无障碍电影。

盲校各个班级的同学都在积极报名去看无障碍电影。鲁元新却说："我不去，我不愿意去。"

班主任李程老师了解班上每一个孩子，一眼就看穿了鲁元新在犯倔。她知道，这个孩子嘴上一直说着不想看，其实心里特别想去。

盲校的学生参加一场活动不容易。周内学校有充实的课程安排，活动大多只能安排在周末。这就得借助家委会的力量，才能保证"一带一"，即一个视障孩子外出一定要有至少一名家长陪护。一些走读的孩子尚且会因为家长工作忙、没时间而没有机会参加外出活动，福利院的孩子就更不容易了，人手紧张的福利院，很难在周末派专人陪同。

这个很大的现实困难，让15岁的鲁元新默默逞着强。

班主任李程在心里琢磨，她可以当鲁元新的家长带着他去。当时，她自己的孩子才两岁，正是身边离不开人照顾的时候。但李程觉得，这不是什么大事，她不过是把另一部分时间给了自己的另一个孩子。"我和我的另一些孩子们在一起，我也很幸福，尤其是和我很喜欢的我们班的这几个孩子。"

李程找到茹甜子老师单独商量这件事，问能不能带着鲁元新参加这场放映活动。茹甜子在北京盲校负责德育方面的工作，也负责这次活动的组织工作。但出于对学生安全的考虑，校方不能有这样的行为。于是，茹甜子特地向校领导请示，并以她个人的名义向福利院提出申请。

这是茹甜子在盲校工作的第8个年头了。在安全保证层面，无论是学校，还是福利院，都对茹甜子有着充分的了解和信任。这样一来，程序上算是打通了。

福利院很远，在顺义后沙峪。由于李程没有车，路途不便，因此二人约好，茹老师开着车去福利院接鲁元新，到西单和坐地铁前去的李老师碰面。

7点多，茹甜子抵达福利院。福利院的老师也做足了出行的"仪式感"，给鲁元新准备了一个小背包，装了满满一包零食，就像是送他去一场春游那样。鲁元新不会想到，从此，他确实踏上了一小段新鲜的人生旅途。

8点左右，茹老师载着鲁元新到西单与班主任李老师会合，把孩子交给了她。李老师将在现场充当鲁元新的家长，全程陪护着孩子一起看电影。

这时，太阳升起来了，4月的阳光柔软舒适，像老师牵引的手，带有一股温暖又有力的劲儿。鲁元新正被这股劲儿推着，被这股暖围着。在他的成长过程中，这可以算得上一件非常大的事了，能和要好的同学、像家人一样的老师，在休息日走进电影院，身临其境地感受一部电影的精彩，并且你一言我一语地讨论着人物与剧情，这样一件对于很多人来说稀松平常甚至微不足道的事，鲁元新之前从来没有过。他这份小小的、朴素的心愿，在2019年4月14日终于得以实现。

来回3小时的行程被茹老师用"举手之劳"来形容，这件事早已淹没在她日常处理的盲校学生们的百十来件事情当中了。而对于鲁元新，15岁春天的这一场纯粹的快乐与感动，他始终记得。

2022年初,已经读高一的鲁元新,还和李程老师聊起他当时的幸福与满足。

李程对茹甜子说:"茹老师,多亏了您呀,孩子才看上电影。孩子到现在都还记得这件事。"

听到3年后的反馈与感谢,在感动之余,茹甜子更多的是感慨:"怎么说呢,虽然我们一直在倡导视障孩子们和我们一样,但是说真的,尤其是福利院的孩子,他们的人生可能比我们走得都更艰难一点。"

"不过,每一位盲校老师,无论有什么其他的事,只要一有孩子的事,大家都冲在前面,守护着这些孩子们。所以,从另一个角度来说,也许他们也得到了更多的爱吧。"茹甜子说。

(二)因音乐结缘盲校

"哎,茹老师,你的声音特别像可乐!"

茹甜子第一次给孩子们上课的时候,听到一个小男孩这样的评价。作为北京市盲人学校的器乐老师,茹甜子学民乐出身,对声音具备专业的感知力。但是自己的声音被小孩子描述成"可乐",还是前所未有、意想不到的。茹甜子不是没接触过视障人群,可这么小的视障小男孩,她还是第一次接触。她意识到,小朋友们的生活里,原来有这么多奇妙的地方。

其实,茹甜子自幼在盲人家庭生活,她既熟悉盲人,也懂盲人。虽然父母都视力正常,但她的爷爷奶奶都是盲人。从小在爷爷奶奶身边长大,茹甜子感受更多的是,在生活当中,盲人跟普通人没有什么区别,她经常目睹奶奶洗衣做饭,甚至衣服破了的时候,奶奶也能缝补。全盲的爷爷奶奶,无论是自己的日常起居,还是照顾茹甜子,都没有问题。

她印象很深,小时候还没有现在这样的电热水壶,都是拿水壶在炉灶上烧开之后兑到暖瓶里。兑满一壶开水,奶奶自己就可以做到。为什么不会被烫到？水倒多少就知道满了？茹甜子知道,奶奶自有窍门。"我们普通人可能不会注意到,水倒在暖壶里,是有音高的变化的。"除了这些,奶奶还有各种各样的生活技巧。茹甜子听奶奶聊起过她的母校——北京市盲人学校。奶奶是上个世纪40年代出生的人,北京盲校不仅教给了她基础的文化知识,还教会了缝衣服等日常生活技能。茹甜子感觉,"这个学校就像有魔法一样,充满了神秘感,或者说我对它有一种向往,觉得非常了不起。"而茹甜子和盲校,也像有魔法指引一样,被千丝万缕的缘分勾连着。

茹甜子的爷爷是一位盲人音乐家,也是残疾人民乐团的一员。在北京残联的组织下,民乐团经常参加一些大型的比赛。茹甜子大学时在天津音乐学院学的专业就是民乐。实际上,早在中学的时候,她就已经接触到爷爷所在的残疾人民乐团了。因此,一直以来,她都对盲人音乐有很多了解,一边学习一边实践。当时乐团里有盲校的退休教师，已经算是爷爷辈儿的老教师跟茹甜子提议："你了解盲人，也会音乐，不如去盲校试一试？"茹甜子觉得这确实是个挺好的选择。

2011年7月，茹甜子大学一毕业，就进入了北京市盲人学校。从此，她真正开始书写属于她的盲校记忆。

同样由音乐与特殊教育结缘的，还有西藏自治区拉萨市特教学校的教师斯勇。

斯勇因为童年时期的两场意外，左右眼先后失明，妈妈心痛不已，整日以泪洗面。当时年纪尚小的斯勇就暗自决定，即使自己再也看不见了，日后也一定要好好学习，奋发图强，不让母亲难过。在成都特教学校，斯勇学习了推拿和各种乐器，他聪明过人，在学校成绩优异。毕业之后，斯勇回到拉萨，想为家乡的盲人多做一些贡献。

2004年，斯勇参加第5届残疾人艺术汇演时获得声乐类金奖。老师发现斯勇是个人才，希望他可以去拉萨特校当老师，教孩子们声乐和按摩技能，以帮助更多的盲人孩子。

斯勇答应了。"因为我自己看不见，我就想用自己一些亲身经历，去帮助那些看不见的人。"2006年，斯勇正式成为拉萨特校一名盲人教师。

他并不知道，5年之后，远在北京的茹甜子大学毕业了，作为一个健全人，她也选择了做一名盲校教师。

（三）"第一天上班就哭了"

刚开始进入北京盲校接触小盲童时，茹甜子压力很大。她记得特别清楚，上班第一天自己就哭了。即便茹甜子此前已经挺了解盲人了，但是视障小孩子还是有很多特别的地方，尤其是很多视障孩子并没有接受过学前教育，在校需要指导的地方格外多。茹甜子上班第一年担任小学一年级的副班主任，当时组织孩子的一些活动，仅仅是简单地排好队向前走，大家都走得七扭八拐，朝哪个方向走的都有。"一个班有十几个孩子，我只有两只手，根本拽不过来。"教室内的钢琴上放了一杯水，尽管茹甜子告诉了学生，但学生还是摸错了地方，水全洒在钢琴上了。起步时的重重困难，让茹甜子意识到自己还欠缺很多和孩子沟通的知识，实践的经验也还太少。伴随工作经验的积累，茹甜子在学校里一步步成长，慢慢掌握了很多关于特殊教育的方法。

作为声乐老师，茹甜子关注到确实有一些孩子耳音很好，这也被称之为缺陷补偿。但也并非像社会大众认知的那样，所有盲人的耳朵都特别好。那么，如何发挥孩子的耳音，或者对于耳音不好的孩子，如何在课堂上挖掘潜能呢？茹甜子总结了自己的教学经验。一是因材施教，二是个性化教学，比如以触代目、以耳代目。这就需要教学工具的配合。北京盲校的很多音乐教具，都是老师们原创开发的。特别是这两年，茹甜子和盲校的老师们特别关注疫情时期学生学习器乐的方式。她们用身边的材料，带领孩子一起动手做乐器，像自制沙锤、自制响板、自制小鼓，包括正在研究制作的木头手指琴等等，想让孩子们在生活中感受音乐、享受音乐。

茹甜子不觉得自己有多么特别，"其实我们跟其他学校的老师都是一样的，每一个老师都是伟大的。只不过盲校的老师，需要更多的责任心、爱心和耐心，对于师德的要求更高。"

这与斯勇的想法相似。

初到拉萨特教学校的时候，斯勇还没有完全意识到这份职业的重要，他以为只要传授好知识和技能给孩子就够了。但当孩子们紧紧抓着他的手，紧紧攥住他衣角的那一刻，他才真正意识到，要用更多的爱和温暖包裹这些残疾的孩子们。

"很多人认为教师就是一个职业，一个岗位，但特殊教育这份职业非常需要爱心。特教学校的孩子与其他孩子不同，需要付出更多的爱。"两位满怀着爱心的特教老师，都愿意为孩子们花很多的时间，愿意与孩子们成为好朋友，给孩子们更多的爱和关心。

生活在西藏农村牧区的巴珠是一位全盲的孩子。农牧区没有厕所，大小便一般用木桶来接。来到学校后，巴珠找不到厕所，经常拉在身上。有回斯勇去他们班上课，学生们簇拥而上跟老师报告："老师！巴珠又拉裤子了，你看他这么臭！怎么办？"斯勇听到后，没有继续上课，让班长代管班级，自己带着巴珠去学校澡堂洗澡。作为一个盲人,他一件件脱下巴珠的衣服本身就很艰难,加上粪便异味重,更难办了。斯勇还是忍着异味把衣服脱下,给他洗澡,又换上了新衣服。后来斯勇回忆起这件事,说:"实不相瞒,我对自己的孩子都没有这样过,更何况我还只是巴珠班级的一位副科老师。"

斯勇不忍心看着孩子在学校被嘲笑。第二天,斯勇开始教巴珠如何走到厕所,在厕所如何方便。他耐心地带着巴珠,走了一遍又一遍,每天教两三次,几天后,巴珠终于学会了去上厕所,两人都非常高兴。

残疾孩子不像健全孩子一样,可以凭借感官准确认知世界。对于残障孩子,老师需要花更多时间,给予更多帮助让孩子们建立起认知。斯勇说:"对于这样的孩子,为他们培训,让他们不断练习去上厕所是很重要的。如果只是因为孩子一两次没有学会,就劝退是不正确的一件事。如果我们没有教会这些孩子,那就没有尽到职责。"斯勇希望,学校多花心思和精力培养孩子,多给这些孩子一些机会。

(四)即使没有礼物与鲜花,也没有想过"躺平"

自2006年至今,斯勇已经在拉萨特校工作16年了。斯勇老师自己创作的一首《学校是我家》,深深打动着学校的老师和孩子们。在特校,很多残疾孩子都是无家可归的孤儿,他们会把学校当作自己的家,特教老师因此要比别人付出更多。爱与包容、耐心与责任始终贯穿在特校老师的工作中。"特校的老师不像别的老师,过节会收到礼物和鲜花,我只希望孩子们能奋发图强,成人成才。"这是斯勇简单而真诚的愿望。

茹甜子至今也已在北京盲校工作10年多了。她说:"10年当中,并没有想过'躺平',或者职业倦怠,我觉得现在的使命感更强了。"在从事特殊教育的10年中,每到教师节,茹甜子都会抒发一下自己的情感,但她的感受是,"孩子们给我的远远比我给他们的更多,是他们照耀了我,并不是我照耀了他们。"茹甜子在校内做德育工作,各类活动、演出很频繁,她加班频率很高,对家庭的照顾比较少,但家人都非常支持她的工作,也为她的职业倍感自豪。茹甜子的爱人前些天还发给她一张截图,有朋友发了个关于特教老师的朋友圈,她的爱人就非常骄傲地评论:"我老婆也是特教老师,而且在一所有百年历史的学校任教,就是北京市盲人学校。"她爱人之前并没有接触过盲人,但是通过茹甜子拍摄的孩子们的视频,看盲校孩子们的演出等等,他常常被孩子们感动。

(五)"幼稚鬼"与"不像老师的老师"

和盲校孩子们相处时,语言的力量是很重要的。茹甜子会将自己和他们放在同样的位置,充分利用生动形象的语言去表达沟通。学生很喜欢茹老师给他们起的个性化小昵称，觉得很亲切。每个孩子都有自己的小特点，脸蛋红红的同学，茹老师叫他"小苹果"，个子娇小的同学，茹老师叫他"小豆丁"。

茹甜子一直遵循的一点，就是平等地对待学生，不会因为他们看不见而去怜悯或者特殊对待，该表扬时表扬，该批评时批评。北京盲校学生的年龄跨度很大，从六七岁的小学1年级学生到十八九岁的高3学生都有。相处的时候，学生们也会将茹老师融入到他们的群体当中，师生之间没有太多隔阂。学生们还会经常说茹老师是"幼稚鬼"。

茹甜子走进了孩子们那个充满童趣的世界。9岁的陈禹心跟茹老师说："茹老师，我特别想把你捏小，放在我的兜里，天天揣着你，让你跟我一起走。"2022年2月15日，茹老师带着孩子们进行冬残奥会的表演培训。孩子们在不断重复地练习表情、动作，茹老师想了一招来激励大家。她说："你们自己的位置是船，你们站在船上，那么凡是表情没做好的，就来我的岛上。"这其实是给孩子们一个特殊比喻，为的是将表现不好的同学拉到老师身边，离老师近一些，能给他们一些压力，提高排练的效率。陈禹心本来那天进步非常大，但是后面的排练有点累，有点坚持不住了，不太在状态。茹老师提醒她："你要是表情再不到位，就把你拽到我的岛上。"她一听可以去茹老师的"岛"，特别激动，小小的禹心没有明白"上岛"是一种"惩罚"。她一直兴奋地问："茹老师，都谁在岛上呢？都谁呀？我也想去！"茹老师又无奈又好笑地和她解释道："陈禹心，在岛上的同学是状态不好的，状态好的都在原地。"得知真相的禹心十分失落，原来"上岛"不是一件好事。

斯勇也总能跟孩子们打成一片，像好朋友那样相处。因此，他被孩子们喻为"最不像老师的老师"。斯勇在担任视障班按摩课程的理论教学时，上课经常要抽查孩子们的背诵情况，以检验学习成果。有回上课，他抽查了几名同学，都没有记住课堂上要求的内容，他十分生气，忍不住在课堂上发了火。"我对学生们是很严格的，如果答不上来我一定会发脾气！"可每当斯勇老师发脾气的时候，孩子们都会忍不住笑出声。孩子们说："你根本不像其他的老师，别的老师生气会气一天或者一周，你根本不会。"斯勇被逗笑了，然后孩子们还会争相模仿他骂人的样子，非常有趣可爱，让斯勇哭笑不得。

（六）包容是爱，严也是爱

几年前，临近毕业时，拉萨特校的一帮叛逆少年抽烟被教务处老师发现，被学校严重警告，并且给予记过处分。如果被处分，这帮孩子就不能顺利毕业了，之后的工作也会受到影响，在学校多年的学习可能就白费了。斯勇得知这件事后，向学校领导苦苦请求，希望可以为孩子们争取机会。他说，如果把这样的孩子记过处分，就是给孩子们的家庭、给社会又带去了沉重的负担。在斯勇的请求之下，校领导才对这些孩子从轻发落。

班里很多孩子被斯勇的求情打动，流下了感动的泪水。多年以后，斯勇还与这些学生保持着联系。现在这些孩子各自都发展得很好。有次师生见面，学生自己调侃道："老师，要不是您，我恐怕现在都不知道会是什么样子。真的，非常感谢您！"斯勇被孩子真诚的话语所打动，乐呵呵地笑了。作为老师，斯勇始终尽己所能帮助孩子们铺就未来道路。

学生所朗次仁是一位患有癫痫病的视障孩子，每天上完课之后，斯勇都按照自己的临床经验，亲手给他做按摩，希望通过自己的按摩来缓解学生的癫痫病。有天上课，斯勇犯了胃病，他一手按着胃，一手扶着讲台，坚持上完了课。下课就是饭点，斯勇本应和孩子们一起去吃饭，但他因为胃痛，只好坐在操场旁休息。所朗次仁上课的时候就已发现老师身体状况不太好，他偷偷地打了饭给斯勇送来。斯勇本以为学生一定选了平时他们自己爱吃的重口味菜肴，不适合犯了胃病的他食用。令他没想到的是，一打开饭盒，都是一些清淡的饭菜。所朗次仁说："老师您还是吃一点饭吧，不吃饭怎么行呢，下午还要上课。我妈妈告诉我，米饭和白菜可以使胃痛稍微缓解，您吃一点吧。"斯勇听完这番话非常感动，对学生付出后得到的贴心回报，是如此暖心。

斯勇的爱让孩子们在温暖与包容中成长，学会感恩，懂得爱人。茹甜子所付出的爱亦有同样的力量。

有天，陈禹心在车上让茹老师猜："最近有一个人的手机彩铃换了，你猜是谁？"茹甜子说："这我哪知道是谁呀？你认识这么多人。"茹老师想，既然让她猜，那肯定是她也认识的人，于是让禹心给她限定个范围。"是不是咱们学校的老师或者学生？""不是。"茹甜子一听就知道是中国传媒大学的大学生志愿者蔡雨了，因为在学校以外老师和同学共同认识的人只有"光明影院"的蔡雨了，结果还真是。蔡雨和陈禹心的关系比较密切，最近经常通电话。所以禹心知道蔡雨姐姐换彩铃了。

蔡雨是中国传媒大学电视学院2019级的一名博士研究生。2017年年底，为构筑传播文化成果、彰显人文关怀的"文化盲道"，中国传媒大学与北京歌华有线、东方嘉影推出"光明影院"无障碍电影制作与传播公益项目。蔡雨自2018年参与到项目中来，已经和"光明影院"一起走过了近4个年头，现在是"光明影院"项目的学生团队负责人。因为放映、拍摄等工作，蔡雨时常走进盲校与老师、孩子们沟通交流。2021年9月，在参与拍摄新华社大型纪录片《共同的追求》时，蔡雨和茹老师、禹心小朋友建立起了联系，捕捉了孩子们和茹老师相处的种种细节。

蔡雨印象中，茹老师是个外向爽朗，同时耐心细致、认真严谨的老师，无论是排练还是拍摄，茹老师都非常尽心负责，每天都会亲自去现场盯着。蔡雨还发现她随便抓住一个同学，都能和同学聊得具体深入。茹老师能清楚地记得谁哪一天哪一个拍子掉了，谁的哪一小节还需要再练习，谁情感上的把握还不够、练习得还不熟等等。她像一个数据库，对每一个孩子的情况都了如指掌。即便茹老师很严格，小朋友们和茹老师关系还是特别好，特别依赖她。

因此，蔡雨好奇地跟禹心提过："真羡慕你们跟茹老师关系这么好，像朋友一样，我小时候感觉德育老师都挺有距离感的，只会觉得很严厉。"禹心一本正经地说："严是爱，你不知道吗？茹老师对我们严，是因为她心中有大爱。"

孩子们虽然年幼，心里却十分清楚，茹老师以及盲校老师的爱有多宝贵、多重要，这也深深地鼓舞着茹甜子。

北京市盲人学校参加了2022年北京广播电视台春节联欢晚会，表演歌舞节目《我们的春天》，孩子们一同描绘了他们眼中的春。

陈禹心在春晚的表演中说："老师是我的眼睛，帮我看看这美丽的春天。"

"这句话，不是原来文本里的。"茹甜子说，"每看一次我就感动一次。"

二、改变：影像赋予力量

（一）电影的力量是无穷的

茹甜子业余时间很喜欢看电影。沉浸在不同电影的故事情节中，她会有很多感悟。有趣的是，早在"光明影院"和北京盲校结缘之前，茹甜子就开始了讲"无障碍电影"的尝试，那是2014年到2017年间，她担任北京盲校中学的学段主任，很多个晚自习，她都自愿留在学校加班，给孩子们放电影，一边放，一边讲，用这样的方式，把曾经感动过、启发过自己的故事讲给孩子们听。

在茹甜子给孩子们放过的电影中，她印象最深的是《百鸟朝凤》，这部电影不仅讲了师生情，还与中国的传统文化——民族器乐唢呐紧密相关。茹甜子在天津音乐学院民乐系学的正是唢呐专业，尤其关注传统文化的传承，她感动于《百鸟朝凤》传递的坚定信仰和文化自信，透过这个电影，她期望孩子们能体会和感受到我们对优秀传统文化应该持有的正确态度。

每次放电影，孩子们都特别高兴，有一次给孩子们放电影，茹甜子偶然听到一个孩子用稚嫩的声音说："老师给我们讲这个电影，她自己之前得看多少遍呀？"六七年过去了，茹甜子一直没有忘记这句话，她知道，她的默默付出被每个孩子记在心里。给盲孩子讲电影，不仅丰富了他们的文化生活，也在每个孩子的心里悄悄埋下了感恩的种子。

"好的电影会让我们在某一个时间段去体验各种人生的感觉，所以电影的力量是无穷的。"茹甜子这样说。电影以动人的故事传递生活的感悟与深刻的思想，茹甜子觉得电影这扇窗，也应该为每个盲孩子敞开。

2018年11月7日，这扇窗终于开启了。这天，中国传媒大学"光明影院"公益项目团队来到北京市盲人学校，为孩子们播放无障碍电影《寻梦环游记》。对就读于这所学校的孩子们而言，从这一天开始，无障碍电影就陪伴在他们身边，看电影成为他们课余享受的艺术时光。通过无障碍电影，"光明影院"和北京盲校孩子们的联系越来越紧密。如今，北京市盲人学校已经是"光明影院"在北京市的固定联络点，项目团队多次到学校进行公益放映。

（二）与时代同频，与美好相拥

为什么讲电影？怎么讲电影？

茹甜子在接受采访时说："视障群体不太可能和健全人士一样进入电影院去和大家一起观赏电影，因为他们感受不到电影除了声音元素之外的其他内容。但是通过我们对电影的解释说明，把视觉元素听觉化，就可以让视障群体也享受到电影的魅力。"

茹甜子几年前自己给孩子们放电影的时候，都是先把故事背景讲一遍，然后再让孩子们开始看电影，同时穿插她的讲述，有时候难免会表述不清楚。相比之下，团队制作的无障碍电影会更加完善，但是也会存在一些问题。

其实，无障碍电影的概念并不是"光明影院"独创，北京盲校的孩子以前也看过一些无障碍电影，例如从掌盲图书馆下载的，或者借阅的，或者其他志愿者团队提供的，但这些电影通常都是老电影，孩子们没有办法跟普通人一样在电影院感受最新上映的电影，也不能参与到电影的话题讨论中。因为最新的电影资源没有无障碍化，他们没有机会看到。在接触到"光明影院"的无障碍电影之前，茹甜子有一些顾虑和担忧，会不会看到的都是老电影，孩子们理解困难，甚至不适合这个年龄段的孩子来看。

斯勇也表示，看不到电影对盲人来说其实是种困扰，会让他们和社会产生脱节。比如电影《中国机长》大热时，普通人可以在看过电影后自由交流电影的内容，盲人却没有这样的机会，他希望可以让盲人也能去体会这个机长的伟大，让视障孩子也能和健全孩子一样享受这样的电影盛宴。茹甜子还称赞了2021年上映的电影《1921》。这部电影的无障碍版和普通版同时上映，这让盲人有机会和普通人同时欣赏一部新电影。因为电影档期赶上了期末考试，孩子们没能去院线观看这部电影，茹甜子有些遗憾，她期待着以后有更多这样的机会，让孩子们同步享受电影文化资源。

"光明影院"带来的电影无疑是令视障孩子们感到惊喜的,茹甜子每每问及孩子们最喜欢的电影,"光明影院"制作的《西虹市首富》《流浪地球》等新时代无障碍电影的得票率都遥遥领先。孩子们喜欢新鲜事物,喜欢和时代接轨,希望能和同龄人聊到一起,希望电影能够给他们带来新奇和兴奋感。

2021年,在中国共产党建党百年之际,北京盲校推出了"一月一影"活动,让青少年铭记抗战历史、缅怀革命英雄,自觉做到学党史、听党话、跟党走。从此,"光明影院"的电影以固定形式来到了孩子们身边。于是,茹甜子每个月的最后一周总是更为忙碌,除了工作之外,还常常会有孩子跑来问她这次要放映什么电

2021年10月,北京市盲人学校"一月一影"放映活动现场

影，很多盲孩子都期待着她的答案，期待着无障碍电影带来的"光明"。

茹甜子坦言，她最开始真的没有想到"光明影院"团队可以把电影做得这么好，这么细，这么精。如今，"光明影院"已然成为每个孩子熟悉的、期待的美好事物。茹甜子和常去北京盲校的志愿者都知道，盲孩子是很会表达自己情绪的，对于他们喜欢的电影，他们乐于把喜欢和热情表达出来，甚至有的电影放映结束之后，孩子们鼓掌的时间长达1分钟。

在北京盲校的操场上、教室里、走廊上，孩子们熟悉、自如、有安全感，他们会在阳光下跑跑跳跳，会演奏大厅里的钢琴，他们既开朗又友善，和其他孩子一样。唯一不同的是，在社会里，需要有人为他们开一扇特别的窗。

在新冠疫情环境下，盲孩子也需要居家学习。他们的生活相对特殊，娱乐受限。北京盲校的做法是每周用网盘下发几部无障碍电影，让孩子们自行观看。除了这种学校统一下发的方式，孩子们也有机会利用歌华有线的交互平台来观看"光明影院"公益栏目，通过智能语音操作遥控器来享受这样的服务。

令茹甜子感到遗憾的是，孩子们能够去电影院的机会很少。她一直记得2019年4月西单首都电影院放映结束之后孩子们神采飞扬的样子，他们的小脸上洋溢着说不出的喜悦，欢欣鼓舞地跟老师讲自己是如何由志愿者带着，乘坐了"专属电梯"，踏上了软软的红地毯。这样走出学校、走进电影院的体验是难得的，给孩子们带来的喜悦也是无法复刻的。所以茹甜子一直期待着有机会带着孩子们再次前去电影院，聆听、欣赏一部好电影。

在没有工作安排的时候，茹甜子会在放映日走进"一月一影"的放映厅，坐在孩子们中间，和他们一起来听无障碍电影。她会闭上眼睛，不看画面，跟每个盲童一样去闭着眼睛听，她同样可以感受到电影的画面是什么样的。

作为旁白的讲述人，在无障碍电影中起着重要作用。茹甜子的学生们还会很喜欢某一个志愿者解说的声音，"他们喜欢一部电影的原因可能就是一个声音"。茹甜子还期待着某天盲校的孩子可以参与到无障碍电影的录制中，让他们感受一部电影制作过程中的辛苦和付出，这也是一种感恩教育。

看了《建国大业》这部电影后，斯勇感慨万千。他认为，虽然人工智能可以提供很多方便，但不希望它替代无障碍电影的讲述人。正是因为有了讲述人，电影才变得更加清晰、生动。"电影是反映时代、歌颂时代、畅想时代的东西。当艺术作品和历史条件结合到一起，对学生会起到不可低估的作用，电影也是一种教育的手段和方法。"

当北京盲校的一个孩子被问及最喜欢什么的时候，"我最喜欢的是中国共产党。"他说，"我的梦想是当兵。"

茹甜子讲起这个故事的时候很欣慰，这个孩子在每次放映党

2019年12月3日,"光明影院"20省联动公益放映活动在拉萨特殊教育学校播放《建国大业》

史教育的无障碍电影时都非常热衷,他是红色电影的忠实粉丝。"这些电影也给孩子们带来了很多电影本身要传达的那些内涵,帮助我们进行爱国主义教育、生态文明教育等等。"

三、期许:世界充满光明

(一)你们的未来将开满鲜花

在北京盲校学校大厅里,放着一架三角钢琴,任何一个同学都可以演奏,它是每一个盲童的舞台。每天钢琴声都会响起,孩子们会在这个舞台上享受音乐、享受每一天。

"音乐是盲人的伙伴。"茹甜子从小在爷爷身边,在盲人民乐团感受音乐的熏陶,如今她把自己对音乐的理解传递给了更多的盲童。

北京盲校给了每个孩子由音乐陪伴的成长环境,在义务教育阶段的课程设置中,每个孩子都能掌握一到两种民族器乐的演奏方法,他们在学校里经常会自己演奏钢琴,或者是弹奏乐器。"对于视障孩子而言,音乐是他们的伙伴,也会成为他们的朋友,成为他们抒发自己情感的一种渠道,他们可能会比其他的琴童——我指的是正常的孩子——或者是说普通中小学的孩子来说,更加热爱音乐。他们下课之后,并不需要老师去督促他们练琴。"茹甜子这样理解视障孩子与音乐的关系。

每年北京盲校都会举办不同的节目,如上半年的"5月鲜花"合唱节,下半年的校园艺术节、"小小艺术家"活动等等。茹甜子讲到,"小小艺术家"是没有任何门槛的,想唱歌就唱歌,跑调都没关系,同学就是观众,所有的小艺术家也都会受到孩子们的欢迎。"音乐不分好坏,不分高低,对于孩子来说,他能站上这个舞台,就收获了自信和成长。"除此之外,艺术进校园、学校艺术团等活动都为学生的美育提供了良好的条件。

如今社会各方积极努力,为视障孩子提供了很多成长和就业发展的新路径。音乐熏陶、美工课程与交流、主持人社团等活动都已经在北京盲校生根发芽,力图搭建让孩子们从学校走向社会的桥梁。茹甜子对此感到很骄傲。

北京盲校的一位毕业生王小敏，目前在喜马拉雅平台上录制小说，她把这当作自己的职业，自己在家里做了一个录音棚。但是茹甜子也会思考："能够基于自身天赋发展得这么好的孩子很少，那其他孩子呢？我们不能说让孩子天天快快乐乐地在学校里生活，未来就业只能去按摩店。不是说按摩店不好，但是有的孩子并不适合，比如身高不合适、兴趣不在此，因此我们全社会都要搭建无障碍的文化和平台来帮他们、推他们，让他们以后更好地发展。"

特殊教育教给孩子们知识、带给孩子们快乐与成长，同时也肩负着未来发展的使命，为国育人，为党育才。除了盲校自身的努力，社会组织、各高校也在为视障儿童的未来铺路。他们致力于发展盲人播音培训，为盲人拓展语言、艺术等就业方向，共同创设无障碍的文化环境。茹甜子的理想图景是，让更多的视障孩子以后能自由选择自己的从业方向，哪怕不是从事相关职业，他们也能从参与的过程中找到一个新的起点，从这个起点去延伸成为未来的职业，或者发展一个支撑他成长的兴趣爱好。这样，社会各界的帮助就会产生更加深远的意义。

（二）向光明而行

在制作无障碍电影的过程中，蔡雨有一个关于讲述稿的问题一直拿不准，一次交流中，她特地就此请教茹甜子，电影中出现的色彩到底要不要描述，应该如何描述。这个问题的缘起是2019年北京国际电影节的一场无障碍电影专场，电影播放完后，志愿者陈中瑞看到一个小女孩，被妈妈牵着往电梯的方向走，边走边咧着嘴听刚刚用手机录下的无障碍讲述电影。当她走过陈中瑞面前的时候，突然小声嘟囔了一句"红色是什么颜色"，那一刻，陈中瑞心里很不是滋味儿。在讲电影的时候，应该如何向孩子们解释颜色呢？如果颜色影响了他们的理解又该怎么办呢？

茹甜子回答说："你不要把他当作一个视障的同学，因为其实有很多同学是有一点视力的，或者是有一点光感，他能够感受到颜色，而且哪怕是全盲的同学，他没有办法感知到颜色，但他生活在这个社会里，这个社会是有各种颜色的信息的，所以你们正常说就行，你不用特别地做区别对待。"

茹甜子老师给了蔡雨一个特别大的鼓舞，从此之后，志愿者们开始不那么回避颜色，而是大大方方地讲出来。因为主观上认为他们可能无法理解而删减了对颜色的表述，可能是对视障人群的一种误解。用平常心来看待颜色，来表达看电影或者听电影，视障朋友们其实并没有那么敏感。

在技术日新月异的今天，搭建文化盲道似乎变得更加便利了，但事实上，观念的转变才是更根本的解决之道。社会上还存在很多缺乏无障碍观念或者无障碍意识淡薄的人。比如，在升学考试和未来发展方面，很多社会上音乐类的考试都是对视障群体开放的，但是考级必备的音基证书却没有盲文版的卷子，视障人士就无形中被挡在了门外。诸如此类的困难，并不是因为我们的社会歧视残疾人，而是很大程度上忽略了他们的特点，在细节上缺乏无障碍的意识。在无障碍社会环境的建构中，我们要走的路还很远。

当今社会，科技发展让视障孩子的生活和学习增加了更多可能性和更多选择的机会，如何利用新技术造福残疾人，真正为他们提供便利的条件和切实的帮助，是"光明影院"和全国各地盲校的一个新课题。

2019年4月28日，中国传媒大学赵淑萍老师和6位教师一起，在浙江省杭州市云栖小镇"2050大会"上组织了一场公益放映，为浙江盲校的50多个孩子放映了无障碍版电影《钢的琴》。"2050大会"是一场面向未来的科技盛会。在这场放映活动中，"光明影院"把智能机器人"小电"请到了现场和孩子们互动，还同步使用了先进的气味电影装置，让盲人在听到电影的同时，还能闻到糖果、茶叶、腊肉等12种在电影中出现的气味。

北京盲校的孩子们，从小学1、2年级开始就上信息技术课，学习盲人电脑的操作方法，通过触摸盲文键盘，同步获取屏幕显

2019年4月28日,"光明影院"走进"2050大会"举行公益放映活动,并向浙江省盲人学校学生赠送无障碍电影

示的信息。茹甜子觉得这个操作很神奇,孩子们也在其中接受着先进技术的熏陶。对3年级以上盲童来说,手机的使用更是驾轻就熟,复习乐谱、家校联系都不在话下,他们甚至可以通过触摸的方式打游戏。

远在青藏高原的拉萨特校也利用先进的方法辅助教育,寓教于乐。随着人工智能技术的逐步推广,特校的孩子们也能享受智能设备带来的便利,打开新世界的大门。斯勇说:"人工智能对孩子们的帮助真的很大。孩子们可以自由地和智能设备说话,想听什么就听什么,设备可以直接播放歌曲、小说等。通过这样的方式，可以帮助盲文不好和半途失明的学生把该学的东西学到。"

新中国成立之后，党和政府开始创建为残疾人服务的特殊教育学校。残疾人教育从无到有，从小到大，残障人士一直受到党和国家的关怀、支持和帮助。在拉萨，特殊教育岗位有教育津贴。国家补助力度大，老师们也付出很多，视障人群逐步掌握了知识和技能，很多盲人借此插上了梦想的翅膀，也有不少人走上了致富之路。"这些年来，特殊教育学校一直都有党委帮助和支持，便利很多。"斯勇说。

茹甜子说，"光明影院"和他们的关系是相互的，互相照亮，给彼此都带来了一些收获和成长。无论是歌华有线、东方嘉影，还是传媒大学的师生，都努力跟视障孩子们保持一种平等的交流。无障碍文化的推广，应该从新一代的青年人身上开始，树立起新的观念，这样才可以向更大范围的社会辐射。茹甜子很赞赏"光明影院"把无障碍文化当成了一个长期性、品牌性的东西来做，她说，我们整个社会也应该如此，这样才能创造平等和谐的无障碍文化。

作为一名盲校的教师，茹甜子有一个心愿："希望这个社会上看不见的孩子越来越少，这是我内心最期待的事情。"她心里当然明白，这是很难实现的。"我只希望，我们可以帮助每一个看不见的孩子，让他自己内心充满光明。光明不一定是眼睛看到的，也可以是从内心感受到的。希望全社会都共同努力,帮助这些孩子,给他们希望,让他们心中充满光明。希望他们看到更大更远的世界。"

第八章 中坚:"光明影院"中的大学生志愿者

一、将足迹留在身后:志愿者们的微光

(一)20省联动:100个电话,31份快递

2019年11月,刚入学不久的马韵斐加入了"光明影院"放映组,成为一名志愿者。这时的"光明影院",已经组织了多次线下放映活动,项目团队走进了社区,走出了北京,更走向了国际电影节,已经形成了不小的规模。正式成为放映组的一员后,马韵斐也开始期待着自己参与线下活动的种种场景。

然而,她接到的第一个任务却是"建联活动"。这项任务比组织线下活动要更加复杂和困难。在时间紧急,没有现成联系方式的情况下,她和同伴需要与全国20省的盲校建立联系,并且保证他们能够在12月3日的"国际残疾日"同步举办放映活动。

这是"光明影院"走向全国的一大步,关系到全国更多视障

人士的观影体验，时间紧，任务重，团队成员倍感压力。以往的放映活动都是老师带队、学生联系，活动举办都很成功，这次要在没有老师带领的情况下联系20个省，并且没有现成的联系方式，意味着小组成员需要经历从0到1的过程。此外，如何取得素未谋面的陌生人的信任，如何保证各省能在12月3日实现远程同步放映……种种难题压在了没有太多经验的几个志愿者身上。

拨打从网上查到的电话号码，在微信公众号后台留言，去微博发私信……马韵斐尝试了一切渠道与全国各地盲协和盲校联系。

"老师您好，我是中国传媒大学'光明影院'的成员，不好意思打扰您了……"这句话她说了无数遍，但当她以最饱满的热情打算做自我介绍时，收到的回复却往往是"您好，您所拨打的电话是空号"，"不好意思你打错了"，"这不是我们部门负责的，请联系别人吧"，"我不认识你们，不要打来了"。更多的情况是，信息发出去后就石沉大海，再无回音。

放映小组其他成员的情况也大多如此。

90后的冯雪也是放映组成员。作为一个辽宁人，她有着东北人特有的活络劲儿，本科期间就经常组织大型晚会以及文艺活动，合唱比赛、知识竞赛、开心麻花进校园、国家大剧院演出等活动，都是她一手张罗。这一次，为了和全国各地盲协盲校取得联系，她打了100多个电话，通话记录里显示着一个个还未来得及备注的电话号码。为了防止失误，冯雪还特意请求师哥帮忙斟酌语句，增添礼貌用语、具体地点等。考虑到视障人士一般会使用读屏软件接收信息，他们精心编辑了一条长长的信息，确保信息准确，万无一失。

2019年11月26日，距离这项工作的截止时间仅剩3天。

马韵斐的工作进展并不乐观，这让她焦虑不已。这天，她拨通了山西省太原市盲童学校郝开龙主任的办公室电话。电话拨通了，为了想要快速取得对方的信任，她潜意识里想要一口气就把自己的身份和活动内容给对方解释明白，语速不自觉地比平时快了许多。"老师您好，我是中国传媒大学'光明影院'的志愿者成员马韵斐，不好意思打扰您了。'光明影院'公益项目……我们每年制作104部无障碍电影，并且将作品无偿赠予全国各省级盲协、盲校等。今年12月3日，我们计划和全国各地一起举办……"

"孩子……"突然，电话那头的声音打断了她。马韵斐一下子紧张起来，做好了又一次被拒绝的准备，她停了下来，等待着对方的回复。

"孩子，别着急，慢慢来。"郝主任的声音既和气又慈祥，他听出了她的焦躁。

马韵斐不由得愣了一下，但很快又镇静下来。郝主任的话就像一颗定心丸,一下子就让她紧绷的神经松弛下来,她放慢了语速,郝主任耐心地听着她的介绍。最终,这次活动成功得到了这所盲校的支持。

在拨打了上百个电话,发了几十条短信,加了很多微信之后,志愿者们努力打消疑虑,建立信任,搭建起了一座座合作的桥梁。多次对接后,山西的郝主任开始习惯地亲切称马韵斐为"丫头",还时常关心和支持"光明影院"的活动。

建联任务完成后,志愿者冯雪和她的小伙伴们寄送了31份

2019年12月3日,"光明影院"20省联动公益放映活动在太原盲童学校现场

快递。每个快递包裹里是一块小小的硬盘，这是"光明影院"制作的174部无障碍版本电影，这些硬盘带着光明，走向了全国。

20省联动放映活动持续近一个月，1000多位视障人士走进电影院，共同感受电影之美。

志愿者叶宇琦收到安徽侯主席发来的采访视频。视频里一位60多岁的奶奶，尽管戴着黑色眼镜，却隐藏不住观影之后的满脸笑意，她激动地说："我长这么大还没看过电影，想不到今天'光明影院'帮我圆梦了！两个多小时的电影我都仔仔细细地看完了，而且还理解了大部分的情节。"

我国是世界上残疾人口最多的国家。新中国成立70多年以来，中国残疾人事业不断发展，残疾人平等参与社会生活，共享改革开放的成果，受到社会各个层面的关爱和帮助。未来，"光明影院"还将继续扩大项目推广范围，为视障群体铺设更通畅、更宽广的"文化盲道"。

下一步，从北向南，走进海南岛！

（二）走进海南岛："原来你们不是一场'秀'"

2019年，"光明影院"公益放映被列为海南岛国际电影节的固定放映单元。12月5日，项目成员来到海南岛，与近百名视障观众一起走进影院，共同欣赏无障碍电影《建国大业》。

2019年12月5日,海南岛国际电影节"光明影院"固定公益放映活动,视障观众现场观看无障碍电影《建国大业》

志愿者李超鹏是放映团队的骨干,他也参与了此次活动。随着"光明影院"的发展壮大,越来越多的媒体主动关注项目发展,众多报道引发了社会高度关注。这一次电影节,媒体将镜头聚焦在了志愿者们身上。活动现场,十几家媒体围着"光明影院"志愿者们进行拍摄、采访,李超鹏也是被采访者之一。在镜头前,志愿者们为这一承载着千千万万目光的公益项目发声。

在采访中,李超鹏察觉到,有一位记者与众不同。她一直用锐利、审视的目标扫视四周,并没有想要靠近志愿者们的意思。

随后，这位记者拿了一张"光明影院"无障碍电影播放器的包装纸走了过来，李超鹏见状以为记者要来采访自己，快速地整理了一下着装，挺直腰板。然而，这位女记者却与他擦肩而过，走进了影厅，李超鹏有些尴尬和不解。

电影放映结束后，李超鹏心想：这位记者总该来采访志愿者了吧。可是她却起身直接邀请了身旁的视障观众接受采访，并连续问了很多问题："在您的生活中，最大的不便是什么？""您喜欢电影吗？""您曾经看过这样形式的电影吗？""这个电影好在哪儿呢？"女记者在现场找了5名不同年龄、不同职业的受访者，从各个方面对他们进行了采访，唯独没有采访"光明影院"的志愿者们。

看着记者匆匆离开的背影，李超鹏感到疑惑甚至产生了自我怀疑，难道是我们做得不好导致这位记者不愿意采访我们吗？午饭后，团队成员接到了三沙电视台的单独约见，李超鹏再次见到了这位女记者，这才知道，原来是要接受她的采访。女记者手中依然拿着上午的那张包装纸，纸张已被捏得有些褶皱，看样子关于"光明影院"，她有很多想要了解的问题。李超鹏像往常一样接受媒体的采访，但他心中依然对上午记者的举动感到困惑，直到女记者表达了她在现场的真实感受。

"我刚来到现场的时候，就觉得这个活动和有些所谓的公益活动一样，就是一个'秀'，秀给领导看，秀给媒体看，秀给群众看。但当我走进影院中,闭上眼睛听你们做的无障碍电影时,我发现我错了。"这名女记者说,"你们花了心思,你们的无障碍电影不是绣花枕头,是真正可以让视障人士看到的电影。和视障朋友们沟通后,我能真切地感受到他们看到了《建国大业》,看懂了《建国大业》。'光明影院'这个项目是脚踏实地、扎根人民的项目。希望以后有机会,我能加入'光明影院'。"

记者的一番话,解开了李超鹏心中的困惑。

服务视障人群,"构筑文化盲道",需要有更多的人理解并热爱"光明影院"的事业,需要有更多的人看到"光明影院"。三沙电视台的这名记者通过一次观影,开始真正了解"光明影院",并通过报道呼吁更多的人关注"光明影院",告诉他们"光明影院"不是"秀",而是真正的公益行动。

海南岛国际电影节的成功放映,为无障碍电影的传播提供了一个国际化的平台。与三沙电视台记者的对话,让志愿者们有了新的思考,他们要用实际行动,把更多电影带给更多的视障人士。

(三)来到盲校:"一定要常来放电影呀! 我们特想看!"

北京盲校感恩日放映活动,是志愿者周杉加入"光明影院"后参与的第一次活动。她提前来到了现场,报告厅内还没有视障朋友到来,显得空空荡荡的。

周杉一边熟悉现场环境，准备待会儿的现场记录和采访，一边心脏扑通扑通地跳动着，好奇一会儿见到成群结队的孩子会是什么样的场面。他们是不是像普通孩子那样活泼好动，还是更加敏感沉默呢？她带着疑惑等待着。

没过一会儿，孩子们在盲校老师的带领下陆续走进了会场，他们成群结队，很有秩序地走着。周杉被眼前的场景深深地打动了，她看着孩子们一张张可爱的脸蛋，心想：虽然他们眼前是黑暗的，但每个孩子心里都有追光的梦想吧。

这时，周杉注意到后排一个小男孩，他的眼睛可能是因为安装了义眼，呈现出淡蓝的色彩。小男孩高高地扬起头，认真地听着周围发生的一切。周杉轻轻地走过去说："小朋友你好，我是'光明影院'志愿者。"

"姐姐！我看过你们讲的《西虹市首富》，可有意思啦！"还没等周杉介绍完，小男孩兴奋地站了起来，抢过话头。

周杉欣喜地听着孩子的回答，接着问："那你最喜欢看姐姐们讲的哪部电影呀？"他挠挠脑袋，苦恼着说："姐姐，我最喜欢看动画片了，《玩具总动员》我都看了好多遍，以前都看不懂，但是看了姐姐们讲的《玩具总动员》，我们都听懂了！以后我还想看。"

周杉用力地点点头对他说："没问题，你喜欢的话，以后姐姐们会讲越来越多的电影的。"那一刻，她开始真正意识到自己做的这些事情是有意义的，孩子们真的能看懂电影。

活动快结束时，一位演奏胡琴的高高瘦瘦的女孩，在同伴的帮助下朝着报告厅出口方向走去。突然，她不舍地转过头，往前走了几步，然后又折返回来，朝着周杉的方向走来。

"老师，我能和你聊天吗？"她请求地说着，表情有些害羞和腼腆，"老师，你还记得我吗？上次放映的时候我还叫你来着。"她拨弄着手里的胡琴，眼神里满是对志愿者的熟悉与亲切。周杉身旁的师姐回答说："记得记得，当然记得了。刚刚你在弹胡琴的时候我就在惊叹，你怎么这么厉害，这些琴弦你是不是都烂熟于心了？"

"那老师我可以加你微信吗？这样你就可以经常在微信里和我讲电影啦。"女孩热情和期盼地打开了微信，虽然视弱的她有些吃力，但还是坚持自己打开了手机上的微信二维码。

"以后常联系啦！什么时候想听电影了，跟姐姐说。"周杉和几位志愿者开心地回答着，一边扫着小女孩的二维码。这会儿老师在一边催促着学生们退场了，小女孩有些意犹未尽地说："老师，我一会晚上还得去音乐室练曲子，我先走啦，老师记得给我讲新电影！一定要常来放电影呀！"周杉惊异于小女孩的外向，同时也真真切切地感受到，原来"光明影院"真的给孩子们带来了那么大的新奇与期待，原来看电影对他们来说真的是改变生活的一件事情。

据统计，目前我国有1700多万盲人，其中学龄盲童约有13万。盲童是祖国大花园中灿烂美丽的花朵，他们同样也享有接受阳光、接受教育的平等资格。为了让视障儿童能够拥有更多观影可能，使他们拥有可以看懂的一块银幕，成为"光明影院"项目出发的初心和使命。2018年至2021年间，通过无障碍电影，"光明影院"志愿者们与盲校孩子建立了越来越深的情感联系。仅在第31个"全国助残日"，"光明影院"就向全国2244所特殊教育学校的32万残障学生赠送了装有40部无障碍电影的观影硬盘。

任凭时光流转，公益永葆初心。在联动社会力量铺设"文化盲道"的路上，"光明影院"仍在行动着……

（四）同步放映：《1921》演员来到盲人面前

"我们之前一直有一个梦想，希望视障朋友能和普通人一起走进同一家影厅，观看同一部电影。今天，这个梦想照进了现实。"这是学生志愿者蔡雨在电影《1921》首映活动现场发出的感慨。

2021年6月28日，北京，在电影《1921》首映仪式上，"光明影院"公益项目团队同步放映了该片的无障碍版。这是一次具有里程碑意义的放映活动，实现了无障碍电影与院线同档期电影在首映仪式上的同步放映。

活动当天，在"光明影院"师生志愿者的引领下，100多位视障朋友及其向导顺利抵达首映仪式现场，朱雯琪是当天学生志愿者中的一员。为了确保电影首映顺利进行，她和小伙伴们早早来到了现场。由于当天还有一个主创见面会，其中包括不少大家耳熟能详的明星演员，影院门口已经围满了热情的粉丝，现场较为嘈杂。参与过不少线下放映活动的朱雯琪深知，盲人群体在面对嘈杂环境时，会变得更为紧张，在情绪上也会出现不稳定的状况。

面对这个场面，朱雯琪开始尝试和现场粉丝沟通，为盲人朋友营造一个稳定良好的环境。她说："朋友不好意思，今天我们的首映活动会邀请一些视障人士参与，他们对周围环境比较敏感，一会咱们可不可以配合一下稍微小一点点声音，一起为他们营造一个安静的环境。"得知特殊情况的粉丝们，主动让出了一条通道，自觉地把音量降低，尽量不去惊扰视障朋友，帮助他们顺利进入影院。

出于安全考虑，她对视障朋友进行了分组，一组一组地进入影厅就座。她还提前考虑到了进入影厅期间可能等待的时间会比较长，周围人员比较多，视障朋友会有不理解的地方，或者出现不耐烦的情况，这个时候志愿者需要很有耐心地去告诉他们，给他们提供足够的安全感，保障视障朋友有序进入。

影片放映期间，通过特殊的旁白配音，视障朋友们多次为革

2021年6月28日，电影《1921》北京首映仪式，志愿者朱雯琪正在引导视障朋友进入现场

命先辈的牺牲而落泪。第一次走进电影院观看红色题材无障碍版电影的视障朋友张阿姨说："在党的百年华诞到来之际，在无障碍版影片的娓娓讲述中，回顾中国共产党创建的鲜活历史，感受那个时代满怀热血的精神，真的很让人感动。"

"10天，26273字讲述稿，我们快把电影的每一帧都背下来了。"影片的撰稿者之一、讲述人分别是学生志愿者栾惠和陈中瑞，他们也是当天现场的志愿者之一，他们回忆说："当我听到伴着百年沧桑巨变的历史画面出现的讲述词和来自视障朋友们的掌声时，我们获得了超出预期的感动和满足。在137分钟里，我们在同一个空间，被同一个故事所传递的信息包裹着。这是'光明影院'具有历史意义的第一次！"

对志愿者陈中瑞而言，这也是一次特别的经历。《1921》和以往电影有很大不同，影片中有很多群像戏，如何保证在最短的时间内把信息讲述出来，又让视障朋友理解这句话是谁说的，他们花了很多时间去琢磨，在正式进录音棚之前，稿件还在不断修改。《1921》的配音持续了将近12个小时，是其他无障碍影片配音的三四倍。经过不断修改打磨，终于完成了第8版无障碍讲述音频。

观影结束后，电影主创人员来到无障碍放映厅，与前来观影的视障朋友们分享创作体会。蔡雨向影片导演郑大圣提问，不知道以后能否跟电影导演们有更多合作，让无障碍电影的同步放映成为常态，郑大圣导演马上表态："这是必然的，必须的，我们一定要这么做。就电影艺术本身而言，它从来都是视听的艺术，如果视障朋友们觉得某一部电影还听得过去，那才是对我们工作的认可，所以我们还要继续努力。"

在这场特别的首映式上，刚上大学的演员刘家祎还谈道："我是一名大一的学生，我也可以做志愿者。"此外，包括吴京、靳东在内的20余名演员、主持人纷纷发起关注"光明影院"的呼吁，助力无障碍事业发展。

2021年12月，中国国家乒乓球队队员刘诗雯、北京广播电视台新闻主播李杨薇被授予"光明影院"公益大使称号,她们在推广无障碍信息传播事业上,贡献了温暖的力量。

(五)一场辩论:457万名大学生知道了"光明影院"

"毛主席说,盲人是世界上最痛苦的人……"学生志愿者蔡雨一边翻阅着手中打印版的 PPT 大纲,一边轻声背诵讲述稿。2019年10月12日,她和志愿者小伙伴们登上前往杭州的飞机,第二天,他们将站在浙江大学的讲台上,参加第5届"互联网+"大学生创新创业大赛全国总决赛的最终答辩,而在两个小时前,第24版答辩稿才最终敲定……

5个月前的北京,春末夏至,天气微暖。

团队成员刚刚结束了公益放映活动,还沉浸在受到视障人士肯定的温暖和喜悦中。就在这时,他们接到了"互联网+"大学生创新创业大赛学校决赛的通知。这是一场志愿者们还不太熟悉的比赛。志愿者陈红和项目成员按照自己的理解准备了比赛的 PPT 和陈述,然而从答辩室出来的那一瞬间,团队核心成员都陷入了沮丧和沉默,答辩的过程让他们备受打击。

在答辩室里,当他们将引以为傲的成果展示和陈述之后,正等待着设想中的连连掌声和肯定,没想到等来的是专业评委的辛辣点评:"你们这是成果汇报的逻辑,不是参加创业比赛的逻辑。"评委们对项目的创新点、成本构成、运行模式、反馈等方面提出了疑问。答辩结束后,"光明影院"的指导老师对于这次校赛的表现很失望:"你们这是马失前蹄!差点大意失荆州!"庆幸的是,他们在紧张不安的等待中,传来"光明影院"项目团队在校赛中险胜的消息。接下来,北京市赛,出征在即。

时间紧急!项目核心成员连夜开会,复盘校赛中的失误表现。

在学院的会议室,蔡雨、王海龙、陈红、温莫寒、李超鹏5位项目核心成员决定闭关,开始了每个人轮流熬大夜的日子。盘点、梳理、归类……项目的优势是什么,创新是什么,制作流程是否需要重说,他们每天就在这样的自我肯定与自我否定中度过。到了准备的最后阶段,为了让讲述稿更加简洁清晰,为了让项目阐述能够打动从未听说过"光明影院"的人,温莫寒和其他小伙伴发动身边的亲朋好友,以视频连线的方式让家人朋友听他们讲述,然后根据反馈再修改完善。截稿的最后一天,陈红和王海龙、蔡雨组成小队,通宵接力修改项目计划书,一人累了就暂去休息,另两人继续工作,撑不住了再把休息的人打电话喊醒,接力完成工作。

最终,第26版项目计划书通过审核,成稿19681字。

功夫不负有心人,北京市赛答辩教室里,在主答辩人王海龙铿锵有力的演讲结束后,全场响起热烈的掌声,分数公布,91.74分!团队成员与指导老师忍不住热泪盈眶,雀跃欢呼。

经过两个月4轮激烈的厮杀,"光明影院"无障碍电影制作与传播团队在北京市892支参赛队伍中脱颖而出,如愿晋级全国总决赛!

2019年9月底,秋意渐浓,"光明影院"团队再一次闭关集训,从早9点到晚11点,驻扎在电视学院3楼会议室里讨论讲述稿,修改PPT。这一次,讲述稿前前后后变更过50多遍,视频有30多版,PPT改了20多遍。

准备总决赛的过程十分煎熬,团队成员常常就"取舍"问题争得面红耳赤,那时会议室仿佛变成了开杠现场,大家化身为金牌辩手,在彼此辩论中完成讲述稿的撰写。

10月9日,距离出发去杭州的日子只剩3天,稿子还未过关,PPT尚不完善,团队成员感到不安。赵淑萍老师亲自上阵,凌晨1点还在手把手教授PPT制作,帮助精简内容,提炼纲要;秦瑜明老师深夜12点还在陪着团队剪辑小片;肖泓院长带着一众老师给大家开会,像上拉片课一般,语重心长地教授"好记者讲好故事"的叙事逻辑;吴敏苏老师陪着主陈述人蔡雨一遍遍进行排练,指导演讲技巧;赵希婧、张龙、曾祥敏、郑志亮、白晓晴等老师也提供了巨大的帮助……为了志愿者团队们的最终"亮相",大家拧成了一条绳。

2019年10月12日,清晨6点半的飞机载着团队成员、载着年轻的"光明影院"志愿者们来到了杭州。

飞机上，主讲人蔡雨翻开纸角已经卷起的PPT大纲，她的脑海里浮现出一张张视障朋友的笑脸。"在中国有这样一群年轻人，他们做不到这世间的许多事，但他们坚持在做这一件事。荣誉固然可贵，但更可贵的是，明天过后，将会有更多人知道'光明影院'这个名字，将会有更多人知道我们正在做的事情，将会有更多人愿意加入我们、帮助我们、成为我们！这是一件想想就令人热血沸腾、深感青春无悔的事情。"想到这些，蔡雨深感责任重大。

上午11点，团队成员来到比赛入住的酒店，经历了第一次抽签——抽房间号！"606！竟然和我家的门牌一样！"蔡雨兴奋地喊道。虽然看起来有些夸张搞笑，但哪怕只是一个幸运数字、一个熟悉的号码，也能给她紧张的心理带来一些安慰。

当天晚上8点，他们又要面临第二次抽签，这次是抽比赛顺序，极其关键。由于每支参赛队伍只能进两个人，站在警戒线外的老师拍了拍蔡雨的肩膀："我们就在这附近等，有消息了在群里说一声，老师们都很关注。相信自己，这次也能抽个好号。"在候场教室的蔡雨忐忑地完成了这次抽签。"该团队项目抽签序号为6号！"大赛志愿者站在抽签箱旁，报出了这句话。数字"6"再一次出现在此次比赛的征途中。他们将这一消息报告给了场外的老师们，场内场外，每一位参与其中的老师同学们，都感受着大赛前的紧张。

晚上11点，全体成员聚集在606房间，为比赛做着最后的冲刺。可是，早该烂熟于心的稿子在一瞬间突然被忘得一干二净，连日的熬夜准备让蔡雨的记忆力急剧下降。她磕磕绊绊地又顺了一遍稿，效果依然不满意。大家纷纷安慰她早些休息，养精蓄锐。

决赛当天，上午9点20分，"光明影院"团队迎来了最后的检阅。

站上讲台，蔡雨从大赛志愿者手中接过一只小小的麦克风。她站在台上，发现自己的手不断抖动，她用余光看了看身旁一同上台的战友，在他们充满信任和鼓励的点头示意下，轻轻呼了两口气，稳了稳心神，开始了项目陈述。她在台上自信地展示项目成果，评委们投来赞许的目光。答辩最后，小组成员需要轮流回答问题，最后30秒，评委抛出了最后一个问题："你们的项目模式新颖，意义突出，且有着不小的盈利空间，请问你们未来将如何平衡项目的商业性和公益性？"话筒交到了陈红的手里，她的声音微微颤抖，将心目中那个早已默念过无数遍的坚持与信念大声说了出来。

"'光明影院'是一个公益项目，它的初心与目标就是为了让视障人士与普通人一样，享有日常观影的权利。3年来，'光明影院'受到了社会各界的关注与支持，一些企业和政府捐助项目的同时，一些商业公司也向我们抛出了橄榄枝，目前，政府、企业、基金会的捐助足够维持我们的运营,接下来也会去尝试更多的募资渠道和筹款方式。商业诱人,但我们选择做公益,我们期待无障碍影视产业链的发展,我们希望这个社会能够有更多的人关注视障群体,我们更时刻提醒自己,不忘初心,不辱使命。"

问答完毕,进入打分环节,显示屏上的打分进度条缓慢旋转,团队成员们焦急地盯着显示屏,得分88.36分。相对市赛的91.74分来说,这似乎并不算一个好成绩。然而,惊喜与意外同时传来,"你们目前是第一!"指导老师们在微信群里报喜。穿着白色志愿服走在路上的项目成员们,听到身边其他组同学的小声讨论:"这是现在第一的'光明影院'。"大家悬着的心,才慢慢落了下来。

最终,"光明影院"项目以小组第3名、赛道第6的成绩拿到了第5届"互联网+"大学生创新创业大赛金奖,这是中国传媒大学有史以来的最好成绩,也是今年北京市"青年红色筑梦之旅"赛道的最好成绩!决赛颁奖典礼这一天,恰好是10月15日,第36个国际盲人节。

颁奖典礼上,音响里传来"光明影院"4个字,国歌响起,身后传来稚嫩的童声,团队成员忍不住热泪盈眶,自豪与骄傲油然而生。站在领奖台上的他们,让全球五大洲124个国家和地区、4093所院校的457万名大学生、109万支参赛团队认识了"光明影

2019年10月15日,"光明影院"团队荣获第5届中国"互联网+"大学生创新创业大赛金奖

院";他们意识到,要让"光明影院"去到更远的地方,让全国的视障朋友们都能看到更好的无障碍电影,真正实现"平等、参与、共享",这是数百名"光明影院"志愿者的初心使命。风华正茂的年轻学子们,唯有躬身前行,责无旁贷。

(六)全国覆盖:31省联动放映,我们成功了

20省联动放映还不够,继续扩大覆盖,争取实现全国联动!

这是2021年"光明影院"定下的年度小目标。回想两年前,志愿者们从0到1与各省建立联系,已经实现了全国大部分省区

市的无障碍电影覆盖,但是在1700多万视障群体这个数字下,"光明影院"还需要继续努力。那么如何进一步扩大覆盖呢? 这项任务交给了刚刚加入"光明影院"不久的志愿者们。

2021年12月3日是第30个国际残疾人日。每年的这一天,"光明影院"都会与各地盲协、盲校合作,组织无障碍电影联动公益放映活动。刚刚加入"光明影院"的志愿者们,即将迎来他们的第一项工作任务——协助举办"致敬中国共产党成立100周年 无障碍电影全国联动公益放映活动"。能否完成本年度全国放映小目标,压力传递到了他们肩上。

11月,北京的冬天到来了,冷空气不断袭来,但志愿者们的热情不会被这寒风吹散。此刻,放映组的同学们正在工作室里如火如荼地讨论着接下来的全国联映活动。

"我认为我们可以根据不同省份的特点制定不同的放映方案!"

"不行,既然要全国联动,保证形式统一比较好。"

"我觉得有几个省份需要重点关注……这几个我们可以线下协同协助。"

面对这场大活动,新来的志愿者们有很多想法和创意。

很快,大家的讨论被师姐朱雯琪打断了。作为"光明影院"的老成员,朱雯琪听到师弟师妹们有趣的想法感到非常欣慰,但今年的情况比较特殊。

"今年受疫情影响，这次活动我们不能参与线下放映了，只能远程协助各省份组织。同时为了保证放映的质量，大家必须和各省对接人保持密切联系，及时反馈进度！"朱雯琪打开电脑，准备分配对接任务。

听到这个消息大家感到有些失落，本以为有机会参与无障碍电影的线下放映活动，期待着与视障朋友们的见面，可是计划却赶不上变化。现在要通过远程的方式与全国各地盲协、盲校等组织建立联系，还要保证他们能够在12月3日当天同步放映电影，相比20省联动放映，这次任务难度更强，挑战更大。

但他们没想到的是，更难解决的问题还在后头。

接到任务不到3天，放映组微信群里，沮丧的情绪开始蔓延……

"宁夏疫情停课一段时间了，基本无法组织观影，学校暂时也进不了……"

"天津也不太积极，我努力推进一下。"

"河南的对接人换了，对工作不大清楚，需要一点时间。"

"湖南因为疫情暂时无法举办室内活动了，青海现在也没回我……"

志愿者们在对接过程中遇到了不同程度的问题，大部分都是由于疫情原因无法组织放映。刚刚加入放映组的志愿者黄可怡也是其中一员，她所对接的江西省和安徽省也遇到了同样的问题。

黄可怡是2021年保研到中国传媒大学电视学院的硕士研究生，本科学习播音主持的她，用话筒征服了一个又一个发光的舞台，获得过江苏省大学生艺术展演一等奖、中华经典诵读大赛特等奖等多项荣誉。这个小姑娘也不简单，不仅在舞台上能站稳脚跟，在幕后也乐于默默奉献。这一次与安徽的对接，便是她加入"光明影院"活动后接下的第一个"硬任务"。

在和安徽省初步对接时，盲协的李主席非常愿意组织此次观影活动，他还特意邀请到了当地企业一起协同策划，他说："我的个人观点是，尽可能让社会企业有机会了解和帮助盲人，而不仅仅在残联内部。"为了能够顺利举办此次活动，李主席已经和企业及视障朋友们沟通完毕，大家都非常期待能够看到今年的新电影。

正当黄可怡为顺利的对接过程感到欣喜时，没过两天，李主席给她发了一条长长的消息："小黄，你好！必须告诉你一个不好的消息……简单说就是我现在很难在12月13日之前播放，实在对不起了，我很难过。因为疫情和其他因素的影响，近期实现不了放映了，对不起你们'光明影院'的志愿者朋友了！"李主席在短信中用了多个"对不起"表达自己的歉意，黄可怡在收到这条短信时也感到了无助。

"怎么办？少了安徽这么重要的省份，怎么实现全国联映？"那几天她反复问自己这个问题，感到十分懊恼。这是自己加入"光明影院"接到的第一个任务，关系到"光明影院"覆盖全国的问题，千万不能在自己这一环掉链子！

很快，黄可怡就调整了自己的心态。距离12月3日放映活动还有一周时间，可以再争取一下！

她仔细查询了安徽省疫情防控政策以及当地的疫情情况，发现当地并没有疫情问题，同时电影院、大剧院等公共场所依然在有序开放中，不少企业和组织依然成功举办了一些活动。那为何放映活动无法举办呢？是不是自己沟通没到位，还是自己信息传达不够准确？一直认为自己沟通能力不错的黄可怡决定和李主席再次联系。

"李老师个人其实是非常想办这场放映活动的，只是受客观因素影响，那我不妨为他出出主意，帮他一起策划，把风险降到最低，这样一举两得呀！"黄可怡告诉自己。

她拨通了李主席的电话。

"李老师您好，我是前两天刚和您联系的'光明影院'志愿者黄可怡，收到您的信息我也感到很遗憾，我知道您这边遇到了一些问题，所以这两天我也想了很多办法来帮助您解决它，您不妨看看这样解决是不是比较合适……如果这么处理的话是不是就没有想象中那么复杂了？"黄可怡把这几天想到的解决办法一一告诉了李主席，忐忑地等待着电话另一头的回复。

"好的我了解了，你稍等一下。"李主席很快便挂断了电话。

这态势，感觉不妙……黄可怡原以为自己想的办法能被对方认可，谁知李主席只答复了11个字就挂断了电话，看样子又失败了。

正当她感到忐忑、无措和失落时，当天晚上，黄可怡突然接到了一通来自安徽的电话——是盲协李主席！

她急忙按下了接听键。

"小黄，下午和你聊完后很有启发。我觉得在这个特殊的时间里组织这场活动是非常有必要的，你们今年还辛辛苦苦制作了这么多好电影，大家都非常想看。所以我紧急联系了安庆市特教学校的吕主任，让他在学校组织同学们放映。因为学校一直是封闭式管理，大家在各个班级里同步放映电影，不用耗费很多的人力和物力，不存在太大的疫情防控问题，这很安全，也是给孩子们一个放松的机会，这样是不是很好？"李主席兴奋地告诉黄可怡。

听到这一消息，黄可怡开心得从座椅上跳了起来，太好了！

听到黄可怡的反应，李主席也感到十分欣慰，他也希望"光明影院"的新电影能及时被盲人朋友们看到。他说："我要再争取一下，让我的盲人诊所朋友们都能看到新电影，还要找爱心企业播放。应该感谢你们全体'光明影院'项目的志愿者，因为有了你们，使得我们盲人的生活更有色彩！"

黄可怡的兴奋劲儿还没过去，她对接的江西省也传来了好消息。经过层层审批，江西省能够如期举办放映活动了！

小小的放映厅里坐满了视障朋友，观影期间，他们时而欢笑，时而感动，沉浸在美好的电影世界里。黄可怡看着盲协远程传来的放映视频，不禁湿了眼眶。这段日子的辛苦没有白费，他们的微笑就是给她最大的鼓励。突然，她按下了暂停键，将视频往前倒了5秒，放映现场一个暖心的小细节被黄可怡发现了——江西盲协的吴老师得知今年是"光明影院"成立4周年，在放映厅的门头LED屏上打上了一行字：祝中国传媒大学"光明影院"4周年快乐！视频的最后，吴老师带领全体视障朋友们共同喊出了：我们来自江西九江，祝"光明影院"4周年快乐！

在与海南省三亚市对接时，志愿者解心祥鹭也遇到了相同的问题。大学期间，解心祥鹭担任过学校话剧团副团长，也是学校校史馆的中英双语讲解员，还获过国家公派优秀本科生奖学金赴美交换学习的机会，交换期间任中国学生学者联谊会主席。她把学生时代练就的"本事"用在了"光明影院"的公益推广上。

解心祥鹭与三亚市盲人协会主席黎绍云沟通后，黎主席表示非常支持"光明影院"的放映工作，三亚市广大的盲人朋友们也很期待可以看到"光明影院"的影片。但是在与残联进一步沟通时，因疫情的影响，线下大规模的放映没有被批准，这让志愿者有些失落。黎主席却又主动联系了她，跟她说虽然不能大规模举办线下放映活动，但他可以在盲人按摩院里放映"光明影院"的影片并组织盲人朋友们观看。放映结束后，凌晨1点10分，黎主席给志愿者发来了长长的语音，他说作为盲人朋友的一员，他每次都很期待"光明影院"制作的影片，他和身边的盲人朋友们在收到影片后也会反复聆听，每一部影片都为他们带来了莫大的慰藉。凌晨1点他刚刚下班，但今天却因看到了"光明影院"的新片而焕发光彩，充满动力。

每一个小小的举动与交流，给"光明影院"志愿者们带来的，是巨大的能量。

在大家的真诚沟通和协助下，全国各地纷纷顺利开展了放映活动，这一次，"光明影院"终于实现了31个省区市和澳门特别行政区联动放映。

未来，"光明影院"会一直在路上，与社会各界爱心人士同行，与全国1700余万视障人士同在。

二、与盲人成为朋友：我的世界有你

（一）感知：盲人的世界是什么样的？

"眼前的黑不是黑／你说的白是什么白／人们说的天空蓝／是我记忆中那团白云背后的蓝天……"志愿者蔡雨的耳机里单曲循环着《你是我的眼》，旋律动听，歌词感人，歌手磁性的嗓音里也满含情感。可蔡雨却一直紧皱着眉头，她的脑海中满是电影里一帧帧的画面：残阳的余晖笼罩着大漠，漫天黄沙中，玄奘身着棕色的袈裟，双手合十，口中呢喃着佛法，整个画面显得神圣肃穆。

梵乐和佛语能够被听见，沙漠中独特的壮丽色彩却只能通过口述的方式向视障朋友们讲述。

在制作无障碍电影的初始阶段，这个问题一度深深困扰着制作组的每一个成员。

在《大唐玄奘》这样充满艺术感的电影中，为了表现神圣肃穆又充满异域的风情，大量的镜头主色调由金色与红色交织渲染而成，这些颜色的运用给观影者带来了直接的冲击。可制作无障碍电影时，到底该不该给几乎没有颜色概念的视障朋友们讲述这方面的信息？

蔡雨思索着，她想弄明白，在视障朋友的世界里，颜色对于他们而言究竟是怎样的存在。

在查阅了一些资料后，蔡雨发现，正如歌词里说的那样，视障朋友眼中的世界并不是大家理所当然认为的黑色，如同人们捂住眼睛很久之后，感觉不到任何色彩。

由于制作无障碍电影缺乏可参照的实践经验，对于颜色问题，除了尽量避开描述，当时志愿者还没有找到更好的解决方案。

转机很快出现了。

2019年4月14日，北京国际电影节"光明影院"公益放映结束后,志愿者们在电梯口两侧排成"人墙",指引护送盲校的孩子们坐上回程的大巴。志愿者陈中瑞无意间发现,一位母亲牵着盲童走来,孩子手里紧握着手机,她正侧着耳朵,边往前走边细细听着手机里传出的声音。手机里,正播放着刚刚影院放映电影的录音。小朋友咧着嘴,意犹未尽地听着。"红色是什么颜色?"小朋友突然小声地嘟囔了一句。

志愿者们猛然意识到,未知并不意味着不存在。

盲童们的世界里充满好奇与渴望,帮助孩子们了解世界,不正是志愿者一直想做的吗?

蔡雨和志愿者团队再一次对颜色的描述开始了讨论和探索。他们想起了"通感"这一文学手法,开始选择将颜色和体感、触感结合起来。红色,是火一样的炽热,温暖而壮丽;蓝色,是水一般的通透,纯净中带着凉意;绿色,是春天似的生机盎然……例如在撰写影片《十八洞村》的讲述稿时,志愿者用"绿油油"代替单调的绿色,阳光的色彩则是"暖洋洋"的,这些由颜色带来的感觉可以用语言和声音来传达,让观影者更好地体会电影的画面和主人公的情绪。

2021年9月,蔡雨和其他志愿者伙伴又一次参加了在北京市盲校举行的放映活动,在那里蔡雨见到了盲校学生发展中心副主任茹甜子老师。

"老师好,请问,平时上课的时候怎么跟同学们讲颜色?我们应该怎样去描述色彩呢？"蔡雨认真地询问着老师，想要得到一个更加准确的答案。

出乎意料的是，茹老师笑着告诉志愿者们在讲述过程中不需要有这方面的顾虑，哪怕是先天视障的孩子，他们也可以理解颜色这样的概念。虽然孩子们可能不知道"红"具体是什么颜色，但他的日常用语当中也会使用颜色这样的概念。

志愿者们恍然大悟，同时也觉得有些不可思议，他们在盲校里随机采访了几个小朋友，询问道："你们明白什么是颜色吗？希望哥哥姐姐描述电影里出现的颜色吗？"

"我知道！我知道颜色！花有红色的、黄色的，草是绿色的，树也是绿色的……"孩子们扬着笑脸，七嘴八舌地描述着他们了解的一切。

"用声音传递色彩，用聆听感知艺术，欢迎来到光明影院。"电脑前，蔡雨又开始撰写新的无障碍影片讲述稿。现在，她没有再去规避颜色的描述，或者是形状大小的描述，只是在正常解说画面的同时，注意用视障朋友能理解的、比较具象的概念与颜色的描述结合在一起，这样哪怕他们不能理解某种颜色，也能够对这个颜色有一种情感层面的概念。

很多时候，在没有充分接触和了解视障人群的情况下，普通人总是对他们有着太多的固有印象，也会小心翼翼地避开描述那些他们难以通过看来认知的事物。其实，即便是孩子，也会有相对完整的视觉体系的认知。只有真正走入他们的生活，真正和他们深入地沟通，真正从他们的角度思考无障碍电影的制作，在这个过程中才能认识到他们的世界究竟是什么样的。

当然，有些理解是从打破刻板印象开始的，而有些改变是在换位思考下出现的。

录音棚里，志愿者胡函博正在录制无障碍电影《歼十出击》。

"函博你等一下——"

他的耳机里突然传来外面监听的师姐的声音，"这个地方太空了，信息量不够。"

"这个人物出场没有交代，视障朋友们反应不过来。""这个镜头画面是有一定寓意的，是不是应该讲述一下。"……

随着志愿者伙伴一声声的打断，胡函博沉默地坐在话筒前。

作为一个汉语言文学专业的毕业生，胡函博对自己的写作能力非常自信。加入制作组后，面对无障碍电影的撰稿任务，他想得很简单，不就是把电影画面用文字表述一下嘛。撰写《歼十出击》讲述稿的过程非常顺利，他几乎不假思索，在电脑前洋洋洒洒敲下大段大段文字……

而现在，坐在话筒前的他，心里憋着气，脑海中开始了自我怀疑：一个会播音的中文系学生，一个理论上适合"光明影院"项目的人，在无障碍电影讲述这条路上，似乎寸步难行……

胡函博申请停止了这次录音。看着自己撰写的讲述稿，他想起了在播音创作理论当中,要有"对象感"这一概念,即想象自己与受众在面对面地交流,知道受众的所思所想,而获得"对象感"最为有效的方法,便是先把自己想象成目标受众。

于是他闭上双眼,在寝室楼梯上扶着扶手一级一级试着往下走。在迈出第一步的时候,黑暗和不安瞬间从四面八方向他袭来,把着扶手的双手不由得握得更紧了一些,一只脚悬在半空中摸索着往下迈,慢慢地,小心翼翼地……熟悉的楼道在脑海中瞬间变成了空白的画面,只有3层楼的楼梯,而他足足走了超过3分钟。

胡函博猛然意识到,明明是同一个世界,睁开眼睛,闭上眼睛,就变成了几乎割裂开的两个世界,而这两个世界,需要一座连接的桥梁。"光明影院"不正是一座由声音和文字搭建起的桥梁吗?

再次审视自己的稿件,他发现其中充斥着自以为是的"自我表现"和"随心所欲",完全是主观臆想式的创作,总想展现自己所谓的"优美文字"以迎合自己想象中的"朗诵式"配音讲述,仅仅是出于展现自己的目的,完全没有考虑视障朋友们的感受。

"你闭上眼睛,听我讲一下试试!"胡函博冲回寝室,急切地拉住室友。

"听懂了吗?""没听懂。""那好,我们再来一遍,你听听这样讲行不行?"……室友闭着眼睛聆听胡函博的讲述,又一遍遍地和他讨论修改意见。原来,每一个他自认为没有必要描述的画面,或每一个被忽视的细节,都有可能成为视障朋友们理解电影情节的障碍,而任何一个障碍,都可能破坏整个故事的叙事。

这次录音和撰稿的经历,带给胡函博的,不仅仅是找到了播音中的"对象感",抓住了制作无障碍电影的技巧,更重要的是在这个过程中,他学到了一种理解和换位的心态。

像这样的故事还有很多,无障碍电影的制作教会了志愿者们发现自己身上的盲点,这些盲点让他们曾有太多的"理所当然",太多的"习以为常",固化了志愿者们制作无障碍电影的视角,也忽略了黑暗世界里视障者的体验和摸索。

你的世界是什么样的?

每一位走进"光明影院"的志愿者经历着不同的改变,收获着心灵的成长。他们从一个"你真的了解他们的世界吗"这样的问题开始,用心体会盲人朋友的世界,用爱制作一部部无障碍电影,换位感受视障观众的各种诉求,从而明白一位"光明影院"志愿者身上不仅承载了荣誉和期待,也背负着使命和责任。

(二)相知:特别但不特殊的朋友

2018年5月20日,"光明影院"活动启动,邀请50多位视障人士到北京东城区广外南里社区文化站观看无障碍版《战狼2》。

志愿者王佳敬和其他志愿者一起,负责从公交车站接待前来观影的视障人士，把他们带到观影厅。她早早地来到了车站等待。

车来了，志愿者们连忙赶上前寻找自己负责对接的视障观众。王佳敬把手伸过去引导方向的时候，那名观众本能一惊。王佳敬急忙向他解释："我是这次活动的志愿者，现在带您去观影厅。"他这才放心地把手交给她。

这是王佳敬第一次牵手视障观众，生怕出任何闪失。

"您慢点儿，小心脚下，前面我们要右转了……"王佳敬一路上小心翼翼，那名观众一声不吭，只是跟着她向前走，但王佳敬明显感觉到他的脚步越来越慢，她特意问道："是不是我走得太快了？没事儿，不着急，我们慢慢走。"

"没有没有，你就正常速度走，我在后面跟着你就行。"

渐渐地，两个人从刚开始的并排搀扶，变成了一前一后手挽手，他们走得也更快了。

放映那天的这个小插曲给王佳敬留下了深刻印象。后来她才从其他志愿者那里得知，搀扶其实会给视障朋友带来心理上的不适，而在行走中稍微错开一定距离反而会让他们更有安全感。

我们想当然地以为他们需要的是特殊照顾，殊不知这样会给他们带来更大的心理压力。他们不需要搀扶，或者换句话说，他们需要的从来不是差别对待，而是像正常人一样生活、娱乐，融入社会。

而我们要做的，也许不是搀扶，而是温柔的引导。

2019年4月14日北京国际电影节上,很多视障朋友第一次和家人一起坐在电影院里观看电影《西虹市首富》。放映结束,掌声雷动,在场的每位志愿者都沉浸在放映成功的自豪和感动之中。志愿者杨明也不例外。在给一名盲校的孩子发放套餐时,她开心地对着孩子问道:"电影好看吗?"

在说出这句话的那一瞬间,后悔袭上她的心头。

"完蛋了!小孩子开开心心来玩,我居然还问人家电影好不好看,竟然用'看'这个词,这难道不是戳人痛处,在伤口上撒盐,伤人心吗?真的是太惭愧了!该怎么办啊!"

正在杨明羞愧得无以复加的时候,孩子激动地轻轻跺脚说:"太好看了,姐姐,太好看了。"

一旁的母亲接着说:"太感谢你们了,下次放电影一定还要叫我们。"

看着两张笑脸,杨明如释重负,原来视障朋友们是不会介意"看"这个她自以为用错的动词的。

"我们把他们的内心看得太过脆弱了,其实,内心脆弱的恰恰是我们自己。视障人士其实也能看,只是不像我们一样,我们是用眼睛看,他们是用心看,用一颗澄明的心,感受着电影的光芒,感受着世人的爱。"杨明把这段话写进日志,也把这个小插曲讲给后来的志愿者们听。

像杨明一样,很多志愿者都在放映活动中更多地接触和了解视障朋友，电影拉近了彼此的距离，也让志愿者认识到这个群体虽然特别却不特殊，他们有和常人一样的交流方式，甚至有比常人更加热切的表达欲。

2021年，"光明影院"制作了"百年百部"系列无障碍电影，并于2021年9月23日，通过北京国际电影节放映活动走进北京盲校，为60名盲校学生放映了无障碍电影《攀登者》。电影讲述了1960年中国登山队成功登顶珠穆朗玛峰，完成人类首次从北坡登顶珠峰的故事。志愿者邵嘉琪也坐在了观影席上，全程观看了这部影片。

放映结束，大厅里亮起了灯，孩子们在座位上欢呼着，意犹未尽地互相讨论着电影剧情。

邵嘉琪的身边刚好坐着一个小男孩，她便好奇地问男孩："你有没有看懂这部电影呀？"

孩子点着头，稚嫩的声音里带着兴奋，和这位亲切的大姐姐聊了起来。

邵嘉琪惊讶地发现，这位小朋友不仅记得《攀登者》的剧情和主角配角的名字，连电影中涉及的数字，比如珠峰的海拔高度、含氧量等等，都一字不差地记了下来。一些视力正常的人都不一定能注意到的细节和数字，盲童却能够记得清清楚楚，而且能够准确地复述电影。邵嘉琪不由得佩服孩子细致敏锐的观察力，这次交流也改变了她的看法："视障朋友其实和我们一样，没什么特殊，在专注力方面，甚至比我们更强。"

也是在这次放映活动上，志愿者朱雯琪认识了"周灌饼"。

这位小男孩因为总把一碗粥、一套灌饼当作早餐，所以人送外号"周灌饼"。这个爱吃的小朋友长相可爱，白胖的小脸上总是洋溢着热情的笑容。

放映结束以后，志愿者照例采访盲童们，询问孩子观影后的感受。朱雯琪站在放映厅的舞台上，突然看见座位上的"周灌饼"挥动着胳膊，跺着脚，手舞足蹈的模样看上去很是兴奋。

他想到什么了，怎么高兴得手舞足蹈起来？

朱雯琪走过去好奇地询问。

"我想到了一些红色电影，想到了红色电影里的片段！""周灌饼"的回答让人意外。

朱雯琪平时观看红色电影的时候，也会心潮澎湃，但往往是感动或是崇敬，她很难理解"周灌饼"为什么会一想起红色电影就高兴到手舞足蹈。

经过了解，原来"周灌饼"的爸爸妈妈从他小时候起，就经常让他接触一些红色电影，不管是通过收音机收听，还是带他去电影院听。"周灌饼"一直就特别喜欢红色电影，可以说这是他最初的电影启蒙。朱雯琪告诉他，为了庆祝建党100周年，"光明影院"推出了"百年百部"系列无障碍电影，还做了一份片单。

"等姐姐下次来，就把这个片单里的电影送给你，好不好？"

"那太好了，姐姐我们拉钩，一定要来呀！"男孩扬起笑脸，胖乎乎的小手指弯曲着。朱雯琪也同样伸出了手，伴随着两人开心的笑声，两只手指紧紧地勾在了一起。

善意，是用心感受的，也体现在尊重和平等上。

"我觉得不要因为他们和我们有一些地方不一样，就用不一样的态度对待他们。"视频组组长戚金葆在迎新的时候总会这样叮嘱新加入的每一位成员。

有一件事让他印象特别深刻。有一次放映结束后，戚金葆和一位盲童聊天，盲童突然问道："哥哥你是不是搞摄影的？""你怎么知道？"戚金葆非常诧异。

"我听出来啦！"原来盲童听到了他按快门的声音。

戚金葆又好奇地问道："你也懂摄影吗？""是呀哥哥，我还知道光圈呢！"

在戚金葆之前的认知里，摄影对于那些视力有障碍的人来说，是一件难以接触的事情，所以这位盲童居然了解摄影，熟悉摄影的专业名词，这给了戚金葆极大的震撼："他们和我们没有什么不一样，甚至可能，他们比我们的感知力、感受力更强。"

一次次的接触让志愿者们明白，视障朋友们不是用眼睛而是用心灵去"看"，他们甚至比常人拥有更强的表达欲，乐观而充满了对生活的热爱。我们通常会下意识地将他们看作需要被特殊关照的群体，也怕伤害到他们敏感脆弱的自尊心，其实他们是一群特别但不特殊的朋友。"光明影院"让志愿者们更加了解视障群体，也更加明白平等和尊重的意义。

（三）领悟：可贵的爱是相互的

我们总说，公益是无私奉献，不求回报，但在践行过程中我们同样能够获得来自他人的爱。这种爱，也实实在在地改变着我们对生活的态度，甚至潜移默化地塑造了一个新的自我。

早在大一时，王茂鑫就加入了"光明影院"的放映组。作为一个外向开朗的男生，加入放映组的初衷就是想要发挥自己擅长沟通的社交能力，也想跟随着放映组去大大小小的放映现场看一看。他很快就结识了很多视障朋友。在他的朋友圈列表里，有一个特别的"星标"朋友——江西盲协的孟国鸣主席，用他的话来说，孟主席的故事带着几分传奇色彩。

孟主席并非生来就看不见，而是在30多岁时被"视网膜色素变性"这一疾病彻底夺走了视力。失去光明的打击没有让孟国鸣一蹶不振，也没有让他的世界从此黯淡。孟国鸣依然热爱着生活，他调整心态，主动融入盲人世界，学习盲文阅读、书写及推拿按摩，并取得了江西省人事厅颁发的"盲人按摩医师技术证书"。

2006年下半年，孟国鸣在朋友的推荐下，在办公室和家里的电脑安装了盲人电脑读屏软件，刻苦熟悉和掌握键盘上108个按键的方位及各种功能的组合运用，仅用半年时间，就能用电脑写稿、编辑，在工作手段上实现了质的飞跃。之后，他又学会了用电脑和手机上网，浏览网页，参加论坛，发稿跟帖，等等。

孟主席特别喜欢"光明影院"的无障碍电影，也时常会和王茂鑫分享他这些年创作的文字作品和书画作品。孟主席不仅自己努力学习，也关心着盲人教育，他曾不止一次地询问王茂鑫，他身边一些即将参加高考的视障朋友，有没有途径可以考上中国传媒大学这样的高校，像普通人一样走入大学，接受更好的教育。

随着两个人的熟悉、交流，王茂鑫了解到更多孟国鸣主席的故事，也越来越为之震撼和感动，一股敬意油然而生。生活也许不会偏袒任何人，但生活永远眷顾强者，像孟国鸣主席这样的强者，带给王茂鑫很多的激励和启发。

生活中，外向的王茂鑫是一个有些大大咧咧、粗心毛躁的人，与人相处的时候难免带有自己的一些情绪和性格特征。但是当他通过"光明影院"走近视障朋友，一次又一次在线上线下与视障朋友们直接对话之后，他变得更加温柔和细心了。在跟身边人交往时，也变得愈发体贴和温暖了。

而对于戚金葆这样有些内向腼腆的男生来说，与视障朋友的交流更是一次治愈心灵、改变自己的过程。小戚是河南洛阳人，研究生一入学就申请加入"光明影院"视频组。他酷爱体育活动，足球、羽毛球、悠悠球都是他的最爱也是他的强项。因为性格内向，所以他选择了拍摄、编辑这样的幕后工作，将摄影机当作自己思想与情感的出口。在来到"光明影院"之前，他从来没有近距离接触过视障人群，第一次接触视障朋友是在"光明影院"的放映活动上。作为摄像，他要记录放映过程中这些视障朋友的真实反应，但其实他并不知道该怎么去拍，更不知道自己应该用什么样的方式去跟他们交流。视障朋友看电影的状态，和普通人很不一样，不会非常入神地用眼睛盯着屏幕，而是专心地侧耳倾听，有些时候也会低下头，这让戚金葆非常忐忑，不知该怎么迈出交流的第一步。

在放映的间隙，戚金葆终于鼓足勇气走向了一群视障孩子，尝试着去问他们一个关于电影的问题。令他意外的是，孩子们不仅说话非常温柔，也特别愿意跟他聊天。在交流中，孩子们会主动提出话题。面对这样一群热情又可爱的孩子，他不需要去思考该说什么，也不需要特别在意说话的语气和习惯用语。

和视障朋友们交流之后，戚金葆觉得自己的心被打开了。自己以前想象的重重困难，在面对孩子们的笑脸时，一下子就烟消云散。他第一次体会到，原来自己能和陌生人相处得自然而又开心。

参与"光明影院"一年的志愿服务，戚金葆觉得最大的收获不是在专业技术的提升上，而是自己在面对各种各样的群体时变得更包容了。和视障人群难得的几次交流之后，戚金葆逐渐变得外向，也愿意和大家一起聊天，愿意和大家分享生活里的种种了，这是以前他从未想到过的收获。

2019年5月19日，第29次全国助残日，"光明影院"公益放映活动在北京市朝阳剧场举行。志愿者刘畅带着单反相机来到现场，负责在6号线呼家楼地铁站出口拍摄志愿者们引导视障朋友从地铁站走到放映厅的情景。

天公不作美，飘起了小雨，虽然只是绵绵细雨，也给原本就行动不便的视障朋友增加了出行难度。刘畅护住镜头，有些担忧地看着地铁口。抬眼望去，志愿者们身穿统一的白色T恤，面带微笑，挺直身体站在雨中，等待着迎接他们的朋友。

这时，一位志愿者女孩走进了刘畅的镜头。在接到前来观影的一位奶奶后，女孩主动撑起雨伞为奶奶遮雨，奶奶一边说这小雨不碍事儿，一边热情地往志愿者的方向推了推雨伞。志愿者执意为奶奶打伞，奶奶边感谢边拒绝。于是女孩收起了雨伞，陪奶奶一同淋雨，但另一只手臂又偷偷举起，弯曲着用手掌遮盖在奶奶的头顶，悄悄地继续为奶奶挡雨，另一只手稳稳地挽着奶奶前行。

志愿者和奶奶相互为对方着想，志愿者又在奶奶看不见的地方默默举起"小小的伞"，站在远处旁观的刘畅感觉心里一阵暖。刘畅举起相机，拍下了两人紧紧挨着慢慢前行的背影。

每每看到这张相片，刘畅总能立刻回忆起当时的温暖。这温暖来自女孩，也来自同样关心着志愿者的盲人奶奶。

在志愿者蔡雨的眼里，志愿者和视障朋友之间，是一次彼此成全的相遇。

2019年10月15日，一年一度的国际盲人节。"光明影院"无障碍电影《开国大典》164分钟的放映活动结束后，蔡雨采访了一个叫李李（化名）的小女孩。这个初中生穿着深蓝色的校服，梳着短马尾，个子很高，脸上带着腼腆的笑容。

蔡雨问她："你喜欢看哥哥姐姐们制作的无障碍电影吗？"李李迫不及待地回答："喜欢，我已经看了十几部了，但是还想看更多的，就怕你们之后不来了……"她的声音突然降了下来，期待着，又怕期待落空，"姐姐，你们还会来么？上次你们来，我就没赶上……"

一瞬间，蔡雨的喉咙像被堵住了，心里酸酸涩涩的。

在后面的交流中，无论蔡雨问她什么，女孩的回答一定会急迫地加上一句"谢谢，谢谢哥哥姐姐！"蔡雨问了她几个问题，她就重复了几次。

这种感觉让蔡雨下意识地想去保护她，又不希望她察觉自己曾把她想得很脆弱。

采访结束，蔡雨扶着她从椅子上起身，往教室外走。突然，李李抓住了蔡雨的胳膊，扭过头问道："姐姐，你是不是感冒了？感觉你的声音和之前听你讲电影时的不一样。"刹那间，蔡雨哽住了，不知该如何接话。

"姐姐，你真的没有不舒服么？姐姐也早点儿回去休息吧。"她停下脚步，似乎想确认姐姐真的没事。蔡雨忙说："没有没有。"又怕她继续追问，改了口，"就一点儿小感冒，没事的。"

也是从那一刻，蔡雨再次认识到："我们之前一直都觉得自己是在为视障朋友们做些什么，我们通过公益服务在照顾和关注这个群体，但实际上他们也在默默地关心着我们。我们的爱没有差别，不分多少；我们的心同样温暖，同样炽热。"

这件事让蔡雨更深刻地理解了什么是"同理心"，从此之后，在她的思维模式里，不会再从"我们"和"他们"的角度出发，她真诚地希望未来社会上的所有群体可以真正地彼此关爱，不再有"我们"和"他们"的分别。

三、志愿者服务手册：公益是怎样炼成的

2018年冬天，"光明影院"志愿者团队接到任务：2019年4月14日，在北京西单大悦城首都电影院，邀请200余位视障朋友，观看无障碍电影。

对于普通人而言，走进电影院观看电影是一件很平常的事情，而对于视力障碍的人群而言，走进电影院曾经是他们无法企及的梦想。在观影活动中，要保障视障朋友们的安全，保证活动的顺

利进行,就必须严格制定活动流程,培训活动志愿者,才能使活动万无一失。这给"光明影院"志愿者王海龙和团队成员们带来了极大的压力。

"这该如何是好? 如何能够保证活动顺利进行呢?"

"要想保证活动顺利进行,我们就必须建立专班小组,编写工作手册,统筹本次放映活动。"活动筹备会上,"光明影院"指导教师赵淑萍老师对团队成员提出解决方案,同学们顿时有了新的方向。

王海龙作为当时"光明影院"学生团队的负责人,对每一位志愿者同学的能力、性格都十分了解。他迅速召集了几名有经验的同学,将活动基本情况、要求、难点告知他们,一起讨论活动执行方案和具体流程。

"我们首先要了解放映现场的路线和环境,才能够详细制定活动计划。"志愿者李超鹏首先提出想法,他认为,大家应当首先去放映活动现场,进行实地勘探。

"我们需要将全部的物料准备好,电影硬盘、赠予物料、背签,还需要制作指示牌!"志愿者陈红提出了她的想法,物料的准备也是保证活动顺利进行的重要部分。

李超鹏接话道:"除了勘景、物料,我们也需要给志愿者同学们进行培训,这样才能让大家都做到心中有数!"

在大家三言两语的讨论中,"光明影院"放映组初步成立,具体的工作内容也逐渐明确，那就是负责活动的策划、统筹以及物料准备。

"我认为，我们的这些内容都需要落实在纸面上，写成工作手册，不仅能在这次活动中使用，以后的活动也可以继续使用和参考！"王海龙从项目长远的角度提出了这一倡议，大家立刻响应，开始着手工作。

第二天，王海龙带领团队成员前往北京西单大悦城首都电影院进行现场勘探，不料现场的环境却让他们心里直打退堂鼓。

首都电影院虽然地理位置很好，但是西单大悦城南北门的道路都非常狭窄，且门口不能长时间停车。北京市盲校的学生只能周日上午来观影，而周日上午的西单大悦城人流量很大，首都电影院的场次也很多，电影院内的观众也会给放映带来不确定因素。能不能换个时间，或者换个电影院？不行，时间已定，影院也都需要事先协调，更换已不可能。活动必须照办，有任何困难都必须克服！

首都电影院的经理看出了他们的为难，说："我们可以为你们提供最大的帮助。我们可以请西单大悦城在当天协调出3部电梯，专门用于盲人观众进出影院。同时，可以错开电影院的场次，保证盲人进场和退场的时候，影院内的其他观众尽量少。而且我们的党员职工还可以在当天做志愿者，专门负责专梯运行和现场秩序的维护。"

影院的积极配合让志愿者十分感动，他们对这个有着70年历史的影院的公益心与服务意识充满敬意，对首都电影院工作同志表达了由衷的感谢。

在现场，志愿者们一直在考虑，盲人从哪里下车最方便？从电梯出来到影厅一共有多少米？每隔几米需要志愿者维持秩序？一路上有多少拐角、多少个障碍物？考虑得越细致，现场问题就越少。他们把所有能够想到的问题尽量排查，甚至还做了突发事件的应急预案，虽然这份应急预案后来并没有派上用场。

回到学校后，志愿者们开始了紧张的筹备工作。中国传媒大学电视学院60多名学生报名参加志愿服务，他们被分成了不同的小组，分别负责大巴车、影厅内外的维护秩序以及现场放映等工作。为了让所有环节能够有序运行，放映组志愿者花了两个星期做出了20多页的秩序册。秩序册上密密麻麻地画着各种图形和表格，每个学生都有编号，每个编号对应着相应的岗位。他们开玩笑地说："这个秩序册就像是一个计算机程序，我们编写一个完备的程序，等到当天，只需要按下开始键，程序就可以平稳地运行。"

除了编好一个"程序"，培训也很重要。在电视学院的217教室和首都电影院，放映组对志愿者同学分别进行了4次培训，让每一名志愿者熟悉流程、路线、场地。在此期间，赵淑萍老师到培训现场为大家加油打气:"大家不必害怕,不用紧张,不会有问题的。"但事后她也说:"当时,是有很多担忧。但我们团队很给力,所以很有信心。"

那段时间,团队成员每天都在熟悉活动的程序,一旦想到还有疏漏,就会互相提醒,撰写解决方案。

活动前一天,2019年4月13日,北京下起了淅淅沥沥的小雨。所有志愿者来到首都电影院,把活动路径又完完整整地走了一遍。从下车点到电梯,从商场到影院,从放映厅到厕所,里里外外,上上下下,全部过了一遍。一切安排妥当,就等第二天的到来。可是当王海龙走出商场,望着眼前的雨滴时,不由得担心,明天若还是这般天气,那会给盲人朋友的出行带来多大的不便呀。身旁北京歌华有线的协调老师安慰道:"不用怕。盲校的老师跟我说过,每次盲校的孩子参加公益活动,天公都会作美。做好事的时候,上天也会帮忙的。放心吧!"王海龙点了点头,心想:待会儿要提醒每位志愿者都带把伞,提醒大家一定注意安全……

在焦虑和期待中,2019年4月14日如期而至。

当天,王海龙带着对讲机在放映厅的前排一边和主持人、嘉宾对接活动流程,一边听着对讲机里影厅外的情况。

"大家注意! 盲校的第1辆大巴车到了。"对讲机里传来提示声。

他有些紧张，车停在哪里了？志愿者有没有到位？商场门口客人多不多？电梯准备好了吗？

过了几分钟，对讲机里又传出声音："他们到了，已经走上了电梯。"短短的几十秒变得格外漫长。"怎么还不来？"终于，他看到一位观众走进了影厅，出现在视野里。在志愿者的引导下，盲人朋友排成一列纵队，有序地在指定位置落座。对讲机里传来声音："第1辆车的观众已经落座。"他的心稍微放下了，还好，没有什么突发状况。

紧接着对讲机里不断传出声音："第2辆车的观众来了"，"第2辆车的观众上电梯了"，"第2辆车的观众落座了"……直到所有的观众都有序、平稳、安全地走进电影院，没有出现任何差错。

但大家依旧不敢懈怠。在电影放映期间，每一排座位都有一位志愿者值守，每当视障观众举手示意，志愿者都会上前为他们解决问题，提供服务。直到盲人朋友们全部安全离去并且回到家中、回到学校，王海龙的心才彻底放下来。

回到学校后，王海龙和放映组同学如释重负，他激动地在朋友圈里写道：

160多位观众；

4辆大巴；

4部专梯；

60多名中传师生志愿者；

　　50多名歌华员工志愿者；

　　10多名影院员工；

　　2个无障碍通道；

　　118分钟电影放映；

　　60部无障碍电影；

　　100多名师生参与创作；

　　……

　　这是第9届北京国际电影节"光明影院"公益放映活动。一开始，根本不敢想象的事情，在多方合作下，在大家的努力下，成为现实。

　　荧荧微光，终会照亮整个世界！

　　2019年4月14日，第9届北京国际电影节"光明影院"公益放映活动在首都电影院（西单店）成功举办。这也意味着"光明影院"放映组的建立，以及"光明影院"工作手册的初步制定。

四、线上10省联动放映的挑战

　　2019年是新中国成立70周年，"光明影院"志愿者团队精选了70部电影，制作成无障碍版，送给全国的视障朋友一同欣赏，向祖国献礼。

2019年8月15日，李超鹏接到任务：10月15日，"光明影院"联合10个省市区举办线上联动放映活动，让全国的视障朋友共享文化成果。这个任务对他而言，是个不小的挑战。

在此之前，"光明影院"的数十次放映活动都在线下举办，志愿者能够与承办方当面进行沟通，也能够到现场，确保活动的顺利进行。而线上放映活动则更加考验志愿者们的沟通交际能力、统筹能力，需要志愿者在短时间内联系各地残联、盲协、盲校等机构，建立联系，取得信任，达成合作，顺利举办放映活动。这对他们而言意味着更大的难度。

接到任务后，李超鹏立刻召集组员冯雪、郑晓伟、叶宇琦、舒柳柳等人讨论活动事宜。

"我们首先要确认之前跟哪些省份有过合作，这样好联系一些。"李超鹏提出。"浙江、青海、山东、四川、内蒙古。这些都是我们之前有过合作放映的地区，他们应该愿意配合我们的工作！"舒柳柳第一个说。

"除这些省份以外，我们可以先联系自己家乡的盲协，这样比较容易建立信任感，促进我们工作的完成！"郑晓伟当过学生会主席，在这方面有一定经验。"我觉得我们还需要多联系一些，万一有些地方临时无法举办，我们能够随机应变。"冯雪补充道。

在热烈的讨论中，放映组的同学们开启了本次活动的筹备和联系工作。

然而，事情没有想象中那么简单。

第二天，冯雪火急火燎地来到工作室，向李超鹏"哭诉"道："昨天我给地方盲协打电话时，他们严词拒绝了合作，一点都不相信我们，也完全不搭理我们，这该怎么办呢？"话音刚落，舒柳柳也垂头丧气地来到工作室："我给好几个地方打了电话，都把我们当成骗子，一点都不相信我们！有的加了微信，说完之后就不回复我们了！"

看到大家失落的样子，李超鹏也陷入了沉思，究竟是哪个步骤做得不对，为什么大家不愿意相信我们呢？我们的活动又该如何推进下去呢？就在这时，郑晓伟打来了电话："对方需要我们的详细资料，文字、图片、视频，以及详细的操作方案。"

这时他们才想到，之前举办放映活动都是志愿者主导、承办方配合，而这次需要承办方自主举办，如果不提供较为详细的操作方案，他们一时也摸不着头脑，无法推进放映活动。而且，如果没有给他们详细的项目资料，他们是无法相信志愿者的，更无法建立信任与联系。有了思路，他们立刻拿出电脑开始准备项目资料，讨论沟通内容，改进放映手册，刚才的消沉一扫而光。

不知不觉到了晚上9点，工作室要关门了，大家决定前往学校周边的自习室继续工作。

功夫不负有心人。经过一天一夜的准备,他们梳理出整整10页的项目资料,并配有图片,郑晓伟还将"光明影院"视频资料制作成了宣传短片。同时,他们根据此前的线下放映活动,梳理、归纳、总结、编写成一本20页的放映手册,里面包含了活动前期准备工作事宜、中期放映流程、后期总结工作等内容,各地工作人员只须依手册,便可以顺利举办活动。

有了充足的准备,大家的心里有了底气,也更有信心完成此次任务了。

3天后,冯雪哽咽着在群里发来语音:"天哪！他们终于同意了！我都要哭了！"激动的心情简直无法用语言表达。

不出所料,当天,大家都收到了各地的反馈,山东、青海、新疆、四川、湖南,都同意与"光明影院"一起举办这次联动放映活动,并向项目组表达了谢意,希望能够建立长期的合作关系,为当地视障朋友送去更多的无障碍电影。5天后,北京、广东、贵州、浙江、湖北、海南也表达了合作意向,李超鹏心里终于松了一口气。

达成合作意向后,活动进入到具体的操作阶段。大家依旧不敢懈怠,更大的挑战还在后面。

影片邮寄、活动流程确认、各地志愿者培训、现场图文收集等工作还需要放映组同学实时跟进,工作量十分庞大。同时,每位志愿者还有学业压力,要上课、完成作业,他们只能利用午休、晚上的课余时间工作。那段时间，很多同学看到灰头土脸的志愿者们，都不太了解他们在做的事情。只有他们自己知道，他们不是为了回报，而是为了心中的信念与梦想。

经过一个月的准备，10月15日，第36个国际盲人节到了。北京、山东、青海、新疆、四川、广东、湖南、贵州、浙江、海南、湖北，共11个省区市，同时举行"光明影院"联动公益放映活动。全国近万名视障人士在同一时间、不同城市，共同欣赏由"光明影院"团队制作的无障碍电影《开国大典》，向新中国成立70周年献礼。

活动当天，志愿者们集中在工作室里，时刻与各地工作人员对接、联系，远程处理现场问题，精神高度紧张。

"工作人员和我说，视障朋友们已经陆续走进放映厅了！""我这边还在前期准备工作中，他们电脑出了一些问题，还在调试。""负责人特别高兴，很早就起来开始准备了。""好激动啊，一个月的准备，今天终于要举办了！"志愿者们不断表达着他们的激动。

此时，李超鹏心中的石头终于落了下来，他看着团队成员激动的样子，泪水在眼眶里不停地打转。是啊，每次活动都十分不容易，别人只能看到活动现场的状况，却无法知道每一次活动背后，有多少志愿者、工作人员在精心准备与辛苦付出。

活动结束后，各地盲协都发来了反馈。

湖北，50余名视障人士前往位于武昌区水果湖街青鱼嘴社区残疾人"阳光家园"的放映点，一同欣赏了无障碍影片《开国大典》。同时，湖北省还利用长江云客户端开展了线上的宣传放映活动，同步滚动播放该片，使全省的视障人士共享文化繁荣成果。视障人士孟仁先通过长江云客户端点播了无障碍电影《开国大典》，他表示："'光明影院'团队制作的无障碍电影，让很多视障人士以前想都不敢想的事情成为现实了。"

山东，"国际盲人节公益电影展映活动"启动仪式在泰安市特殊教育中心举行。作为当天活动的观众之一，经营了18年盲人按摩店的盲人朋友范瑞法（化名）说："这大大丰富了我们的文化生活，对我们来说是很大的福利，也是社会对我们的照顾。"

四川，盲协负责人彭凯介绍了活动细节，来自南充市的视障朋友青钰在观看电影时，脸上的表情会随着电影跌宕的情节不断变化，她时而眉头紧皱，时而喜笑颜开。在她看来，盲人也能走进电影院是一件无法想象的事情，但"光明影院"却做到了，这对于向往丰富精神生活的她来说，意义重大。

海南，第一次走进电影院的三亚市盲人协会主席黎绍云表示，虽然自己看不见，但是通过"光明影院"的讲述，他看到了祖国的发展变化。同样第一次走进电影院看电影的视障人士钟明达说："只有祖国强大，我们视障人士才能得到更多社会关爱，才能走进电影院，拥有如此精彩的文化生活。"

....

当李超鹏和团队成员收到各地反馈时,他们心里悬着的石头才真正落地。大家在工作室里击掌欢呼,又感动落泪。这些视障朋友们的反馈看似简短,但对于他们而言,却十分珍贵。一个月的时间,从接到任务时的热情到遭遇拒绝后的丧气,再到重整旗鼓后的期待,以及活动完成时的感动,这份经历对于他们每个人而言都是十分宝贵的。

"其实,我不图什么,我就希望能够用自己的一点力量帮助别人。"活动结束当晚,冯雪在朋友圈写下了这句话。

在这次活动后,"光明影院"放映组与推广手册初步确立,为后来的放映与推广活动打下了坚实的基础。

第九章　领航："光明影院"中的指导教师

一、老师们提议，为盲人朋友做点事

2017年12月17日，在中国传媒大学电视学院的2层会议室中，中国传媒大学电视学院肖泓院长提到，"咱们能不能把现成的电影资源利用起来，做一个专门给盲人听的电影？"这个想法引发了大家的热烈讨论。

"对于盲人而言，他们主要靠听来了解这个世界，在现在这样一个视听传播发展迅速的时代，如何通过视听产品来满足盲人的精神文化需求？"

"在这方面社会的力量一直比较欠缺，我们可以作为切入点，为盲人朋友做点事。"

"我们可以联动学校和社会的力量，共同推进这件事！"

说做就做！在老师们的带动下，一项以"光明影院"命名的无障碍电影公益项目启动了。起初的"光明影院",规模不大,团队成员不多,但它仿佛有一股神奇的力量,能够把所有人团结在一起。每个人都尽全部所能来为项目贡献力量,一心扑在这一件事上。

"完全是摸着石头过河",陈欣钢老师回忆起初创期所面临的艰难,依然难忘"小黑屋子"里的场景。那间电视学院2楼的5平米录音棚,是"光明影院"无障碍电影最初诞生的地方,它见证了团队指导老师带领同学们一起开启这项在当时几乎看不到任何前景的公益项目的过程。

从研讨到录制,从合成到推广,所有指导老师几乎都会参与项目的每一个环节。就连影片最初的讲述稿,肖泓院长也会亲自把关。5平米的空间站着四五位老师,大家一起盯着配音的同学,及时解决各个环节上的问题。

最早参加内容研制的王海龙坐在电脑前,在老师们的指导下,一遍又一遍地尝试、修改、调整、录制,探索无障碍电影的制作标准。"小黑屋子"没有窗户,由于担心会录制到杂音,工作期间也不能开空调,一场录制下来,老师和同学们的后背全都被汗水打湿。王海龙和其他几位志愿者干劲十足地说:"从来没有遇到过这样的工作状态,在录制的时候,周围肖泓院长、赵老师、陈老师等好几个老师陪着你跟你一起找问题。"正是老师们带领同学一门心思地扑在这项工作中去,才会有今天的累累硕果。

从最开始5平米"小黑屋子"里的5部，到2018年开始的每年104部无障碍电影，"光明影院"的指导教师们一直都站在志愿者的周围，为中国社会无障碍事业贡献着智慧和力量。

二、师生共创，打造无障碍电影

在"光明影院"团队成员看来，他们的关系不只是师生，更像是在这条道路上并肩战斗的战友。一起在假期留校，一起加班到深夜，工作结束后一起吃盒饭，把录音棚和工作室当成了他们共同的家。从摸索出无障碍电影的制作标准，到不断拓展影片选择的边界，再到将"光明影院"推广到更广阔的社会空间，他们一直在并肩战斗，一起探索如何更好地为无障碍电影的受众群体服务。

作为最早进入项目的成员之一，赵希婧老师的工作内容涉及从录制到审片再到推广的每一个环节。对她来说，录制无障碍电影时的监听工作，不是坐在录音棚里"监工"，而是一个和志愿者共同进行再创作的过程。

录音棚中，赵希婧老师正在监听影片《七十七天》新鲜出炉的无障碍版本。这是一部至今都令她印象深刻的电影。在录制前，赵希婧和志愿者一起查找大量资料，翻阅影评，通过影评对情节

"光明影院"指导教师赵希婧指导无障碍电影录制

进行深度挖掘,再加入自己的判断和理解,在一次又一次的讨论中完善《七十七天》的讲述稿。与此前制作的影片不同,这部讲述旅行途中所思所想的电影十分特殊,如何把想象和冥想的内容准确生动地呈现给视障朋友,是一项难度不小的挑战,需要核查讲述内容,把关声音的情感处理和讲述人的声音状态。赵希婧老师闭上眼睛,尽可能地将自己调整到视障群体接收电影信息时的感官状态,"这里的语气应该再重一些,强调重要信息","老师,是不是加上对角色表情的描写更好一些","内心独白的情感再丰沛一点","这里的细节没注意到,如果我是盲人的话可能看得不明不白的"……一句一句修改,一个镜头一个镜头调整,一帧一帧把关，终于，经过数天的打磨，无障碍电影《七十七天》完成了！为了犒劳大家，赵希婧老师特地给同学们点了奶茶放松一下。"我要杨枝甘露！""我要奥利奥的！""我要仙草奶茶，少糖，还要减肥呢！"在一片欢笑声中，大家的疲惫一扫而光，赵希婧老师开心地说："每次看到同学们点奶茶的样子，才意识到他们还是孩子呢！他们真的很棒！"

要让"光明影院"项目服务到更多的盲人朋友，进一步提升影响力，该怎么做呢？在一次选片会上，有同学提出挑选一些在国际电影节上的获奖作品。国际电影节？这是个好点子！赵淑萍老师连忙给自己在北京国际电影节组委会工作多年的研究生崔岩打电话，问他有没有可能在第9届北京国际电影节组织盲人看一场电影。这一想法立刻得到了北京国际电影节组委会的响应。

2019年4月13日，第9届北京国际电影节开幕。第二天，"光明影院"在北京西单大悦城组织了一次公益放映，地点设置在设施良好、历史悠久的首都电影院。在此之前，"光明影院"仅在社区举行放映，还未组织过大规模的线下活动。如何让160多位视障朋友顺利穿越闹市区、安全到达9楼的电影院，成为老师和志愿者们首先要解决的难题。在赵淑萍老师的记忆里，志愿者们为活动东奔西走的身影仍无比清晰。

为了保证放映当天万无一失，老师和志愿者们反复考察路线,一点点摸清现场的情况,用人力搭建起从停车场到电影院的盲道。从每个定位点负责的志愿者,到志愿者之间如何接手,再到如何引导观众在影院内走动,他们都要细致规划,反复排演。放映前夕,赵淑萍老师来到教室给志愿者们开动员会,走进教室的那一刹那,她既震撼又安心。黑板上、电脑上是已经画好的规划图,志愿者们井井有条地分工培训。赵淑萍老师感受到,"光明影院"的志愿者们真的很了不起,这件事情能够靠同学们来推动落实。回忆起那时的情形,她仍由衷地感叹道:"我就觉得没有问题,我们的志愿者真的很棒,一点儿问题都没有。"

放映当日,老师和志愿者们起了个大早到达活动现场,包装好礼袋,反复确认影片能够正常放映,在所有准备工作完成后,赵淑萍老师和所有人一起翘首期盼着。"第一批观众已接到!"消息传来后,赵淑萍和秦瑜明两位老师一起望向电影院的通道。那是她第一次见到这么多的视障朋友,他们或在家人的搀扶下,或在志愿者的引导下,兴致勃勃、步伐矫健地朝着放映厅走来。秦瑜明老师看到如此感人的场景,急忙从同学手中拿过摄像机,记录下这激动人心的一刻。在北京国际电影节上,有一群视障朋友在"光明影院"的帮助下走进了电影院,看一场专门为他们打造的电影。在那一刻,秦瑜明老师感觉他们离梦想是如此靠近。

西单大悦城电影院展映厅外，一位视障男孩儿拉着妈妈的手在电影院走廊的通道里不停地来回走动，嘴里自言自语："这就是电影院啊，我还要走，我还要再走。"男孩儿一直不肯离去，就这样在贴满海报的电影院走廊里走了一圈又一圈。这一幕被赵淑萍老师看在眼里，她被眼前的场景深深触动了，走上前去陪这对母子一起走了一圈又一圈，告诉男孩儿走廊里的海报都是什么电影、讲了什么故事。小男孩认真地听着，高兴得手舞足蹈，大声说："我都想看，我都想看！""好！我们都做给你看！"赵淑萍老师说。

"光明影院"成功走进北京国际电影节，对赵淑萍老师和为这次放映付出心血的整个团队来说，带来了一种难以用语言表达的幸福感，同时它也是一个意味深长的符号。它象征着在960万平方公里的中国，有这么一群人正在为弱势群体的平等权利努力着。它象征着一个开始，一个美好未来的开端。也是从那时起，赵淑萍老师更加坚定：我们的"光明影院"可以一直延续下去！

三、团队稳扎稳打，公益之举硕果累累

新录音棚建好的那天，陈欣钢老师无比兴奋，他和志愿者王海龙迫不及待地拿上钥匙去见它第一面。专业的器材、漂亮的装修，一切焕然一新。陈欣钢老师和王海龙回忆起4年前，两人和

其他几位老师、同学挤在狭小的"小黑屋子"里，一遍又一遍地修改"光明影院"第一部无障碍电影时的场景，他们相视一笑，过去的一切艰辛变成了当下美好的回忆。"这一下升级得这么好，有点受宠若惊啊！""设备提升，质量也得提升，这不是福利，是压力呀！"陈欣钢老师和王海龙互相逗趣着。在他们心中，新录音棚，不仅标志着无障碍电影制作条件的优化，更承载着"光明影院"在师生共同奋斗下走向规范化、标准化、体系化的希冀。

如今，"光明影院"已经制作出 500 余部无障碍电影。对于一直在指导电影制作的老师们来说，挑战和探索从未停止。2021 年起，在肖泓院长的提议下，指导老师们启动了一项审片工作，对"光明影院"迄今制作的所有无障碍电影进行再次审核，把作品打磨得更加完美。

2022 年的寒假，包括冷爽在内的十几位指导老师都在做这项工作。审看一部完整的无障碍电影，需花费正常时长的两倍时间。

冷爽老师现为学校党政办副主任，当时在电视学院工作时，她被大家称为"忙碌的爽姐"。尽管身兼数职，工作繁多，但这位热心肠的东北姑娘永远记得"光明影院"的审片任务，即使是晚上下班回家之后，她仍见缝插针地抽出时间来审片。按她的话说："咱们要让盲人朋友看上热乎乎的电影，哪个环节都不能耽误。"

家里的小朋友看到她坐在电脑前，戴上耳机，大声说道："妈妈又在审片了。"听到孩子的话,冷爽突然意识到,因为最近繁忙的工作,已经很久没有好好地陪伴孩子了。见小朋友聚精会神地看着电脑里播放的影片,冷爽想到一个好主意,和孩子一起看!"宝贝,妈妈交给你一个任务,你和妈妈一起看这部电影,觉得哪里看不懂、听不明白就告诉妈妈,怎么样?""好呀好呀,妈妈陪我看电影咯!"就这样,"光明影院"迎来了最小的一名志愿者! 当得知这些电影是给视障人群看的时候,冷爽老师的孩子懂事地说:"很多小朋友不能像我一样正常看电影,我帮妈妈提意见,就能帮助更多的小伙伴啦!"看到孩子从小就有这样的公益之心,冷爽感到十分欣慰,也更加有干劲儿了。

在审片过程中,冷爽老师也看到了"光明影院"一步步的成长。从早期影片中仍会出现许多难以被观众理解的专业术语,到越来越自然、流畅的声画衔接,越来越标准化、高质量的无障碍电影,这其中凝结了老师和志愿者们的心血与付出,也映照出他们并肩奋斗的无数个日夜。

这些年来,"光明影院"不仅产出了高质量的无障碍电影,也成功举办了一场又一场公益活动。中国盲协副主席、中国盲文图书馆副馆长何川在"'光明影院'助推社会进步特别活动"中,谈到自己参加"光明影院"活动以来感触颇深的一个细节时说,自己参加"光明影院"活动很久了,这么多年来随着同学们毕业,"光明影院"的志愿者肯定换过不止一批了,但他总觉得身边的志愿者就是同一拨人。"这就说明我们的志愿者服务真是非常标准的,'光明影院'的无障碍电影制作和放映,也是非常标准的。"何川提到的这个细节让同在现场的赵淑萍老师感到十分欣慰。

这个让何川感受始终如一的"标准",整整花费了"光明影院"老师和同学们3年的时间才逐渐成熟和完善。3年前,赵淑萍老师坚持推动建立一套能让"光明影院"高效运转的标准。在"光明影院"的内部,指导教师们把这套标准称之为"手册"。

"文化共享　公益践行——'光明影院'助推社会进步特别活动"现场何川发言

2018年夏天，当项目组决定进行集中创作30部无障碍电影时，赵淑萍老师就开始着手指导"光明影院"志愿者发起人王海龙制作手册。"我当时就跟王海龙讲，你一定要有一个手册，有了手册之后，无论是新加入进来的同学还是以往对此很熟悉的同学，都可以按照这部手册进行规范化操作。"王海龙立刻带领志愿者团队落实这项工作，撰稿、审看、配音、监听、合成，起初的手册有10多页，涵盖了无障碍电影的制作全流程。"这也是我一直在思考的问题，学生总是要毕业的，当我们离开学校，我能为'光明影院'留下什么？"王海龙心想，或许这本手册就是我能送给"光明影院"最好的礼物了。在撰写手册的过程中，过往的一幕幕浮现在王海龙的脑海中，在录音棚的日日夜夜，放映现场盲人朋友们脸上的神情，黑板上梳理的进出场路线图……

到今天，手册已不仅限于制作这一个环节，从项目制片到数字化资料留存，从项目宣传到项目推广，"光明影院"项目团队中的每个小组都针对自身的工作内容撰写了一本工作手册，这样的手册在"光明影院"项目团队几百位志愿者的手中传递、运作和延伸。这不仅是一份工作手册，还是每一位志愿者的"光明回忆录"。

谈到老师们如何在建立"光明影院"实践路径中发挥引领作用时，赵淑萍老师说："几百个志愿者加入，人员不断更新，'光明影院'为什么还能始终如一，不断坚持？我觉得最重要的就是我们的管理模式。在这之中,老师肯定是要起到一个主心骨作用的。"从最早仅有5名志愿者参与"光明影院"项目的制作,到今天有几百位志愿者共同支撑着这个辐射全国的公益项目,作为核心指导教师的赵淑萍老师时时提醒志愿者们要建立一个高效运作的科学机制,与此同时她有着自己作为指导教师的考虑:充分放手,相信学生。"同学们都是有创造力的,他们有管理好自己、管理好项目的能力,很多规律、办法,他们都能在具体的工作中摸索出来,作为老师你就不要去指手画脚,多多去鼓励同学们发挥自己的主观能动性就好。"很多时候,面对"光明影院"项目实践中遇到的具体问题,赵淑萍老师都会选择先问问同学们的看法,让同学们自主提出一些方案,然后再跟同学们一起讨论,一起商量,确定最终的解决办法。

如果将时间倒回到4年前,曾经挤在电视学院2楼5平米"小黑屋子"里的老师和同学们可能不会想到,今天的"光明影院"已经拥有几百位志愿者,今天的"光明影院"已不再是负责制作的几位同学"单打独斗",而是在制片、推广、宣传等各方面都成立了分组,各方面工作得以高效开展。从5平米的"小黑屋子"出发,"光明影院"到今天已制作完成500余部无障碍电影,惠及300多万盲人,这所有成果的取得,都离不开师生志愿者们在追寻光明之路上的上下求索,无问前路。幸运的是,在追光的路途中,始终有电视学院的指导教师们像家长一样在所有志愿者身旁提供指导,默默支持。

四、"每个人都是某个人的光明,你们就是我们的光明"

大学之大,在于大师之大、学问之大。"光明影院"作为国内唯一一个由高校发起的公益传播项目,师生志愿者们目标远不止于此。中国传媒大学作为国内领先的传媒类高等学府,如何体现大学的价值,是"光明影院"的老师们常常思索的问题。

70、100、20……这样几个数字在"光明影院"项目团队的老师和同学们心中时常铭记,对于他们来说,这些数字既指引着全体志愿者奋斗的方向,也正无比清晰地讲述着中国公益的生动故事。

"光明影院"在2019年新中国成立70周年时做了"70年70部",在2020年全面脱贫时做了20部扶贫题材的电影,2021年建党百年的时候做了"百年百部"。提到这些数字时,很多人第一反应可能会觉得这样做是为了和当年的主旋律相契合,然而这些数字的背后有着更为深刻的时代意义和现实意义。老师和学生们始终站在视障人士的角度,想让视障群体和我们一样,有机会感受到时代的脉搏。

"让视障人士参与进来",这短短9个字始终装在项目团队的老师和志愿者心里，激励他们不断向前，让他们一次又一次离开中国传媒大学、离开北京，去往祖国的大地深处，播撒"光明影院"的希望种子。

2019年7月12日，赵淑萍老师和学生带着"光明影院"的无障碍电影来到内蒙古呼和浩特，在那里和内蒙古盲协主席崔健会合，准备前往内蒙古的贫困区武川县大青山。崔健是一位后天盲人，十几岁的时候视力损失，然而这并没有让他对生活丧失信心，曾经感受过光明的他将如何更好地为视障群体服务作为自己的主要工作。这次行程，也是赵老师和学生们第一次和一位视障人士长时间地待在一起，也正是这段经历让赵老师和学生们真正走入了视障人士的生活。"我们一开始刚跟崔健主席会合的时候很惊讶，因为他眼睛几乎是看不见的，然而就是在这样的情况下，他一个人从通辽飞到呼和浩特跟我们一起去大青山。"当天下午，在内蒙古自治区残联的协助下，赵老师和学生们与崔健主席驱车前往距离呼和浩特市55公里的武川县大青山。进入武川县必须走蜿蜒的山路，山的另一侧是稀疏的草原和分散的居民。大巴车在山路上颠簸着，天气一会儿晴，一会儿雨。看到有学生晕车，赵老师将车窗摇下来一条小缝，"透透气吧，"她安慰地说道，"高山阻隔了居民与外界的联系，更别说是视障人士了，这也正是我们来到这里的意义！"到达大青山后，大家来到高利利、张一兵、刘利君三位视障人士的家中，对生活在贫困山区的视障人士来说，把无障碍电影送到他们家中,更体现出对他们的关怀和服务。

当把无障碍电影的硬盘交到视障人士手中,并教他们如何使用和观看时,赵老师真正意识到:"如果不跟他们接触,不跟他们说话,不跟他们打交道,不跟他们在一起共事,你永远不会了解他们。"武川县有着全国著名的革命老区"大青山抗日根据地",这份红色精神也一直感染着这片土地上的人民。20岁时,张一兵因视网膜病变致盲,当赵老师问到是什么精神和力量支撑他度过那段艰苦岁月时,张一兵坚定地回答道:"革命精神。"短短4个字,深深地震撼了赵老师和学生们。大家后来了解到,张一兵的女儿在他的影响下,考上了大学,为他们小小的家点燃了光明,带来了希望。

2019年7月12日,"光明影院"指导教师赵淑萍教授带领团队将无障碍电影送到内蒙古大青山视障人士家中

这次前往内蒙古的经历也让赵老师和学生们更加坚定了推广"光明影院"的决心。"有了作品，如果摆在那，束之高阁，那不等于没有用吗？"在赵淑萍老师看来，推广最大的价值就是服务，推广意味着如何在国家无障碍事业的建设中贡献"光明影院"的力量，推广的过程就是在培养学生服务视障群体、服务国家、助推社会进步的意识。"我们服务盲人群体，是一种社会责任，对于同学来说，这种服务就是培养家国意识。"

在"光明影院"公益宣传片《爱是一道光》的拍摄中，有一句话深深触动了"光明影院"的指导教师秦瑜明，那就是："每个人都是某个人的光明，你们就是我们的光明。"从1991年至今，秦瑜明老师在电视学院度过了30年的时光。在他看来，电视学院的氛围是"不断地去追求"，追求培养有社会责任感的视听人才，追求推动视听事业的发展，更追求如何使专业更好地为社会发展服务。"光明影院"便是在这样的氛围中诞生的。爱是一道光，它不仅照亮了视障朋友的世界，而且在真诚的付出与交互中，彼此照亮，一起给社会带去更多的光明，这便是"光明影院"最简单的价值追求。

2021年10月，全国人大常委会批准《关于为盲人、视力障碍者或其他印刷品阅读障碍者获得已出版作品提供便利的马拉喀什条约》。在条约落地前，电视学院承担了部分前期工作，以"光明影院"的实践为基础，从高校和科研的角度开展调研。能够参与到推动国家残疾人相关公益事业中，让"光明影院"成为全球范围内人权服务发展的正面样本，团队所有人都感到十分荣幸。陈欣钢老师带领研究生团队一同前往全国各地开展调研，向盲校发放问卷，对"光明影院"的受众开展产品效果调查，又前往苏州、上海的盲人学校了解当地无障碍电影的实践情况，与影视公司就电影版权问题进行交流，直到8月底，完成了这项艰巨又光荣的调研工作。

2022年5月，《马拉喀什条约》对我国正式生效，9月，中宣部和中残联主办了《马拉喀什条约》落地实施推进会。这也意味着，视障群体权益保障和无障碍文化服务事业有了更广阔的发展空间。陈欣钢想起肖泓院长曾说过的一句话："我希望到某个时候我们不再需要做'光明影院'，不需要做无障碍电影，因为这样就意味着已经有更多的人或者有足够的保障来保证残疾人有足够的文化产品了。"在越来越多的社会保障和支持下，残疾人群体必将拥有更多的文化产品。

如今，"光明影院"的第一批志愿者已经离开校园，走入传媒领域的不同岗位，开启了下一阶段的人生旅程。而电视学院1楼的录音棚里，还有源源不断的新鲜血液在注入。无论年岁如何更迭，这里永远活跃着一群深耕专业、热心公益的教师志愿者队伍。在他们的带领下，"光明影院"的故事一直继续，"光明"的火炬代代相传，那份为公益事业贡献力量的赤诚和热忱之心，永远滚烫。

第十章　相遇：彼此的光明

2019年，国际大学生影展"半夏的纪念"影像盛典现场。

"半夏的纪念"颁奖晚会致力于强调和鼓舞青年影像工作者的社会责任，而本届晚会关注的焦点，是无障碍传播。

"光明影院"的志愿者们，也十分荣幸地受到了晚会的邀请。这一次，他们将与一位新朋友一起上台。

"我们经常从一个想要帮助别人的心开始，往往到最后，发觉自己也受到了很大的帮助。"主持人阿雅开启了典礼的新流程，"因为在这个过程当中，自己的内心也跟着丰富了起来。"说到这儿，阿雅微笑着看向了舞台侧面的候场区。

观众席，各国的青年影像工作者们，跟随主持人的视线，都将注意力转移到了舞台侧面。

候场区，一位扎着两束麻花辫儿、戴着红领巾的小姑娘，正捧着一个金色的相框笔直地站立着。在她的身旁，是一位身着白色"光明影院"志愿服的女大学生。

"紧张吗?"志愿者姐姐扶着小女孩的手臂问道。

"不紧张!"小女孩面向着舞台,甜甜地笑着。

"其实最大的成就感,就是看到我们的视障朋友能够好好地听一部电影、享受一部电影。接下来,我们要欢迎一位可爱的朋友,她已经听了很多部电影。让我们欢迎——"主持人叫出了她的名字。

掌声雷动,志愿者姐姐搀扶着小女孩缓缓走到台前,在聚光灯下,女孩的笑容,像太阳一样耀眼。

一、起点:觅光的女孩

她的名字,叫孙铭晗。

2006年,山东济南,孔钧顺利产下了一个漂亮乖巧的宝宝,起名为"铭晗"。

"当时怀孕的时候,护士就说,我的小孩会是个非常乖巧的小孩。"孔钧谈到怀孕时的点点滴滴,嘴角不自觉地上扬,"因为每次做B超,她都不太动。医生就开玩笑,说她一直在里边睡觉,将来肯定是个乖小孩。"孔钧说到这,抬头望着远方,眼里闪着光亮。这个小生命从腹中孕育开始,就一直是她的掌上明珠,从未改变。

但是上天，却给这个刚刚诞生到世界的小生命，开了一个天大的玩笑。

在孩子3个多月大的时候，铭晗的爸爸察觉到了一些异样。他注意到女儿好像一直有一点斜视。"开始我以为是她爸爸太多心，但仔细想想还是去检查一下比较好。"夫妻俩商量之后，为了孩子的健康，还是决定带上铭晗去医院检查。

怀着就是带女儿进行一次体检的心态来到医院，孔钧却得到了关于女儿眼睛的残酷真相：先天性黄斑缺损，天生视力只有0.02。先天性黄斑缺损，因为临床病例十分稀少，目前尚没有治愈方法。

"总之就是不敢相信，不敢面对这个事实，她那么听话……"看着怀里这可爱的小生命紧紧盯着远处，努力地识别这个模糊的世界，孔钧的内心痛如刀割。

"这一定是什么地方搞错了！"孔钧不相信这世上会有治不好的病，她毫不犹豫，带着铭晗四处求医，暗暗发誓一定要给女儿一个光明的未来。

从济南到天津，从天津到北京，再从北京到上海……无数个日日夜夜的奔波，她们跑遍了全国几乎所有大城市的几乎所有眼科、儿科大医院，咨询了相关领域内的众多专家。可得到的答复却只有一次次无奈的摇头与如出一辙的诊断结果。一次次的长途跋涉中，乖巧的铭晗都只是静静地躺在母亲怀里，偶尔摇摇头咧嘴笑笑。这个小婴儿并不知道，她眼中的世界本可以更加明亮与多彩。

一张张诊断书，一次次无功而返，一点点消磨着这位年轻妈妈的信心。每每看着自己可爱的女儿，孔钧无论如何都无法接受也不愿相信女儿的病无法医治这个事实，可面对医生们的诊断结果，又无可奈何。

直到铭晗11个月大，孔钧还是没办法接受这个事实。看着亲朋好友的小孩茁壮成长，她心中更是五味杂陈。慢慢地，孔钧开始一头扎进工作中，刻意地转移自己的注意力，从不和朋友们讨论孩子的情况，在一切场合涉及孩子都避而不谈。周围人很长一段时间来对她孩子的情况都一无所知。

孔钧差一点就淹没在了绝望的深渊里。但一次生活中偶然的小事，却像一束小光悄然照亮了她的内心。

一次，孔钧和母亲逛商场时，看到了近期举行婴幼儿爬行比赛的通知，母亲说："咱让铭晗也参加一下呗！孩子多活动活动对长身体有好处！"孔钧内心虽然纠结万分，但看母亲热情的样子便同意了。可报名之后，孔钧心中仍然浮起一丝忧虑："她拿什么和其他小孩比？"一想到铭晗的状况她就没有信心。最终，铭晗姥姥坚持带着孩子在比赛当天来到了商场。

比赛开始，参赛的小孩们在家长的引导下，纷纷努力向前爬行。不一会儿，有的孩子爬累了，就坐在赛道上不动了；有的孩子认不准方向，爬出了赛道；有的开始哇哇大哭。家长们拼命拿玩具逗，举喇叭喊，拍巴掌鼓劲，甚至干脆上前推着孩子走……只有少数几位孩子，在家长的引导下，正一步一步向着终点靠近。而铭晗，正是这几名孩子中的一位。

姥姥在终点奋力地呼唤着外孙女，孔钧只敢站在围观人群中，远远地看着。她的女儿，正安静而乖巧地爬着。她有节奏地弓着身子一步一步向前爬，有时会停下来，仔细分辨姥姥的声音方向，有时咧着嘴傻乎乎地大笑。铭晗不哭也不闹，朝着外婆呼唤自己的方向，不紧不慢地爬到了终点，获得了第2名。

看着母亲把外孙女抱在怀里宠溺地亲着小脸蛋儿，想着刚刚女儿倔强而稳健地爬向终点的样子，孔钧忽然明白了：女儿只是病了，只要好好治疗，好好引导，她还是可以和其他孩子一样的。

她和其他孩子一样，都是正常的、充满希望的、活力四射的天使。

2008年，孔钧辞去了一家大公司财务部经理的职务，开始专心陪伴铭晗进行治疗。西医的路走不通，那就走中医。针灸、按摩、中药，孔钧陪伴着铭晗在家、幼儿园和眼科医院之间来回奔波，她们几乎尝试了所有可能的治疗方法。孔钧回忆，第一次去针灸，看到很多大人都疼得嗷嗷直叫，而铭晗每周需要治疗4到5次。尽管如此，她还是那样，乖巧而安静，从不哭鼻子，她甚至对医生说："只要能把我治好，您扎就是了。"

随着治疗的进行，铭晗一天天长大，孔钧也开始为她上学做准备。她用粗笔在白纸上写大大的汉字让铭晗模模糊糊地认字，用凸起的拼音、数字、字母图片让她去摸、去辨识。渐渐地，小流汇聚成江海，铭晗可以认字了，还能背诵上百首古诗。

铭晗印象最深的，就是李白的《静夜思》："床前明月光，疑是地上霜。举头望明月，低头思故乡。"铭晗背诵着诗，抬头面向远方："要是能看看我长大的家是什么样子的就好了，也真想看看我的故乡山东济南是什么样子……"

二、盲校：另一条道路

"铭晗一定可以和其他孩子一样正常成长的。"孔钧心里的希望之火越燃越旺。转眼之间，4年过去，到了铭晗读小学的年纪。孔钧耐心地教孩子拼音、识字，就是希望哪怕看不清，孩子也可以通过努力和正常孩子一样读书升学。做着这样的打算，孔钧来到了当地小学咨询。

"孩子肯定跟不上其他孩子的进度，应该去盲校。"当地小学的回复，直接浇灭了孔钧最后的希望火苗。

4年的治疗，铭晗的视力没有丝毫好转。不仅如此，有经验的盲校老师告诉孔钧："孩子的视力随着年龄增长还会退化，现在这点儿视力千万不能使用过度，否则孩子可能彻底看不见。"这让身为母亲的孔钧进退两难。多年的努力,仅仅就是希望女儿能够和其他孩子一样上学读书,难道这么简单的愿望都实现不了吗?

孔钧忍痛向铭晗征求意见:"只能上盲校,你能接受吗?"她看着逐渐出落成一个活泼小姑娘的铭晗,话语间带着些许颤抖。但是,懂事的铭晗只是迟疑一会儿便回答道:"没事儿。"

4年多的努力,母女的第一个小目标被现实又一次泼了凉水。这时候的孔钧,感觉4年前那种自责与焦虑的情绪又在慢慢包裹着自己,让自己喘不过气。

在送铭晗去盲校的第一天,孔钧哭了一路,在她当时的认知里,没有办法正常升学、参加高考,铭晗的人生就已经被框在了视障群体的范围内,未来只能选择按摩、调律等几个有限的适合盲人的职业维持生活。她希望尽自己最大的努力,让女儿未来可以正常生活,可以有更多的人生选择与可能。

从此,孔钧越来越关注残疾人的教育情况和就业前景,期望从中找到女儿未来的新出路。一份份报纸、一篇篇文件,孔钧在网络搜索。通过向盲校老师咨询,孔钧慢慢发现,原来自己不是一个孤独的个体,其实,国家从建国开始就已经为残障群体争取平等权益进行了半个多世纪的努力。

1951年11月,周恩来总理签发《关于改革学制的决定》,明确规定:"各级人民政府应设立聋哑、盲目等特种学校,对生理上有缺陷的儿童、青年和成人施以教育。"这标志着残疾人教育事业正式被纳入国家教育事业之中。1954年，中国第一份残疾人读物《盲人月刊》在北京创刊。1960年，盲聋哑学校达到476所，在校生数量增至2.67万余人，专职教师2587人，残疾人学校广泛建立。1982年颁布的《中华人民共和国宪法》规定"国家和社会帮助安排盲、聋、哑和其他有残疾的公民的劳动、生活和教育"，残疾人教育正式列入宪法。1985年第一所残疾人高等院系——滨州医学院临床医学二系成立。1986年，《中华人民共和国义务教育法》明确规定举办特殊教育学校（班）。2000年，华东师范大学开始面向残障人士招收博士生，这是我国残疾人高等教育发展史上的关键节点，是我国可以独立自主培养高学历残疾人教育人才的体现。2007年，党的17大报告首次提出"关心特殊教育"。

了解这些后，孔钧才发觉，原来社会不但从来没有抛弃像自己女儿一样有缺憾的孩子，反而是在不断加强着对他们的关注。2014年6月，孔钧看到一则《盲人考生参加高考使用盲文试卷》的新闻，虽然那位考生光是阅读卷子就几乎耗尽了所有时间，但这件事对于想考大学的盲人孩子来说无疑是一次鼓舞与突破，这表明残疾人教育事业一直在向前发展。2015年，全国有8个省份为盲人提供了盲文试卷；2017年融合教育第一次写入了《残疾人教育条例》；2018年，全国61所普通高校都开设了特殊教育本科专业。一年又一年，孔钧看到的是社会对于视障人士不断增加的关照与包容，她慢慢地不再执着于女儿视力的恢复，对于盲人学校开始有了新的认识。她相信，未来，铭晗一定有机会靠自己的双手开拓属于自己的独一无二的人生。

三、初见：声音的颜色

为了让铭晗能得到更好的教育机会，2017年，孔钧带着她转学到了北京市盲人学校。在这里，铭晗幸运地第一次找到了自己人生的目标。

早在3岁时，铭晗便开始学习钢琴，起初孔钧只是希望她在未来能够有一份能养活自己的工作，没想到，铭晗却从心底里爱上了钢琴和音乐。初到北京，铭晗就加入了学校的合唱团，她喜欢放声歌唱的感觉，喜欢轻盈的音乐在耳边回荡的感觉。她慢慢发现，用声音也能够表达出自己对生活的热爱和对未来的憧憬。

一次，铭晗跟随学校合唱团参加了名为"音乐光明行"的演奏会，也是在这次演奏会上，母女俩结识了中央音乐学院的盛原教授。作为"音乐光明行"项目的发起人，盛原教授希望通过即兴演奏，带领更多盲人步入艺术的殿堂。

"即兴演奏，就是不照着谱子弹，脑子里有什么东西就弹出来，那么他会比别人弹得多，也快得多。"盛原教授如此解释道。

他每次给铭晗授课，都有一个特殊的环节。常规的曲谱练习之后，盛老师会自己坐到钢琴前，让铭晗从背后扶着自己的肩膀和手臂，然后闭上眼即兴地弹奏起来。和铭晗一样，此时的盛老师看不到钢琴，看不到谱子，只有心里的情绪，随着灵动的旋律不断传递出来。盛原教授的身体也随着琴声此起彼伏，铭晗则感受着老师的律动，用触觉和听觉记录下老师的情绪，以此来练习。

代博是中央音乐学院的作曲老师，也是盛原教授带出的即兴演奏学生之一。聊到这种特殊的音乐教学，他感同身受："我能理解盲人，无论是在考学还是在就业过程中，他们都面临很大的压力。希望他们都能在音乐中发现自己人生的光彩，也希望整个社会能听到他们的心声，能给他们成就自己人生的机会。"

像代博老师一样站在讲台上，自信地传递自己的音乐理念，教书育人，这逐渐成为铭晗为自己确立的第一个人生目标。

铭晗学习钢琴的过程十分辛苦，因为视力问题，她比其他人要花更多的时间。比如读谱，铭晗每次练习都需要妈妈读出音符，再根据记忆在琴键上弹奏出来。加上学校学习的功课，铭晗给自己定下了时间表，每天5点起床，练琴，吃早饭，然后去上学，回家写完作业后继续练琴到半夜才上床睡觉。一个10岁左右的小姑娘，已经付出了比常人多出不知多少倍的努力。虽然辛苦，但是心中有着当音乐老师的梦想，有着由指尖流溢出的音乐带来的快乐与满足，铭晗对生活总是充满了希冀。

2019年教师节，盛原教授知道铭晗的梦想是当老师后，特意对铭晗说："我知道你以后也想当老师，在这里我提前祝你教师节快乐！"这个特别的"礼物"，摸不着，看不见，但是像一团火，温暖着铭晗的心灵。听到老师的祝福后，打针摔跤都没哭过的铭晗，第一次开心得热泪盈眶。

四、相遇：黑暗中的另一束光

来到北京，铭晗与妈妈一起体验到了更加丰富多彩的盲人生活，她们一起去听音乐会、参加读书会，一起在放学路上讨论学校的趣事。可铭晗总觉得，这样的生活中，似乎少了些什么。

很多时候，视障人士虽然在信息接受等方面存在障碍，但他们也能感知到生活中的很多美好。水果摊上的叫卖声，花店里香味浓郁的水仙花，叮叮作响的门铃，潺潺流动的水声，客厅里播报的电视新闻，厨房中妈妈的切菜声，这些都是铭晗生命中幸福的小瞬间。但是，电影中光怪陆离的场景剧情，仍旧是铭晗无法触及的另一个世界。孔钧曾专门带她去电影院看过电影。母女两人坐在影院的角落里，在尽量不影响旁人的情况下，孔钧小声地将画面的内容讲给铭晗听。

银幕不断闪过画面,孔钧的讲解时常跟不上电影中迅速进展的情节,全场观众都在大笑的时候,只有铭晗一个人不知道发生了什么。有时遇到对白少的情节,铭晗总急着问妈妈究竟发生了什么,无法及时跟上节奏的她越看越着急,孔钧也随之逐渐烦躁。最后,铭晗不耐烦地拉着妈妈逃出了电影院。这种不愉快的体验,不由得让孔钧担心铭晗会对社会生活产生抵触,很多年她们都没再进过电影院。

复杂的光、影、声通过技术杂糅成一部电影,它的视听语言特性要求欣赏者同时具备观看、倾听、参与、场所等交织的各种条件。影片中蒙太奇与光的奇妙转换成为不可知的混沌信息,视障者无法体会光影变化,无法沉浸在千回百转的剧情中,更无法和家人朋友一同坐在影院享受视听盛宴。

然而,在2019年北京国际电影节期间,一场"光明影院"的无障碍电影公益放映,让铭晗与妈妈邂逅了"光明影院",拥有了不一样的全新观影体验。

那天是周日,北京西单大悦城人潮涌动,孙铭晗、孔钧和其他102位视障观众在志愿者的陪同下,一起走进位于西单大悦城的首都电影院,共同观看"光明影院"团队制作的无障碍电影《西虹市首富》。从踏下大巴车开始,就有志愿者全程陪同,铭晗与妈妈一起,穿过志愿者们手牵手搭建的无障碍通道,在他们的引领下有序地在指定位置落座,并收到了当天的无障碍电影光盘和食品。

电影开场,讲述人的声音伴随着影片开头的音乐声缓缓响起,构成了铭晗从未听过的电影开场白。在电影对白与音响间隙插入的专业讲解对电影情节的精准描述,让在场的视障人士和他们的家人、朋友一样,能完全理解电影的内容。像这样大家一起享受电影,一起走进影院,获得平等的文化权利,是铭晗和妈妈渴望已久的群体观影社交活动。这一次的观影,没有铭晗焦急的询问,没有孔钧小声又急促的讲解,铭晗全程保持身体前倾,聚精会神地看完了整场电影。

这次的观影经历,让铭晗对看电影这件事又有了隐隐的期待,她听盲校老师介绍,"光明影院"是由中国传媒大学的师生志愿者发起制作的公益项目,这些哥哥姐姐也会时常来学校进行公益放映。"要是能够见到他们就好了",铭晗这样想。她想更多地了解这个项目,想接触这些大哥哥大姐姐,想知道这种无障碍电影是怎么制作出来的,想询问她最爱的动画电影《飞屋环游记》可不可以做成无障碍版本的。

终于,在老师的介绍、推荐下,铭晗实现了自己的心愿。2019年5月,铭晗有了一次特别经历——和中国传媒大学"光明影院"项目的志愿者们一起,拍摄关爱视障人士的主题公益广告《爱是一道光》。

《爱是一道光》公益广告截图

拍摄当天,中国传媒大学的校园里人来人往。校园主干道的两旁,一排排挺拔的白杨沐浴在阳光下,笔直的树干,没有婆娑的姿态和弯曲盘旋的枝丫,哪怕只有碗口粗细,都努力向上发展,参天耸立,不折不挠。

铭晗站在白杨道旁,阳光透过层层叠叠的树荫落在她的发梢和衣角,落在她年轻生动的脸庞上,她像小白杨般朝气蓬勃。铭晗很重视这次的公益广告拍摄活动,特地起了大早做准备,但是真到了现场,却有些不知所措,安静地站在一旁。

与铭晗随行的有中国传媒大学的老师和志愿者们,他们温和细致地为铭晗介绍拍摄的内容和主旨。这支公益广告片在打破以往单纯聚焦视障群体生活不便的叙事逻辑的基础上,着重展现视障人士感受到的社会关切,共发行两个不同视角的版本,时长均为1分30秒。其中一个版本从"光明影院"项目的服务对象角度出发,要通过铭晗的口述,表达出视障人士从"光明影院"获得的体验和对"光明影院"的感受。铭晗是这支公益广告的"第一主人公"。

教室窗边,操场上,录音棚中,电影院里,粉衣白裙的小女孩走过校园的不同角落,用自己的声音讲述着,记录着。这一次,铭晗终于可以听懂,甚至尝试配音,体验无障碍电影的制作过程。

"特别感谢哥哥姐姐们,带我走进了这个五彩斑斓的电影世界。"

铭晗在广告的结尾中说,这是她最真诚的心声,也是"光明影院"项目所有师生志愿者的初心所向——帮助视障人士欣赏电影中壮丽的画面,感受其中的丰富情感,通过电影去修建一条到达视障人士心灵的盲道,传达出每一部电影背后的情感与价值,进而带他们走进五彩斑斓、丰富多样的美好世界。

5月19日,铭晗参与的这支由中央广播电视总台与中国传媒大学联合制作的公益广告《爱是一道光》首次播出。"能让更多的人看到,对他们有帮助的话,这太好了!"铭晗握紧妈妈的手,她的声音温暖,带着坚定和喜悦。

从前铭晗在山东老家的老师、亲友们,看到公益广告后纷纷打来电话,说很惊喜看到铭晗出现在电视上落落大方的模样,他们都为铭晗的成长感到欣慰。别样的经历为铭晗打开了一扇大门,她更加自信、活泼,也更愿意参加公开的活动。

铭晗的生命中有了更多的可能性。

五、乐谱:奏响人生的乐章

2019年6月6日晚,铭晗受邀参加第17届"半夏的纪念"北京(国际)大学生影像展颁奖晚会。

晚会现场灯光绚丽、场面热烈,笑容灿烂的小女孩,自信地站在台上。

主持人阿雅亲切地称呼铭晗为孙妹妹:"欢迎孙妹妹,我们掌声要大一点,她才能知道我们现场有很多朋友是很支持她的。"

铭晗听着现场热切的掌声,笑容甜甜的。聚光灯下,小小的一个人儿,站得笔挺,手中的相框反射着璀璨的灯光,一如铭晗本人一样耀眼。

"'光明影院'在这一年中,已经为全国19所盲校捐了整整104部电影。"在说到104这个数字时,铭晗俏皮地加重了语气,"我为什么特别强调,可能阿雅姐姐和观众朋友们都不是特别理解,对于我们盲人来说,104部电影是什么样的概念。有的同学直到上完大学,还一部电影都没有看过,因为他坐在电影院里什么都看不懂。"

"所以当哥哥姐姐讲电影给你听的时候,也许你在心里看到的那个画面要比我们看到的还要精彩？"主持人阿雅弯下腰，将话筒举到铭晗身前。整个晚会现场静悄悄的，等着小女孩的回答。

"是的，因为讲述的电影，可以用自己的想象去丰富它。"铭晗毫不怯场，点点头回答道。为了感谢"光明影院"的志愿者们，在现场，铭晗带来了她亲手制作的两份礼物。

"第一份礼物，是我用盲文写的一段话：谢谢'光明影院'的哥哥姐姐们，是你们用美好的心灵，向我们描述了一个五彩斑斓的世界。每个人都是某个人的光明，你们就是我们的光明。谢谢！"红色相框中间的一行行盲文刻下的，是铭晗浓密真诚的心意，她将其捧在手中，带来现场。

铭晗的第二份礼物是妈妈帮她洗印的一张拍摄于公益广告片《爱是一道光》摄制现场的定格合影。"今天把它送给哥哥姐姐们，我觉得这是我一生都非常珍贵的回忆。"

照片定格在公益广告中放飞气球的一瞬间，不知不觉间，铭晗与"光明影院"已经结下深厚友谊，积攒了无数动人的回忆。铭晗说，"光明影院"就像她的好朋友，对她而言，"光明影院"不只是一个影院，更是一种坚守的精神，也是一种爱的传承。

在"光明影院"3周年之际，铭晗亲手制作了一束"永不凋零"的花。"在过去10天里，我每天都会折一朵这样的宣纸花，到现在应该积攒了十几朵，而每一朵都代表着我们的笑脸。"铭晗笑着比喻,"希望'光明影院'能够制作更多的电影,每当我们听见你们的电影,就像听见了你们的微笑一样。"

2022年,中国传媒大学"光明影院"制作推出的两部声音作品在第2届"我们的声音上太空"全国航天科普活动评选中均斩获大奖,其中,铭晗的作品独占鳌头,获得2021年"我们的声音上太空"活动"特别优秀奖",总排名第一。两部作品已和其他获奖作品一起搭载长征八号遥二火箭于2022年2月27日升空,这对铭晗而言是极大的鼓励与荣誉。

铭晗的讲述如下:

大家好:

我叫孙铭晗,是北京市盲人学校的一名初3学生。刚才大家听到的这首乐曲,是我演奏的《贝多芬钢琴奏鸣曲OP.2nr1》。

曲子的作者贝多芬是我最为敬仰的音乐大师,不仅因为他创作了许多打动人心的杰出作品,更重要的是,面对失聪的噩运,他毫不气馁,用坚强的品质和坚定的信念,勇敢地在绝望中寻找希望。他说:"我要扼住命运的咽喉!"

而我,也要像他一样。

我是一名有视力障碍的孩子。从小到大,我看不到现实世界的五彩斑斓,眼前只有模糊的爸爸妈妈。我曾为此疑惑甚至痛苦，但也正因为这个特殊的身体情况，我更深切地感受到坚强的重要，更真挚地感受到身边的爱和温暖。

在我生命旋律的黑色五线谱上，我的母亲，我的老师和同学，以及无数好心的陌生人，就像乐曲中的一个个音符，慢慢汇聚成了爱的乐章，静水深流，刻骨铭心。

乐章中，有这样一段，让我难忘。

2019年，我有幸参与了公益短片《爱是一道光》的录制，接触到了由中国传媒大学师生发起的"光明影院"公益项目。在这里，我认识了一群可爱的叔叔阿姨、哥哥姐姐。他们正在做一件大胆创新的事情——在电影对白和音响的间隙插入对电影画面的解说，把"看电影"变成"听电影"。

我不曾对色彩有过概念，但是透过哥哥姐姐们的声音，我的脑海中浮现出了各种美好的画面。它们丰富着我内心的颜色，就如同在现实世界中的一样生动、多彩。我仿佛听见了宇宙的辽阔、天空的湛蓝、大海的宽广、花朵的绚烂……

后来，我也满怀好奇地参与到音频录制中来，去给同样看不见的其他伙伴讲述电影的画面。如果没有亲身体验一次，你恐怕很难想象一部电影是如何用语言实现视觉转换的。上万字讲述稿的字斟句酌，一轨轨音频的录制编辑，恰如其分的声音呈现……每一个环节都需要身边的这群叔叔阿姨哥哥姐姐们辛勤的准备和制作。他们叫自己志愿者！他们说自己是共青团员，是共产党员！他们都是这个伟大集体的一分子。

我该如何表达自己内心的感恩和感谢呢？

今年，是中国共产党建党100周年。小时候，我就听过，没有共产党就没有新中国，后来我知道了，国家对残疾人教育事业高度重视。盲人可以参加高考，"融合教育"被写进了《残疾人教育条例》，这就是最好的例证。现在，我们的国家在中国共产党的领导下正在走向中华民族的伟大复兴。

而我，何其幸运，生活在今日中国，能够有机会热爱并享受身边的一切；不但可以关注脚下的蓝色星球，还可以借着中国航天"我们的声音上太空"活动，向全宇宙表达视障儿童对星辰大海的逐梦心愿。

如今的我，热爱音乐、热爱文学，还能像其他人一样看电影……我要感谢所有给予我们视障群体爱与温暖的人！虽然我们无法看清您的模样，但您的光芒早已把我们的心田照亮！

孙铭晗
2021.03.31

录制的文稿，孔钧和铭晗一起反复打磨了很久，每一句话都字斟句酌，不厌其烦地删减修改，从铭晗自己对"光明影院"的理解和感受出发，讲述她人生五线谱上的乐章。铭晗对于如何完成录制有自己的一套想法，对于选择哪一篇钢琴曲目、哪一首背景音乐，在文稿中表达自己什么样的心声，她都提出了颇有见地的意见；对于如何更自然地表达心声，铭晗私下也练习了很多遍。她知道贝多芬不仅创作了许多打动人心的杰作，更重要的是，他面对失聪的噩运毫不气馁，用坚强的品质和坚定的信念，勇敢地在绝望中寻找希望，"而我，也要像他一样"，铭晗的故事在这位她最为敬仰的音乐大师的钢琴曲中展开。

　　正式录音时，铭晗带着厚厚一沓手稿踏入录音棚。她的姿势十分庄重，几乎是双手捧着手稿边缘行走，旁边的志愿者姐姐看着有趣，不禁上前询问铭晗，为什么要用这样的姿势捧着手稿。原以为铭晗是紧张，谁知她很认真地说，不是，是怕来回携带会磨损掉手稿上刻着的盲文。短短6分钟的讲述，1000字的文稿，铭晗却整整刻下了几十页的盲文讲述稿。

　　柔白的灯光、原木色的地板、木质的钢琴、专业的录音设备，铭晗身穿一身黑色礼服长裙，手指在钢琴键上飞舞跳跃，演奏出不一样的华彩乐章。越来越阳光自信的铭晗，已经找到了她人生的方向。

　　如今，铭晗和"光明影院"志愿者的声音被推向了太空，她

孙铭晗正在录制"我们的声音上太空"参赛作品

和哥哥姐姐们一起讲述"光明影院"的故事,将中国视障群体共享文化成果的故事讲给了全世界听。其实对于铭晗而言,能参与活动向全宇宙表达视障儿童对星辰大海的逐梦心愿已是极大的鼓励与荣誉,获得"特别优秀奖"则像是一份意外之喜。铭晗始终觉得自己是"何其幸运,生活在今日中国,能够有机会热爱并享受身边的一切"。

铭晗妈妈孔钧曾说,希望女儿能够真正融入社会,能够不被另眼相待,能够像其他所有孩子一样,肆意生活在阳光下。她感谢一路遇到的所有人,让铭晗有了更多接触社会的机会,让她的梦想能够与时代同行,让她的人生获得更多可能性。铭晗的梦想,远一些,是可以看见这个世界;近一些,是可以用自己的音乐去连接下一位在黑暗中摸索的孩子。这个小家庭的梦想,是希望铭晗的成长之路上少一些与社会之间的沟壑,可以自信地干自己热爱的事情。

自2021年"光明影院"联合北京市盲人学校共同举办学生学党史"一月一影"活动之后,铭晗和同学们每个月都能在盲校看到"光明影院"制作的无障碍电影了。对铭晗而言,"光明影院"不只是一个影院,更是一种坚守的精神,也是一种爱的传承。

"光明影院"的工作,从具体内容来看是帮助视障朋友看懂丰富多彩的影视产品,但从初心来说,"光明影院"志愿者们的梦想,是努力为黑暗中踌躇的人们带去哪怕一丝微弱的光亮。希望这一缕缕的微光汇聚在一起,将视障人士与社会之间的隔阂消除,照亮他们前进的方向。虽然"光明影院"这个项目只是社会环境发展和改善中的一小步,但它寄望于让视障者享受中国电影发展所带来的文化福祉,让全世界人民都了解、认识到中国在保护残障人士权益方面做出的巨大努力。

2021年10月23日,13届全国人大常委会第31次会议表决通过关于批准《关于为盲人、视力障碍者或其他印刷品阅读障碍者获得已出版作品提供便利的马拉喀什条约》的决定。这一决定彰显了我国在人权保障中的行动,展现了中国特色社会主义制度的温度与情怀。未来,更多像铭晗一样的孩子们,能够以平等的地位和均等的机会充分参与社会生活,共享物质文明和精神文明成果。

一次早餐时，铭晗和妈妈聊起了自己很喜欢的课文《白杨礼赞》。

孔钧："好像小时候我也学过这篇课文。"

铭晗："茅盾写的。"

孔钧："什么内容呢？忘了……"

铭晗："赞美白杨！"

孔钧："小白杨是吧？"

铭晗："不是小白杨，是大白杨！"

孔钧："一种精神。"

铭晗："对啊，白杨树坚韧不拔的精神，在荒原里还能看到的精神。"

更多有温度的对话，更多体贴而尊重的相遇，更多严肃又温柔的平等，是铭晗与妈妈的期冀，也是"光明影院"所有志愿者坚信的未来。

第十一章　聚力：凝公益之心，明未来之光

一、从西雅图到北京的一场特别主持

主持人柳翰雅，人们亲切地叫她阿雅，因为主持《我猜我猜我猜猜猜》《锉冰进行曲》《奇遇人生》《乘风破浪第三季》等电视节目而被大家认识和喜欢。

2019年6月5日，美国西雅图，刚刚结束一天工作的阿雅匆匆赶上了飞往北京的夜班飞机，她将带着一项特别任务做客中国传媒大学。与此同时的北京，在中国传媒大学的1500人礼堂里，第17届"半夏的纪念"北京（国际）大学生影像展的最后准备工作正在紧锣密鼓地进行。

飞机落地，阿雅立刻拨通了中国传媒大学教授、"半夏的纪念"主持人张绍刚的电话。

"我已经到北京了，好期待明天的活动，希望好好完成你交

给我的任务!"阿雅推着行李箱一边走,一边兴奋地说。

一个月前,"光明影院"刚刚迎来了1周岁生日。为庆祝新中国成立70周年,项目团队决定开启"70年70部"制作项目,精选新中国成立70年来的70部优秀电影作品,制作成无障碍版本,赠送给全国各地盲协、盲校等有需求的地方。在这样的时候,如果能有影响力不错的平台以及更多社会力量支持,定能让更多人认识"光明影院"、了解无障碍电影。

就在这时,阿雅注意到了"光明影院"。

电视学院的博士研究生王海龙是阿雅认识的新朋友,也是最早参与到"光明影院"团队的志愿者之一。王海龙向阿雅介绍了很多关于"光明影院"项目的情况,"通过我们的努力,能够为全国1700多万盲人提供帮助,真的特别有成就感。"王海龙笑着告诉阿雅。

"有爱心的人总是由内而外的美丽。"阿雅说。当她听说全国有1700多万视障朋友时,她突然意识到,她必须为这个项目发声。阿雅用心了解和查阅了有关"光明影院"的资料信息,她点开了其中一部无障碍电影,缓缓闭上眼,努力通过听觉感受电影的魅力。她想,也许志愿者们讲述的电影可以让视障朋友们看到更为精彩的画面。

6月6日晚,中传礼堂绚丽的灯光下,阿雅款款走上了舞台,她明白,接下来她将要完成一件了不起的任务——让"光明影院"的声音走向全国。她拿起手中的话筒,面向现场的观众、面向镜头,开始讲述"光明影院"的故事。阿雅邀请了一位特殊的嘉宾来到台前,她是北京市盲人学校的初中生孙铭晗。舞台上,铭晗扎着一双麻花辫,穿着一袭白裙,她的笑容十分可爱,仿佛生活的困难从未给她造成任何心理的伤痛。阿雅被眼前这位天真乖巧的小女孩打动了。

阿雅轻轻弯下腰,问铭晗:"你的声音好可爱,好好听哦!你听过几部电影了?"

"我听妈妈说,'光明影院'在这一年里已经为全国19所盲校捐了104部电影。"铭晗特意加重了"104"这个数字,"对于我们盲人来说,104部电影是什么样的概念? 有的同学直到上完大学了,还一部电影都没有看过,因为他坐在影院里什么都看不懂。"

"所以,当哥哥姐姐讲电影给你听的时候,也许你在心里看到的画面要比我们看到的还要精彩?"阿雅问出了此前她一直好奇的问题。

"是的,因为讲述的电影,可以用自己的想象去丰富它。"铭晗给了阿雅一个肯定的答复。

铭晗在现场展示了自己为"光明影院"准备的两份礼物,第一件是一张用小相框精心封存起来的特殊纸张,远远看去似乎是一张普通的牛皮纸,镜头拉近,人们发现上面排布着一层层细密的小孔——那是她用盲文写的一段话,专门写给"光明影院"的哥哥姐姐们的。第二件礼物,是孙铭晗与志愿者们拍的一张大合影,她让妈妈帮忙将它打印、装订起来,带给志愿者们。看着眼前的一幕,阿雅觉得这场活动对她来说意义非凡。

"以前人们在四月开始收获,躺在高高的谷堆上面笑着。我穿过金黄的麦田,去给稻草人唱歌,等着落山风吹过。"在《如果有来生》的旋律里,阿雅和铭晗背后的主屏幕上划过一张张可爱的笑脸,那是参加盲校放映活动的孩子们和"光明影院"的志愿者们。此时此刻的阿雅,站在大礼堂的聚光灯下,她知道,这份光来自

2019年6月5日,在"半夏的纪念"北京(国际)大学生影像展颁奖晚会上,主持人阿雅采访孙铭晗同学

志愿者们散发出的光芒，这是一件多么美好而有意义的事情啊！

阿雅期盼着，她的青年朋友们可以用作品记录青春，记录时代，记录社会正能量，也期盼着在更多影像中找到大家的声音，而她，也将成为"光明影院"的同行者，让无障碍电影走进更多人的心里。

二、"光明影院"迎来了一批同龄人

与"光明影院"一起奔跑的小伙伴们，怎么少得了同龄人！

2019年，一群特殊的志愿者参与到了"70年70部"制作中来。为了让更多年轻人加入"光明影院"项目，项目团队给青年正能量团体UNINE发出邀请，希望他们能够加入项目，一起为无障碍电影事业贡献青春力量。

2019年4月6日，UNINE组合正式出道，生日与"光明影院"差不多，可以说是"光明影院"的同龄人了。一年里，队长李汶翰及成员李振宁、姚明明、管栎、嘉羿、胡春杨、夏瀚宇、陈宥维、何昶希9位青年迅速成长，斩获华人歌曲音乐盛典年度最受欢迎新人奖。

UNINE第一次到电视学院的时候，天已经完全黑了。学院会议室里，成员们仔细聆听了"光明影院"指导教师们的讲解，他们已经迫不及待地想进入工作间，体验无障碍电影的录制过程。

在 UNINE 成员的想象里，录制无障碍电影，大概就是坐在话筒前，讲述着手中的解说词，看着电脑屏幕里声波的起伏，感受声音与画面的完美融合，想想就很有趣。

然而，几个小时下来，队员们纷纷感受到了制作的不易，原来一部无障碍电影从制作到完成，要经历这么多流程。

队员胡春杨坐在电脑桌前，文档里的字写了又删，他感觉到撰写稿子十分困难。为了诠释好画面中的重要细节，每一个镜头他必须反复观看，一帧一帧地看。直到后来，他已经能够完整背诵好几段影片中的台词，所有的画面都熟稔于心。当他了解到"光明影院"志愿者们写了 300 多万字的稿子时，又顿时充满了动力，他暗自立下了目标，以后要经常参与无障碍电影的制作。

录音间里，陈宥维正在反复练习自己的解说词，几张 A4 讲稿已被他的记号笔画得密密麻麻。"王磊队长看着发动机十分沮丧，队员黄明再也支撑不住了……"随着对影片内涵的进一步挖掘，陈宥维在解说中加入了自己的理解，当他还在担心自己的理解是否有误时，他得到了志愿者们的赞扬。他调整了自己的呼吸，努力将自己代入剧情中，再次开始了录制。

另一间录音室里，刚刚结束录制的李汶翰为自己捏了一把汗，他深知这是一个如此浩大的工程，自己肩负着一项重要的任务。"当时想尽可能让他们明白这部影片在讲什么，让他们听出我们看到的效果。"为此，李汶翰想了很多办法把自己代入视障朋友的世界，反复感受自己的配音。他再一次戴上耳机，那句由他自己配音的开头"用声音传递色彩，用聆听感知艺术"让他一下子充满了期待，期待这部影片能够来到视障朋友的身边。

在此之后，成员们又参加了《流浪地球》《我和我的祖国》等无障碍电影的制作，独特的声线和音色赋予了"UNINE 版"无障碍影片别样的风格。很快，李汶翰的小心愿实现了。《流浪地球》无障碍版本在影院成功放映，放映现场，视障观众聚精会神地听着 UNINE 成员们精心制作的电影，深受感动。现场有一位观众还带来了录音机，希望把电影录下来，带回家去反复品味。

这样的场景让 UNINE 成员李振宁回想起了自己的爷爷。"小时候，经常和爷爷在广播里听新闻联播，通过听主播讲述来想象情景。制作无障碍电影时，我仿佛回到了那些灿烂的傍晚，院子里，爷爷坐在藤椅上摇着蒲扇，晚风好像能吹散所有的忧愁。"他想，视障朋友们听到自己录制的无障碍电影时，大概也是这种感觉吧，这段经历，为他忙碌的工作带来了一丝温暖。

2020 年，"光明影院"专题正式在爱奇艺上线，这是项目首次与网络视听平台合作。志愿者们把和 UNINE 合作无障碍电影的故事剪辑成 VLOG，讲述给了更多人听。有了 UNINE 的加入，来自社会各界的青年朋友开始纷纷关注无障碍电影，希

UNINE 组合与"光明影院"志愿者合影

望能够参与到这一公益事业中来。与此同时，许多明星、演员纷纷接力，希望通过自己的努力，为中国无障碍电影事业做出自己的贡献。

三、盲协代表：我们都爱看电影

1980年的中国，改革开放的大幕已经拉开，新潮的春风将影像技术吹遍了中国大江南北，时髦的年轻人早已将"看电影"视为一种不可或缺的消遣。那一年，现任中国盲协副主席、中国盲文图书馆副馆长何川第一次走出家门看电影。

那是一个周末，何家一家老小打算欢欢喜喜地去看场电影，可是问题来了，家里唯一的盲人何川怎么办？若是带他去，白白浪费了一张电影票，可若是不带他去……将一个视力障碍的亲人孤身一人留在家里，可真是难办。经过几番挣扎犹豫后，家人还是决定搭上一张电影票，将年轻的何川搀扶进了影院。

何川安静地坐在座椅上，影院的木椅硌得他有些难受，还时不时发出咯吱咯吱的声音。屏幕上正在播放电影《小花》，那部人们在街头巷尾纷纷议论的片子。而何川只觉得这里很适合睡觉，除了李谷一的歌声让他回味了许久外，他并不明白身边的人为什么惊呼，又为什么抽泣。

"你看懂了吗？"出了电影院，家人问他。

他仔细回想了一下，说："情节半点没有看懂，除了听歌，其他时间基本上都在睡觉。"

这段经历，让何川感到十分尴尬，自此以后，他几十年没有再踏足电影院。

直到2003年，信息无障碍的重要性开始得到提倡和推广，有人提出"盲人可以听电影"，也有志愿者跟何川说"我愿意跟你们讲一讲电影"，他才又一次期待看电影了。在以何川为代表的一众视障人士的呼吁下，"口述影像"等无障碍电台纷纷建立，播音员的声音配合上画面的同期声，让何川第一次听懂了电影。而"光明影院"项目开展后，一部部无障碍电影踏着新时代的节拍送到了全国各地视障群体手中，作为盲协副主席的他毫不犹豫地参与其中,成为推广无障碍电影的重要一员。与"光明影院"同行的日子里,何川终于看完了那部他未曾在电影院看懂的《小花》,也终于明白了那部电影在中国电影发展史上的重要意义。他迫不及待地想把这份懂得分享给家人,告诉他们:"这部电影我看懂了!"

"光明影院"的志愿者问何川:"盲人爱看电影吗?"

"盲人非常爱看电影。有人说盲人看不见,怎么看电影呢?其实,通过讲述人的讲解,我们同样能够领略到电影的魅力。如果问我无障碍电影能够做多久,我觉得这是一个没有止境、可以一直做下去并且可以不断完善的事业。"何川说。他相信,盲人朋友们在"光明影院"的帮助下,都能重新踏进电影院,体会到与家人一同观看电影的乐趣。

除了北京,全国各地的视障人士,都在为无障碍电影、为"光明影院"发声。

"有一位姓叶的盲人,他说无障碍电影中志愿者的讲述太好了。他之前就特别渴望看电影,是一个电影迷。他说无障碍电影的讲述形式非常好,可以让盲人全面、深入地了解剧情。"四川省盲协主席吴军声情并茂地讲着身边的故事。

"每个月如果都有这么一次机会来看电影的话,确实会给盲人朋友的生活增添很多乐趣,尤其这部《流浪地球》,可以让盲人朋友感受科技时代、感受最新信息。这对提高盲人朋友的生活质量、生活品位帮助非常大。"四川省凉山州盲协主席蒋伟在看完"光明影院"制作的《流浪地球》后激动地说。

而当志愿者们将无障碍电影送到青海省的时候，青海盲协主席田启民在公益放映的时候一下听出了学生志愿者蔡雨的声音，他握着蔡雨的手久久不能松开："我听过你配的《无问西东》，我知道你是讲述人蔡雨，我是你的粉丝！"

2021年，"光明影院"制作的无障碍电影已实现覆盖全国31省区市及澳门特别行政区。"光明影院"的故事，不仅在视障群体和盲人协会间广为流传，同样引发了社会各界公众人物的持续关注。

四、"我是公益大使，为'光明影院'发声"

步入2022年，"光明影院"已然走过了第5个年头。

前不久刚刚成为"光明影院"公益大使的北京广播电视台主持人李杨薇怎么也忘不了，"光明影院"项目团队邀请她作为"光明工程"公益志愿者时的场景。

那是一个工作日的早晨，李杨薇刚忙完一大早的直播任务，还未来得及换下身上的主播服，她就接到了一通电话。

"杨薇师姐，我们是中国传媒大学'光明影院'团队，这是个公益项目，任务重，场次多，没报酬，您愿意来帮忙吗？"电话另一头，志愿者小心翼翼地询问。

"'光明影院'是一个什么样的项目？"一听是传媒大学的校友，李杨薇耐心地和她沟通。

"是一个给盲人群体做的电影的项目……目前……"志愿者迫不及待地想把项目情况一口气讲完，生怕电话那头会突然中断。

李杨薇认真地听着学生志愿者的讲述，还没等志愿者说完，就打断道："情况我大概了解了，师妹，我没问题，我愿意来！"

想不到，才短短几分钟，李杨薇就毫不犹豫地答应了这个请求，志愿者深深感到公益的力量如此之大。

李杨薇，从一名热线记者逐渐成长为《北京新闻》的主播，一直秉承着新闻人的理想，坚守着新闻人的初心。在用脚底板采写新闻的日子里，这种愿意服务他人、奉献社会的精神已经融入她生活的点点滴滴。

很快，李杨薇就迎来了第一次与视障群体的沟通和采访。曾采访过大大小小人物的她，在接到这个任务后，还是为自己捏了一把汗。她提前查询了有关视障群体的相关数据和资料，认真准备着采访提纲，随着采访的深入，她面对视障群体越来越从容自如了。

此后，李杨薇参与、主持了"光明影院"大大小小数十次活动，从研讨会到交流会，再到大型直播活动，她在一次次打磨中提升自己服务视障群体的能力，每次上台前，都能看到她手中已被翻得褶皱的台本，上面是密密麻麻的笔记与记录。渐渐地，李杨薇的名字和"光明"联系在了一起，有关"光明影院"的点点滴滴，她都牢记、掌握在心。在腾讯新闻客户端"光明影院——把电影说给视障朋友听"的演播室访谈环节中，李杨薇与北京市盲人协会副主席曹军，19大代表、伦敦奥运会羽毛球冠军赵芸蕾，中国传媒大学电视学院党委副书记秦瑜明亲切交流，畅谈无障碍电影的发展未来，又一次将"光明影院"的名字推向了全国。

2021年12月，"文化共享 公益践行——'光明影院'助推社会进步特别活动"在中国传媒大学隆重举办。这一天，以往一直作为"光明影院"主持人的李杨薇，又有了一个新的身份——"光明影院"公益大使。在接到"公益大使"证书的那一刻，她感受到了一份沉甸甸的使命和责任。她缓缓拿起手中的话筒，这支话筒已不仅仅是节目主持的话筒，它还将为公益发声，为无障碍事业发声。"一个城市、一个国家对待弱势群体的态度，决定了这个城市、这个国家的温度"，她也将用自己的实际行动，为母校、为社会、为国家贡献温暖的力量。

与此同时，站在她身旁，同样获得"公益大使"称号的，是我们中国国家乒乓球队队员刘诗雯。

"文化共享 公益践行——'光明影院'助推社会进步特别活动"现场，李杨薇被授予"光明影院"公益大使称号

2019年5月19日，第29次全国助残日，刘诗雯第一次参与了"光明影院"举办的助残活动。那天，她换下运动装，穿上了"光明影院"志愿者服，全程都带着温和的笑容与视障朋友们沟通交流。她一一为视障朋友们发放礼物袋，小心搀扶着他们走进放映厅，当听到盲人小朋友亲切地喊她"小枣姐姐好"时，她脸上的笑容更加灿烂了。

繁忙的比赛训练之余，刘诗雯一直关注着"光明影院"的动态，她主动联系志愿者，表示愿意为"光明影院"的宣传发展贡献自己的一份力量。作为体育明星的她，主动在微博上推广无障

"文化共享 公益践行——'光明影院'助推社会进步特别活动"现场，刘诗雯被授予"光明影院"公益大使称号

碍电影，通过自己的宣传，让更多人了解"光明影院"，加入"光明影院"，传播无障碍电影。

"小枣方方面面都在做榜样，正能量满满！"

"为公益枣点赞，刘诗雯是最温暖的小太阳，带我们向暖而行！"

"关爱视障人群，与诗雯一路同行！"

这是刘诗雯微博的粉丝评论，她一直在用正能量、用冠军精神，感染每一个人。每一次的线上宣传，总是会吸引无数网友和粉丝关注"光明影院"公益项目、关注无障碍事业，这就是公众人物的影响力。

捧着"公益大使"证书的刘诗雯笑着说:"这个项目太令人感动了,太有意义了,希望'光明影院'项目能越来越好,国家的无障碍事业越来越好!"

在"光明影院"4周年之际,吴京、龚俊、郑恺、钟楚曦、靳东、张国强、江珊、张丰毅、杜淳、孙怡、宋木子、刘奕君、梁天、柯蓝、合文俊、蒋敦豪、赵建铭等一众演员明星主动为"光明影院"的"生日"送来视频礼赞祝福。在"光明影院",数百部精彩纷呈的无障碍电影、数千个不眠不休的黑夜与白天,都有无数双眼睛在肯定,无数颗心在关怀。

附录:"光明影院"大事记

▶2017年12月17日,"光明影院"创意萌发,初步确定产品形式。师生志愿者致力于以电影为载体,为视障群体搭建通往心灵的"文化盲道"。

▶2018年5月20日,第28次全国助残日,"光明影院"项目团队初创了5部无障碍电影,在北京市东城区广外南里社区文化站举行了项目启动仪式,为50多位视障人士播放了团队制作的《战狼2》无障碍版本。

▶2018年10月1日,经过3个多月的研创,师生志愿者完成了30部无障碍电影的制作任务,不断优化制作模式,形成了持续高效运行的制作机制。

▶2018年10月15日,第35个国际盲人节,全国19所盲校代表以及社会各界专家来到中国传媒大学参加"光明影院"融合创新研讨会。会上,师生志愿者向全国19所盲校赠送了30部无障碍电影,并向社会各界发出公益倡议。

▶2018年11月7日,北京市盲人学校组织学生观看了"光明影院"无障碍电影。自此,"光明影院"在盲校的放映成为常态,电影距离学生不再遥远。

▶2019年4月14日,在第9届北京国际电影节期间,"光明影院"项目团队邀请了近200位视障人士来到首都电影院欣赏无障碍电影《西虹市首富》。自此,"光明影院"在北京国际电影节设立了固定公益放映单元。

▶2019年4月17日,"光明影院"朝阳放映厅挂牌仪式在北京市朝阳区紫光影院举行,师生志愿者为视障人士播放了无障碍电影《红海行动》。此外,紫光影院、劲松影院、朝阳剧场、苏宁影院也参与了"光明影院"无障碍电影在北京市朝阳区的无障碍电影定点放映活动,推动视障人士在影院观影成为常态。

▶2019年4月28日,师生志愿者邀请浙江省盲人学校的50多名学生来到在杭州云栖小镇召开的"2050大会",欣赏无障碍电影《钢的琴》。这是"光明影院"项目团队首次在北京以外地区组织公益放映。

▶2019年5月14日,中国残联第7届主席团副主席、党组成员吕世明来到中国传媒大学调研考察,为"光明影院"下一步的发展提供指导和支持。

▶2019年5月19日,第29次全国助残日,"光明影院"项目团队邀请200余名视障人士来到北京朝阳剧场，观看无障碍电影《流浪地球》。"光明影院"项目启动1周年，已制作完成104部无障碍电影，并面向全国推广。

▶2019年5月19日，由中央广播电视总台与中国传媒大学联合制作的公益广告《爱是一道光》在央视首播。"光明影院"项目团队参与广告的策划与拍摄，首播后，广告片在央视播出26次。在2019年9月18日，《爱是一道光》进入全国优秀广播电视公益广告作品库，供全国广播电视台下载，下载量达615次。

▶2019年5月19日，"光明影院"融合创新研讨会召开。会议邀请全国10个省（区、市）的盲协主席，以及学界、业界专家，共同探讨"光明影院"项目的发展与融合创新，为国家公益事业建言献策。

▶2019年6月15日，"光明影院"项目团队走进青海省，举行公益放映并召开"光明影院"无障碍电影融合推广座谈会。当天，来自青海省8个州、地、市的120名视障和听障人士、活动志愿者共270人走进西宁市青剧影城，观看无障碍电影《流浪地球》，相关人员研讨了"光明影院"在青海省的推广模式。

▶2019年6月21日，山东省"聆听光影"无障碍电影观影活动在山东广播电视台正式启动。本次活动是"光明影院"在山东省的落地与延展，来自山东省济南市特殊教育中心的80名视障学生观看了无障碍电影《战狼2》。

▶2019年7月12日,"光明影院"项目团队走进内蒙古自治区,举行"文化助盲公益活动启动仪式"。活动当天,师生志愿者邀请来自内蒙古自治区呼和浩特市的100名视障人士欣赏无障碍电影《西虹市首富》,并向内蒙古自治区盲人协会及各盟、市盲协以及内蒙古图书馆赠送203套装有团队制作的104部无障碍电影的U盘。启动仪式后,师生志愿者还走进内蒙古大青山革命老区,为视障朋友赠送无障碍电影,将无障碍电影送到视障人士家中。

▶2019年8月21日,"光明影院"项目团队参加福建省盲人协会举办的"2019年度'金秋'盲人大学生助学计划启动仪式暨福建省盲协三级联创活动",向福建省盲协捐赠了30余套装有团队制作的104部无障碍电影的U盘,让全省盲人能够享受社会文化发展成果,体验观影乐趣。

▶2019年9月25日,师生志愿者走进四川省凉山州西昌市太平洋影城,邀请当地上百名视障人士一同观看了无障碍电影《流浪地球》。在当天下午的座谈会上,四川省委统战部牵头,联合四川省文化和旅游厅、四川省残疾人联合会、峨眉电影集团等部门协同组织、整体推进"光明影院"四川模式,并且确定将四川省太平洋影城旗下的51家影院作为固定放映点。

▶2019年9月30日,"光明影院"项目团队完成了"70年70部"特别计划,向新中国成立70周年献礼。师生志愿者精心挑选了新中国成立70年以来不同时期、不同题材的70部经典电影，将其制作成无障碍版本，让视障人士也能通过无障碍电影一起感受国家的发展变化和辉煌成就。

▶2019年10月13日，第5届中国"互联网＋"大学生创新创业大赛全国总决赛在浙江大学举行，"光明影院"项目在"青年红色筑梦之旅"赛道斩获全国金奖，项目指导教师团队荣获创新创业优秀导师奖。

▶2019年10月15日，第36个国际盲人节，"光明影院"项目团队联合北京、山东、青海、新疆、四川、广东、湖南、贵州、浙江、海南、湖北共11个省份举行10省联动公益放映活动。全国近万名视障人士共同欣赏无障碍电影《开国大典》，这也是"光明影院"首次实现全国联动放映。

▶2019年10月17日，联合国教科文组织驻华代表处官员曾庆怡及爱尔兰信息无障碍领域权威专家Maureen Gilbert一行来到中国传媒大学，与"光明影院"项目团队开展了以"信息无障碍"为主题的交流分享活动。

▶2019年11月25日，"光明影院"项目团队荣获"北京市盲人学校2019年优秀志愿团队"称号。

▶2019年12月3日，"光明影院"20省联动公益放映活动正式启动，为全国20个省（区、市）的视障朋友们播放无障碍版本《建国大业》。

▶2019年12月5日,"光明影院"走进第2届海南岛国际电影节,成为其固定公益放映单元。海南岛国际电影节组委会向"光明影院"项目颁发了"海南岛国际电影节公益大奖",三亚市"光明影"院正式挂牌。

▶2020年5月17日,第30次全国助残日,"光明影院"首映无障碍版本的扶贫题材电影《玉秀》,并邀请全国视障人士在线观赏。人民网、新华网、光明网等网络媒体对本次活动进行了同步直播,吸引近40万网友参与直播互动。在此期间,专为视障人群放映影片的实体"光明影院"在北京CBD朝阳剧场正式挂牌并推广辐射全国主流院线,助力视障人士走出家门,融入社会。

▶2020年7月7日,由"光明影院"项目团队与爱奇艺社会责任、爱奇艺电影联合推出的无障碍版影片在爱奇艺首次播出。9月3日,师生志愿者联合爱奇艺推出"光明影院"专题,为视障群体提供云端视听盛宴。

▶2020年8月25日,"光明影院"参加第10届北京国际电影节"北京市场"线上展会,向世界展示"光明影院"无障碍电影成果。

▶2020年9月5日,"光明影院"走进第15届中国长春电影节,被设为中国长春电影节的首个公益单元,列为固定放映单元。

▶2020年10月15日,第37届国际盲人节,"光明影院"项目联合北京、天津、重庆、黑龙江等地残联、盲协、盲校、社区，共同举办"走向小康生活 共享文化成果"全国联动公益放映活动。相关系列活动还包括"光明影院"App、北京歌华有线在高清交互平台"光明影院"专区上线，在新华网客户端新华号发起题为"电影开始，请闭眼"的关爱盲人线上活动，以及在抖音平台设立话题＃是他们，让盲人朋友"看见"电影＃等，共同讲述"光明影院"背后的故事。

▶2020年10月15日，第7届丝绸之路国际电影节"光明影院"公益放映活动在西安博纳新天地影城举行，来自西安的60多位视障人士走进电影院，一同欣赏无障碍电影《等风来》。这是"光明影院"项目继走进北京国际电影节、海南岛国际电影节、长春电影节之后，再次成为电影节的固定公益放映单元。

▶2020年10月，教育部公布了第5届直属高校精准扶贫精准脱贫典型项目推选结果，"光明影院"项目在75所教育部直属高校申报项目中脱颖而出。

▶2020年11月2日，师生志愿者参与制作的融合新闻作品"好在有你"获得"第30届中国新闻奖融合创新二等奖"。

▶2020年11月2日，"光明影院"项目团队联合北京市盲人学校共同举办"致敬抗美援朝，争做时代新人"主题放映活动，邀请学生们共同观看无障碍动画电影《最可爱的人》，面向视障青少年开展爱国主义教育。

▶2020年11月20日，联合国教科文组织（UNESCO）驻华代表处与中国传媒大学电视学院就新闻教育、信息无障碍传播等话题举办新闻教育专家磋商会。在此期间，以"光明影院"项目为基础的无障碍传播研究与实践获得了国内国际、业界学界的高度认可。

▶2020年11月26日，"光明影院"项目从千余个全国入围项目中脱颖而出，荣获"第5届中国青年志愿服务项目大赛"金奖。

▶2020年12月3日，"光明影院"走进山西中阳、青海格尔木、云南腾冲等国务院划定的14个集中连片特困地区，为贫困地区的视障人士送去无障碍电影作品，丰富他们的文化生活，为精准扶贫贡献传媒力量。

▶2020年12月18日，时值"光明影院"项目启动3周年，中国传媒大学组织召开"决胜脱贫攻坚：无障碍信息传播与文化扶贫"论坛，就无障碍信息传播如何助力文化扶贫、如何践行文化强国等问题与学界、业界专家展开讨论，为"光明影院"项目以及我国无障碍信息传播事业的发展献计献策。

▶2021年2月12日（正月初一），由中国传媒大学"光明影院"项目团队制作的新时代首部无障碍年代剧《老酒馆》在歌华有线"光明影院"专区上线。在新春佳节来临之际，师生志愿者秉持公益之心，为视障朋友们提供全新文化产品，丰富他们春节文化生活，送去了一份特别的新春祝福。

▶2021年4月28日，中国传媒大学"光明影院"项目团队联合北京市盲人学校共同举办学生学党史"一月一影"活动。自此，这项活动每月举办1次，坚持每月为视障学生放映1部红色主题无障碍电影，教育学生听党话、跟党走。

▶2021年5月16日，教育部基础教育司、中国传媒大学、中国教育发展基金会共同举办了"光明影院进特校"公益活动，为全国2244所特殊教育学校的32万残障学生赠送40部无障碍电影观影硬盘，让红色基因、革命薪火代代传承。

▶2021年6月28日，电影《1921》在京举行首映活动。由"光明影院"项目团队制作的《1921》无障碍版同步放映，实现了无障碍电影在院线同档期电影北京地区首映仪式上的同步放映。首映式上，电影主创人员到现场与北京市盲人学校学生及视障朋友分享电影创作体会，与视障朋友互动交流。

▶2021年9月23日，第11届北京国际电影节"光明影院"公益放映活动走进北京市盲人学校，师生志愿者为60名盲校学生放映了无障碍电影《攀登者》。

▶2021年10月16日，在第38届国际盲人节来临之际，"光明影院"项目受邀入驻第3届北京麦田音乐节公益展区，这是"光明影院"项目首次走进音乐节，向音乐节听众介绍助盲公益行动，探索了新的推广模式。

▶ 2021年10月23日,13届全国人大常委会第31次会议表决通过了关于批准《关于为盲人、视力障碍者或其他印刷品阅读障碍者获得已出版作品提供便利的马拉喀什条约》的决定。"光明影院"项目为《马拉喀什条约》在中国落地生效做出了重要努力。

▶ 2021年12月3日,第30个国际残疾人日,"光明影院"项目举办"致敬中国共产党成立100周年 无障碍电影全国联动公益放映活动"启动仪式。师生志愿者将制作完成的"百年百部"系列无障碍电影赠送给31个省(区、市)及澳门特别行政区的盲协、盲校、社区及图书馆,在多平台以#每年104部无障碍电影是怎样炼成的#为话题,多角度、全方位地展现无障碍电影制作、放映到推广的全过程,让更多的人了解无障碍电影,关注视障群体的精神文化需求。

▶ 2021年12月22日,第16届中国长春电影节"光明影院"公益放映活动拉开帷幕,为视障朋友们放映了无障碍电影《我的父亲焦裕禄》。同时,"光明影院"公益项目团队被授予"中国长春电影节杰出公益团体"荣誉称号。

▶ 2021年12月29日,"文化共享 公益践行——'光明影院'助推社会进步特别活动"在中国传媒大学举行。中国传媒大学党委书记、无障碍信息传播研究院名誉院长廖祥忠向中国国家乒乓球队队员刘诗雯、北京广播电视台新闻主播李杨薇颁授"光明影院"公益大使称号。

▶2022年3月1日，为了庆祝党的20大胜利召开，"光明影院"项目团队推出了"奋进新征程 建功新时代"主题系列无障碍电影，让视障朋友通过无障碍电影，一起做新时代的见证者、开创者、建设者。

▶2022年4月24日，第2届"我们的声音上太空"全国航天科普活动评选结果出炉。"光明影院"项目团队制作推出的两部声音作品从10087件作品中脱颖而出，分别荣获"特别优秀奖"和一等奖，已搭载长征八号遥二火箭升空。

▶2022年5月5日，《马拉喀什条约》正式生效。5月15日，第32次全国助残日，"《马拉喀什条约》落地中国——构筑'文化盲道'光明影院在行动"全国联动公益放映活动启动。该活动邀请全国各地的视障朋友共同欣赏10部"奋进新征程 建功新时代"系列无障碍影片。

▶2022年8月12日，"同心笃行，共享文化成果——第12届北京国际电影节'光明影院'公益放映"活动拉开帷幕。当天，"光明影院"项目团队在北京东城区美后肆时景山市民文化中心，为视障观众放映了无障碍电影《超越》。此后，师生志愿者又走进了朝阳文化馆9剧场，为朝阳区的视障观众放映了无障碍电影《青春作伴好还乡》，邀请视障朋友共同参与国际文化盛事。

▶2022年8月26日,第17届中国长春电影节"光明影院"公益项目单元启动仪式在长春电影院举行。师生志愿者在现场为视障观众播放了由长影集团和"光明影院"项目团队共同创作的无障碍电影《青春作伴好还乡》。该影片荣获第17届中国长春电影节"最佳公益展映影片"。

▶2022年9月29日,中国广电"光明影院"公益点播专区全国上线启动仪式在北京举行。国家广电总局党组成员、副局长杨小伟,全国人大常委会委员、中国残联副主席吕世明,中国传媒大学校长张树庭出席并致辞,中国广电集团党委书记、董事长宋起柱主持仪式。该公益点播专区通过有线电视平台为全国1700多万视障人士开设的无障碍电影免费点播专区,惠及全国超2亿户家庭。

▶2022年12月8日,联合国儿童基金会、中国助残志愿者协会、中国残疾人事业新闻宣传促进会联合新华网推出残障融合主题儿童青少年摄影作品线上展览"融合向未来"。"光明影院"项目团队与部分肢残志愿者一道,为每一幅摄影作品提供口述影像讲解服务,在活动现场广受好评。

▶2022年12月18日,第4届海南岛国际电影节"光明影院"公益放映单元在三亚1+X红树林影城成功举办。本次展映特别挑选了师生志愿者制作的无障碍电影《青春作伴好还乡》

进行放映。在展映现场，数十位残障人士和陪同人员共同观看了这部无障碍电影，一同感受新时代青年心怀祖国、报效家乡的赤子情怀。